KB044188

AGATHA CHRISTIE COMPLETE COLLECTION

WHILE THE LIGHT LASTS

AGATHA CHRISTIE COMPLETE COLLECTION

WHILE THE LIGHT LASTS

빛이 있는 동안 애거서 크리스티 단편집 | 김남주 옮김

황금가지

WHILE THE LIGHT LASTS AND OTHER STORIES
by Agatha Christie

While the Light Lasts and Other Stories © 1997 Agatha Christie Limited.
All rights reserved.

AGATHA CHRISTIE, POIROT and the Agatha Christie Signature are
registered trade marks of Agatha Christie Limited in the UK and/or elsewhere.
All rights reserved.

Translation entitled "빛이 있는 동안" © 2002 Agatha Christie Limited.
All rights reserved.

Korean Translation Copyright © Minumin 2002, 2013, 2016

Korean translation edition is published by arrangement with
Agatha Christie Limited through Shinwon Agency.

이 책의 한국어판 저작권은 신원 에이전시를 통해
Agatha Christie Limited와 독점 계약한 ㈜민음인에 있습니다.
저작권법에 의해 한국 내에서 보호를 받는 저작물이므로 무단 전재와 무단 복제를 금합니다.

정식 한국어 판 출간에 부쳐

나는 한국에서 우리 할머니의 작품을 정식으로 출간한다는 소식을 듣고 무척 기뻤다. 할머니가 1920년부터 1970년 무렵까지 오랜 세월에 걸쳐 집필한 작품들은 21세기인 지금 읽어도 신선하고 재미있다. 등장 인물들이 워낙 자연스러워서 요즘 사람들과 다를 바 없고 이들이 등장하는 상황과 장소가 전 세계 사람들의 애정과 향수를 자극하기 때문이다. 한국 독자들은 이번에 새로 나온 정식 한국어 판을 통해 그 동안 접하지 못했던 애거서 크리스티의 일부 작품들을 읽을 수 있을 것이다. 덕분에 한국에 새로운 세대의 애거서 크리스티 팬들이 탄생할지도 모르겠다는 생각을 하면 가슴이 벅차다.

애거서 크리스티는 대표적인 두 명의 주인공으로 기억되는 작가이다. 14권의 작품에 등장하는 마플 양은 영국의 작은 시골 마을에서 평온한 나날을 보내며 뜨개질과 수다로 소일하는 미혼의 할머니

이지만, 놀라운 기억력과 날카로운 두뇌 회전으로 주변에서 벌어진 살인 사건을 해결한다.

그리고 마플 양과 상반되는 성격을 지닌 에르퀼 푸아로는 자신만만하고 콧수염을 포함한 자신의 외모와 벨기에라는 국적에 대한 자부심이 상당하다. 그는 이집트와 이라크를 비롯한 세계 각지에서 수수께끼를 해결하며 『오리엔트 특급 살인 *Murder On The Orient Express*』, 『나일 강의 죽음 *Death On The Nile*』, 『애크로이드 살인 사건 *The Murder Of Roger Ackroyd*』 등 애거서 크리스티의 여러 대표작에 모습을 드러낸다.

황금가지의 대담하고 참신한 표지와 전반적인 디자인 덕분에 작품의 성격이 잘 살아난 것 같아 기쁘다. 또한 한국 독자들이 할머니의 원작이 지닌 참된 묘미를 느낄 수 있도록 충실한 번역을 위해 애써 준 점도 높이 사고 싶다.

할머니의 작품이 20세기의 그 어떤 작가들보다 많이 팔리고 있는 이유는 나이와 국적에 상관없이 읽을 수 있는 재미와 감동을 갖추었기 때문이다. 모쪼록 한국 독자들도 황금가지에서 선보이는 애거서 크리스티 작품들을 즐겁게 감상하기를 바란다.

매튜 프리처드

애거서 크리스티의 손자

ACL 이사장

차례

서문

말 그대로 '추리의 여왕'인 애거서 크리스티는 지금까지도 최고이자 가장 유명한 고전 탐정 소설 작가로 군림하고 있다. 그녀의 가장 유명한 소설이자 아마도 모든 탐정 소설을 통틀어 가장 널리 알려졌을 작품은 『애크로이드 살인 사건 *The Murden of Roger Ackroyd*』 (1926)으로, 크리스티는 그 작품으로 비평가들의 격분을 샀고 그렇게 함으로써 스스로를 일류 탐정 소설 작가 반열에 올려놓았다. 이 살인 사건은 전임 벨기에 경찰 에르퀼 푸아로가 해결한다. 탐정 푸아로는 『오리엔트 특급 살인 *Murder on the Orient Express*』(1934), 『ABC 살인 사건』(1936), 『다섯 마리 아기 돼지 *Five Little Pigs*』(1942), 『장례식을 마치고 *After the Funeral*』(1953), 『핼러윈 파티 *Hallowe'en Party*』 (1969), 『커튼 *Curtain: Poirot's Last Case*』(1975)을 비롯한 서른세 편의 작품에 등장한다. 그녀의 작품에 등장하는 탐정들 가운데 크리스티 자신이 특히 좋아한 인물은 미스 제인 마플인데, 이 노처녀는 『목사관의 살인*The Murder at the Vicarage*』(1930), 『서재의 시체*The Body in the Library*』(1942), 『주머니 속의 호밀*A Pocket Full of Rye*』(1953), 『카리브 해의 미스터리*A Caribbean Mystery*』(1964) 및 그 속편인 『복수의 여신*Nemesis*』(1971), 그리고 마지막으로 『잠자는 살인*Sleeping Murder*』(1976)을 비롯한 열두 편의 작품에 등장한다. 이 마지막 작품은 『커튼』처럼 발표되기 거의 30년 전인 런던 공습 시절에 씌어졌다. 크리스티 작품에 단골로 등장하는 탐정이 등장하지 않는 작품들도 스물한 편에 달하는데, 그중에는 아예 등장하는 탐정이 없는 것이 있다. 원래는 「열 개의 검둥이 인형*Ten Little Niggers*」이라는 제목으로 발표되었던 『그리고 아무도 없었다』(1939), 『비뚤어진 집*Crooked House*』(1949), 『누명*Ordeal by Innocence*』(1958), 『끝없는 밤 *Endless Night*』(1967) 등이다.

반 세기가 넘는 세월 동안 크리스티는 예순여섯 편의 장편소설, 한 권의 자서전, 여섯 권의 '메리 웨스트매콧*Mary Westmacott*' 시리즈, 한 권의 시리아 탐험기, 시집 두 권, 시와 동화를 수록한 책 한 권, 열두 편이 넘는 연극 및 라디오용 미스터리물, 그리고 150편의 단편 소설을 썼다. 이 단편집에는 모두 아홉 편이 수록되어 있다. 두어 편의 예외가 있기는 하지만 여기 수록된 작품들은 처음 발표된 후 여기 처음으로 실리는 작품들로 몇몇 작품의 경우는 무려 육칠십 년 전에 발표된 뒤 처음으로 독자와 만나게 된다. 푸아로는 이중 두 편인 「바그다드 궤짝의 비밀*The Mystery of the Baghdad Chest*」과 「크리스마스 모험*Christmas Adrenture*」에 등장한다. 이 작품들은 『크리스마스 푸딩의 모험*The Adventure of the Christmas Pudding*』(1960)이라는 작품집에 수록된 두 단편의 원전이라고 할 수 있다. 「칼날*The Edge*」은 팽팽한 긴장이 감도는 심리 소설이며, 「여배우*The Actress*」 속에는 교묘한 속임수가 들어 있다. 수수께끼 같은 작품인 「벽 속에서*Within a Wall*」와 「외로운 신*The Lonely God*」은 크리스티의 집필 초기에 속하는 낭만적인 작품들이며, 「꿈의 집*The House of Dream*」과 「빛이 있는 동안*While the Light Lasts*」에는 초자연적인 정취가 깃들어 있다. 마지막으로 「맨 섬의 황금*Manx Gold*」은 발표 당시에는 새로운 형식과 내용이었을 테지만 그 후로 세계 어디서나 흔히 볼 수 있는 수법이 되었다.

아홉 편의 작품 모두 타의 추종을 불허하는 애거서 크리스티만의 스타일을 보여 주고 있다. 실로 진정한 애호가를 위한 작품집인 셈이다!

1996년 12월 런던에서

토니 미다워

애거서 크리스티 협회

애거서 크리스티의 진정한 애호가들이 제기한 여러 다양한 의문들을 해결하기 위해, 작가의 작품을 다양한 형태로 대중 앞에 내놓는 여러 매체들과 이들 애호가들 사이를 잇는 일종의 대화 통로인 '애거서 크리스티 협회'가 결성되었다.

이 협회의 회원이 되고자 하는 분은 아래 연락처로 연락하면 된다.

Agatha Christie Society

PO Box 985, London swin 9XA

꿈의 집

이것은 존 시그레이브에 관한 이야기다. 그의 불만족스러웠던 삶에 관한 이야기, 요컨대 이루어지지 못한 그의 사랑, 그의 꿈, 그의 죽음에 관한 이야기다. 그는 삶과 사랑 속에서 얻지 못했던 것을 꿈과 죽음 속에서 찾았다. 그러니 결국 그의 삶은 성공적이었다고 할 수 있을지 모른다.

존 시그레이브는 19세기에 서서히 몰락해 간 집안 출신이었다. 엘리자베스 시대 이래 그 집안은 줄곧 지주였지만, 결국 마지막 남은 땅까지 팔아야 했다. 그러니 아들 가운데 적어도 하나는 돈 버는데 필요한 기술을 익혀야 한다고 생각하는 것이 당연했다. 다만 비정한 운명의 장난으로 하필이면 존이 그 희생양이 되어야 했다.

유난히 섬세한 입과, 요정이나 목신 같은, 숲에 사는 야생의 존재를 연상시키는 짙푸른색의 긴 눈을 지닌 그가 물질의 제단에 바쳐지는 희생 제물이 되어야 한다는 것은 부당한 일이었다. 입술 위에 바다 맛을 느끼고 땅 냄새를 맡으며 머리 위에 드넓게 펼쳐진 하늘을 이는 것, 그런 것들이야말로 그가 사랑하는 것이지만, 존 시그레이브는 그런 것들에게 작별을 고해야 했다.

열여덟의 나이에 그는 어떤 큰 회사의 신입 사원이 되었다. 7년 후에도 그는 신입만 아니었을 뿐 여전히 평사원이었다. 그의 기질에는 '출세 능력'이 결여되어 있었다. 그는 착실하고 근면하고 끈기 있는, 그 이하도 이상도 아닌 사원일 뿐이었다.

다르게 살았다면 그가 무엇이 될 수 있었을까? 그 자신도 그런 질문에 제대로 대답할 수 없었지만, 어딘가에 자신이 꿈꾸어 온 삶이 있으리라는 믿음을 떨쳐버릴 수 없었다. 그에게는 어떤 힘이, 날랜 상상력이, 다른 동료들로서는 감지조차 할 수 없을 그 무엇이 있었다. 동료들은 그를 좋아했다. 격의 없는 태도 때문에 그는 인기가 있었다. 하지만 사람들은 그가 바로 그런 태도로써 자신들과 거리를 유지하고 있음을 결코 알아차리지 못했다.

그 꿈은 갑작스럽게 그에게 찾아왔다. 그것은 여러 해에 걸쳐 자라나고 발전하는 치기 어린 환상이 아니었다. 그가 그 꿈을 꾼 것은 한여름 밤, 아니 새벽이었다. 꿈들이 다 그런 것처럼 잡힐 듯 잡힐 듯하면서 빠져나가는 그 꿈을 붙잡기 위해 전전긍긍하다가 그는 잠에서 깼다.

그는 필사적으로 기억을 더듬었다. 결코, 결코, 놓쳐서는 안 된다. 그 집을 기억해 내야 했다. 그랬다, 그것은 '바로 그 집'이었다! 자신이 너무나도 잘 알고 있는 집이었다. 진짜 집일까, 아니면 꿈속의 집일 뿐일까? 그것은 알 수 없었지만, 그가 알고 있는, 아주 잘 알고 있는 집이라는 것만은 분명했다.

새벽의 희미한 회색빛이 방 안으로 새어 들어오고 있었다. 특별히 조용한 시각이었다. 새벽 4시 30분 런던은, 지친 런던은 짧은 평화를 누리고 있었다.

존 시그레이브는 조금 전 꾼 꿈이 주는 아름다움과 멋진 경이감과 기쁨에 싸여 가만히 누워 있었다. 그 꿈을 기억해 내다니 얼마나 다행인가! 대개 꿈은 재빨리 날아가 버리기 때문에 서투른 손으로 붙잡으려 하지만 잠에서 깨는 순간 사라져 버리고 만다. 그런데 자신은 재빨리 그 꿈을 붙잡았다! 교묘히 빠져나가려는 순간 그 꿈을 붙잡을 수 있었던 것이다.

정말이지 멋진 꿈이었다! 꿈속에는 그 집이 있었고 그리고……, 경련과 함께 생각이 중단되었다. 아무리 애써도 그 집 외에는 아무것도 기억나지 않았다. 갑자기 그는 한 줄기 실망감과 함께 그 집이 자신에게 몹시 낯설었다는 사실을 깨달았다. 꿈에서도 본 적이 없는 집이었다.

그 하얀 집은 언덕 위에 서 있었다. 근처에는 나무들이 있었고, 멀리 푸른 언덕들도 보였지만 그 집의 독특한 매력은 주변과 동떨어진 모습을 하고 있다는 데 있었다. 아름다운, 기이할 정도로 아름다운 집이었다.(이 점이야말로 중요한, 그 꿈의 절정이었다.) 그 집의 기이한 아름다움을 다시 떠올리는 순간, 그는 맥박이 빨라지는 것을 느꼈다.

물론 그는 집 안에 들어가지 못했으므로 그가 본 것은 그 집의 외관일 뿐이었다. 하지만 그 아름다움에는 의심의 여지가 없었다, 어떤 것이든 간에.

이윽고 밝아오는 빛 속에서 자기 방의 윤곽이 거무스름하게 드러나자 그는 꿈에서 벗어나 정신을 차렸다. 어쩌면 그 꿈은 그리 대단한 것이 아닐 수도 있었다. 어쩌면 그 꿈의 멋진 부분, 의미를 알려주는 부분은 이미 빠져 달아나 버린 것이 아닐까, 그래서 자신을 붙잡지 못한 그의 서투른 손길을 비웃고 있는 것은 아닐까? 높은 언덕에 서 있는 하얀 집, 그것이 무슨 그렇게 흥분할 만한 것일까? 기억하건대, 그 집은 상당히 큰 집으로 창문들이 많았는데 모두 블라인드가 내려져 있었다. 안에 사람이 없어서가 아니라(그는 확신할 수 있었다.), 너무 이른 시각이라 아직 아무도 자리에서 일어나지 않았기 때문일 터였다.

그는 자신의 엉뚱한 상상에 피식 웃고는, 그날 밤 웨터맨 씨와 저녁 식사를 하기로 한 약속을 떠올렸다.

루돌프 웨터맨의 외동딸 메이지 웨터맨은 삶에서 원하는 것은 무엇이든 갖는 일에 익숙했다. 어느 날 아버지 회사에 들른 그녀는 존 시그레이브를 보고 흥미를 느꼈다. 그녀의 아버지가 편지 몇 통을 가져오라고 존을 불렀던 것이다. 존이 방을 나가자 그녀는 아버지에게 그에 관해 물었다. 웨터맨은 말하기 좋아하는 사람답게 길게 대답했다.

"에드워드 시그레이브 경의 아들이지. 오래된 좋은 가문이지만 이젠 명맥만 유지하고 있지. 저 친구는 세상에 이름을 떨칠 인물이 못 돼. 물론 난 저 친구를 좋아하지만 그에겐 특별한 게 없어. 박력이 없다고."

메이지는 박력 같은 것에 관심이 없었던 모양이다. 박력은 메이지보다는 그녀의 아버지가 높이 평가하는 자질이었다. 어쨌든 2주일 후 메이지는 아버지를 설득해 존 시그레이브와 저녁 식사 약속을 하게 했다. 메이지와 웨터맨 씨, 존 시그레이브, 그리고 메이지 집에서 지내고 있는 그녀의 여자 친구가 함께하는 사적인 저녁 식사였다.

여자 친구는 한두 마디 하지 않을 수 없었다.

"일단 써 보고 좋으면 사겠다는 거니, 메이지? 딸이 마음만 정하면, 아버지가 사랑하는 어린 딸에게 주는 선물로 시내에서 멋지게 포장해 집으로 부치는 거야. 정당한 값을 치르고 사서 말야."

"앨러그라! 그만해."

앨러그라 케어는 웃음을 터뜨렸다.

"넌 그 사람을 손에 넣고 싶은 거야, 메이지. 난 저 모자가 마음에 들어. 저걸 가져야겠어! 모자가 그렇다면 남편이라고 안 될 이유가 어딨겠어?"

"말도 안 되는 소리 하지 마. 난 아직 그 사람하고 얘기도 못 해 봤는걸."

"물론 그렇지. 하지만 넌 이미 마음을 정했잖아."

앨러그라가 말을 이었다.

"어떤 점이 매력적이던, 메이지?"

"모르겠어."

그러고 나서 메이지 웨터맨은 천천히 말을 이었다.

"그 사람은…… 달라."

"다르다고?"

"그래. 설명할 순 없어. 그는 독특한 매력을 지닌 미남이긴 하지만, 그게 중요한 건 아냐. 그는 마치 상대를 보지 못한 것처럼 눈길을 주지 않아. 실제로 그날 아버지 방에서 나를 쳐다보기나 했는지 모르겠어."

앨러그라는 웃음을 터뜨렸다.

"그건 낡은 수법이야. 영리한 젊은이라고 해야겠군."

"앨러그라, 어쩌면 그렇게 미운 소리만 하니!"

"기운내요, 아가씨. 아버지가 귀여운 메이지 아가씨를 위해 털이 복슬복슬한 새끼양을 사 오실 거예요."

"사태가 그런 식으로 되지 않았으면 좋겠어."

"특별한 사랑, 그런 걸 원하는 거야?"

"그가 나와 사랑에 빠져선 안 될 이유라도 있어?"

"전혀 없지. 그 사람도 그랬으면 좋겠다."

그렇게 말하며 앨러그라는 미소를 짓고 친구를 훑어보았다. 메이지 웨터맨은 키가 작고 통통한 편이었으며, 멋지게 잘라 웨이브를 넣은 머리카락은 짙은 빛이었다. 그녀의 건강한 안색은 최신 유행의 화장분과 립스틱으로 강조되어 있었다. 입과 치아는 보기 좋았고, 짙은 밤색 눈은 작지만 반짝였으며, 턱은 약간 둔해 보였다. 입고 있는 옷은 아주 멋진 것이었다.

"그래."

앨러그라는 신문하는 듯한 태도를 접으며 말을 이었다.

"틀림없이 그 사람도 그럴 거야. 실제로 지금 네 모습은 아주 멋져, 메이지."

메이지는 불안해하는 눈길로 앨러그라를 바라보았다.

"정말이야."

앨러그라가 말했다.

"그 역시 너 같을 거야, 틀림없어. 하지만 그냥 그가 그러지 않을 경우를 가정해 보자. 그러니까 내 말은 그가 사랑에 빠지긴 하되, 그의 애정이 진실하긴 하되 플라토닉하다고 가정해 보자고. 그럼 어떻게 할 건데?"

"그를 좀 더 알게 되면 내가 그에게 전혀 애정을 느끼지 않을 수도 있어."

"물론 그럴 수 있지. 하지만 네가 그에게 깊은 애정을 느낄 수도 있지. 만약 후자의 경우라면……."

메이지는 어깨를 으쓱해 보였다.

"자존심 때문에라도 난……."

앨러그라가 말허리를 잘랐다.

"자존심은 감정을 숨기는 데는 편리하지만, 감정을 막을 순 없어."

메이지가 상기된 얼굴로 말했다.

"글쎄, 내가 사랑한다고 말해서 안 될 이유가 어디 있겠어. 난 아주 훌륭한 신부감이잖아. 내 말은 그의 입장에서 보자면, 난 사장 딸이고 또……."

"가까운 장래에 경영권 등등을 갖게 되겠지. 그래, 메이지, 넌 네 아버지 딸이야. 그 사실이 난 정말 맘에 들어. 친구들이 정형화되는 게 좋거든."

그녀의 어조에 깃든 희미한 조롱기가 메이지를 불편하게 했다.

"넌 정말 못됐어, 앨러그라."

"하지만 톡 쏘는 맛이 있지, 아가씨. 그 때문에 넌 날 여기 잡아두는 거고. 알다시피 내 전공은 역사잖아. 지난날 왜 궁중에서 어릿광대를 불러들이고 좋아했는지 줄곧 궁금했는데, 이제 나 자신이 그런 역할을 하게 되니까 그 이유를 알겠어. 이건 꽤 괜찮은 역할이야. 너도 알다시피 난 무슨 일인가 해야 했거든. 삼류 소설의 여주인공처럼 빈털터리에 자존심 강한 여자, 혈통은 좋지만 경험이라고는 없는 여자, 그게 바로 나였어. '뭘 해야 하지? 도통 모르겠어.' 하고 중얼거리는 여자 말야. 불기운이 없는 방에서도 기꺼이 일할 태세가 되어 있고, 수상한 일거리나 '친척 모씨의 시중 드는 일'도 마다할 수 없는, 줄 없고 배경 없는 여자이긴 하지만 비싸게 처신할 수 있는 방법이 없을까 하고 생각해 봤지. 그런 여잘 진심으로 원하는 사람은 없었어. 하인을 둘 여유가 없는 상황에서 그 여잘 노예처럼 부리려는 사람들뿐이었지.

그래서 난 궁중의 어릿광대가 되기로 했지. 건방진 지적, 쉽게 말해서 재치 있는 말을 이따금 던지고(너무 많이 써선 안 돼. 전부 써버리면 곤란하니까.) 거기에 인간의 본질에 관한 예리한 통찰을 담아내면 되는 거야. 사람들은 자신들의 실상이 얼마나 끔찍한지를 다른 이의 입을 통해 듣는 걸 그렇게 싫어하지 않거든. 대중 연설가에게 사람들이 몰려드는 게 바로 그런 이유에서지. 이 계획은 지금까지 아주 성공적이야. 내겐 언제나 초대장들이 날아드니까 말야. 난 친구들에게 기식해 아주 안락하게 살고 있어. 감사의 표시 같은 건 드러내지 않도록 조심하면서 말야."

"네 경우는 특별해, 앨러그라. 넌 네가 하는 말에 전혀 개의치 않잖아."

"네가 잘못 알고 있는 게 바로 그 점이야. 난 몹시 신경을 쓰고 있어. 그 문제에 대해 조심도 하고 생각도 한다고. 내가 거리낌없이 말하는 것처럼 보이지만 그건 언제나 계산에서 나온 거야. 난 조심스러워졌어. 이렇게 먹고 살자니까 늙은이가 된 거라고."

"어째서 넌 결혼을 하지 않는 거니? 내가 알기로 너한테 청혼한 이들이 많잖아."

앨러그라의 얼굴이 갑자기 굳어졌다.

"난 절대 결혼할 수 없어."

"그러니까 그 이유 때문에……."

메이지는 말을 끝내지 않은 채 친구를 바라보았다. 앨러그라는 그렇다는 뜻으로 고개를 끄덕였다.

층계에서 발소리가 들려왔다. 문을 열고 집사가 말했다.

"시그레이브 씨가 오셨습니다."

존은 별달리 기뻐하는 기색 없이 안으로 들어왔다. 그는 사장이 왜 자신을 보자고 했는지 짐작이 가질 않았다. 이 초대를 피할 수 있었다면 그렇게 했을 터였다. 그 집의 압도적인 장중함과 푹신한 카펫에 그는 위축되는 것을 느꼈다.

여자 하나가 다가오더니 그에게 손을 내밀었다. 얼마 전 사장 방에서 본 사장 딸이라는 기억이 희미하게 떠올랐다.

"안녕하세요, 시그레이브 씨? 이쪽은 시그레이브 씨야, 이쪽은 케어 양이에요."

그는 갑자기 정신이 들었다. 케어 양이라는 이 여자는 누구인가? 어디서 왔단 말인가? 주위에서 펄럭이는 강렬한 빛깔의 옷주름에서부터 그리스 인의 두상을 닮은 작은 머리 위에 꽂힌 조그만 헤르메스 날개 모양 장식핀에 이르기까지 그녀는 덧없고 무상하며 비현실적인 모습으로, 따분한 실내 속에서 두드러져 보였다.

루돌프 웨터맨이 들어왔다. 걸을 때마다 그의 반짝이는 널찍한 셔츠 앞장식에서는 삐걱이는 소리가 났다. 그들은 저녁 식사를 하기 위해 아래층으로 내려갔다.

앨러그라 케어가 웨터맨에게 이야기를 건넸다. 존 시그레이브는 메이지와 대화를 나눌 수밖에 없었다. 하지만 그의 머릿속은 온통 맞은편에 앉은 여자에 대한 생각으로 가득 차 있었다. 그녀는 놀랍도록 노련했다. 그 노련함은 타고난 것이라기보다는 습득된 것이라고 그는 생각했다. 하지만 그 모든 것 이면에 무엇인가 있었다. 사람을 늪으로 끌어들이는 도깨비불 같은 변덕스럽고 발작적이고 깜박거리는 불꽃이 있었다.

마침내 존은 그녀에게 말을 건넬 기회를 잡았다. 메이지가 그날 만난 어떤 친구에게서 받은 전갈을 아버지에게 이야기하기 시작했던 것이다. 이제 그 순간이 왔지만 그의 혀가 움직여지지 않았다. 그는 말없이 애타는 눈길로 그녀를 바라보았다.

그녀가 가볍게 입을 열었다.

"식탁용 화제로서 연극 이야기부터 시작할까요, 아니면 그 흔한 '좋아하세요?'로 시작할까요?"

존이 웃음을 터뜨렸다.

"그래서 우리 둘 다 개를 좋아하고 성질이 까다로운 고양이를 싫어한다는 것이 밝혀지면, 우리 사이에는 이른바 '유대감'이 생기는 건가요?"

"맞았어요."

앨러그라가 진지하게 대답했다.

"질문 공세로 시작하다니 좀 유감인데요."

"하지만 질문은 온갖 대화를 가능하게 하죠."

"맞습니다. 하지만 끔찍한 결과를 낳기도 한답니다."

"규칙을 알면 도움이 되죠. 단지 그 규칙을 깨뜨리기 위해서 알아두는 거라 해도 말이죠."

존은 그녀에게 미소를 지었다.

"내가 그 제안을 받아들인다면, 우리는 각자의 변덕에 휘둘리게 될 겁니다. 우리가 이런 일에 천재적인 소질을 갖고 있다 해도 말입니다. 천재성이란 광기와 통하니까요."

순간 앨러그라의 손이 불안정하게 흔들리면서 식탁 위의 포도주 잔을 건드렸다. 유리 깨지는 소리가 들려왔다. 메이지와 그녀의 아버지가 하던 말을 멈추었다.

"죄송합니다, 웨터맨 씨. 잔을 바닥에 떨어뜨렸어요."

"앨러그라, 괜찮다, 괜찮고말고."

존 시그레이브는 목소리를 죽여 재빨리 말했다.

"유리가 깨지다니. 좋지 않은 징조군요. 그런 일이 일어나지 않기를 바라지만."

"걱정 마세요. 어떻게 되냐고요? '악운은 그것을 안식처로 삼고 있는 사람에겐 힘을 쓸 수 없는 법'이니까요."

앨러그라의 관심은 다시 웨터맨 씨에게로 돌아갔다. 존은 다시 메이지와 이야기를 시작하면서 앨러그라가 인용한 말이 어디서 나온 것인지 기억해 내려 애썼다. 이윽고 그는 그 말의 출처를 알아낼 수 있었다. 바그너의 오페라 「발퀴레」에서 지그문트가 집을 떠날 것을 제안하자 쌍둥이 누이 지글린데가 한 말이었다.

그는 생각했다.

'그녀는 무슨 의미로 그런 말을……'

하지만 메이지가 그에게 최신 뮤지컬에 대한 견해를 물어 왔다.

그는 음악을 좋아한다고 말했다.

메이지가 말을 이었다.

"식사 후에 앨러그라에게 우릴 위해 연주해 달라고 해야겠어요."

그들은 함께 객실로 올라갔다. 웨터맨은 내심 그런 것이 조잡스러운 관습이라고 여기고 있었다. 그로서는 묵직한 포도주 잔을 돌리고 담배를 건네는 편이 더 좋았다. 하지만 오늘 밤은 어차피 마찬가지이리라. 새파랗게 젊은 시그레이브와 도대체 무슨 얘기를 한단 말인가. 메이지는 변덕을 부릴 때면 지독했다. 시그레이브 청년은 진짜 미남인데도 잘생긴 척하지는 않았지만 재미있는 인물은 분명 아니었다. 메이지가 앨러그라 케어에게 연주를 부탁한 것이 그로서는 다행이었다. 그러면 저녁 나절이 금방 지나갈 터였다. 이 딱한 젊은이는 브리지 게임도 할 줄 몰랐다.

프로다운 안정된 솜씨는 없었지만 앨러그라의 피아노 연주는 훌륭했다. 그녀의 연주는 드뷔시, 슈트라우스, 스크리아빈의 소품 같은 현대 음악이었다. 이윽고 그녀의 연주는 베토벤의 「비창」의 첫 악장으로 넘어갔다. 끝없는 비탄, 날이 갈수록 점점 더 커지는 가없는 슬픔을 표현하고 있었지만, 그 안에는 패배를 받아들이지 않으려는 기상이 깃들어 있었다. 사그라들지 않는 장중한 비애 속에서 음악은 연주자의 리듬에 맞추어 마지막을 향해 나아가고 있었다.

끝부분을 연주하던 앨러그라가 멈칫했다. 손가락들이 뒤얽히면서 갑자기 연주가 중단되었다. 앨러그라는 메이지를 건너다보며 조롱기 어린 웃음을 터뜨렸다.

"보다시피 그들이 나에게 연주를 허락하지 않아."

그런 다음 그녀는 그런 수수께끼 같은 말에 대꾸할 틈도 주지 않고 기묘하게 반복되는 멜로디를 연주하기 시작했다. 이제까지 시그레이브가 들어 온 것과는 전혀 다른 섬뜩한 하모니와 절도 있는 기묘한 리듬으로 이루어진 곡이었다. 그것은 한 마리 새가 균형을 잡고 날아가는 것처럼 미묘했다. 다음 순간 그 음악은 최소한의 경고도 없이 갑자기 불협화음에 지나지 않는 음의 나열로 바뀌었다. 피아노 앞에 앉은 앨러그라의 웃음소리가 높아졌다.

웃음을 터뜨리고 있었음에도 그녀의 표정은 혼란스럽고 경악에 차 있었다. 이윽고 그녀가 메이지 곁으로 와서 앉았다. 메이지가 나지막한 어조로 그녀에게 말하는 소리가 존의 귀에 들려왔다.

"그러면 안 돼. 정말 그래선 안 돼."

"마지막 곡이 무슨 곡이죠?"

존이 정말 알고 싶은 듯한 어조로 물었다.

"내가 작곡한 곡이에요."

앨러그라가 날카롭고 짤막하게 대답했다. 웨터맨이 화제를 바꾸었다.

그날 밤 존 시그레이브는 또 그 집 꿈을 꾸었다.

존은 불행했다. 삶이 그 어느 때보다 더 지루하게 느껴졌다. 이제까지 그는 자신의 삶을 싫지만 해야 하는 일로, 자신의 내면적인 자유만큼은 고스란히 남아 있는 것으로 참을성을 가지고 받아들여 왔다. 이제 모든 것이 바뀌었다. 바깥 세계와 내부 세계가 뒤섞이고 있었다.

그는 그런 변화의 이유를 스스로에게 감추려 하지 않았다. 그는 앨러그라 케어를 보자마자 사랑하게 되었던 것이다. 그 일에 어떤 조치를 취해야 한단 말인가?

그는 너무나 어리둥절한 나머지 그녀를 처음 만난 날 밤 아무런 계획도 세울 수가 없었다. 심지어 그녀를 다시 만나려는 시도조차 하지 않았다. 시간이 조금 흐른 후 메이지 웨터맨이 시골에 있는 자기 아버지의 별장에 가자고 했을 때, 그는 뛸듯이 기뻐하며 그곳에 갔지만 실망하지 않을 수 없었다. 그곳에 앨러그라가 없었던 것이다.

그가 메이지에게 시험적으로 그녀에 대해 이야기를 꺼내자, 메이지는 앨러그라가 방문차 스코틀랜드에 가 있다고 대답했다. 그는 그쯤에서 그만둘 수밖에 없었다. 그는 앨러그라에 대한 대화를 이어가고 싶었지만 말이 입밖으로 나오지 않았다.

그 주말 동안 메이지는 존 때문에 혼란스러웠다. 너무나도 명백한 사실을 그는 보려 들지 않는 듯했다. 그랬다, 보려 들지 않았다. 메이지는 나름대로 노골적인 행동을 취했지만 그런 행동도 존에게는 효과가 없었다. 존은 그녀를 친절하지만 조금 위압적인 여자라고 여기고 있었다.

하지만 운명의 힘은 메이지를 능가했다. 그리하여 존은 앨러그라를 다시 만날 수 있었다.

두 사람은 어느 일요일 오후 공원에서 만났다. 멀리 그녀의 모습이 보이자 존은 심장 고동이 빨라지기 시작했다. 만약 그녀가 자신을 잊어버렸다면…….

하지만 그녀는 그를 기억하고 있었다. 그녀가 다가와서는 입을 열었다. 몇 분 후 그들은 잔디를 가로질러 나란히 걷고 있었다. 그는 우스꽝스러울 정도로 행복했다.

그가 불쑥 뜬금없이 말했다.

"당신은 꿈을 믿습니까?"

"악몽을 믿어요."

그녀의 목소리에 서린 거친 기운 때문에 그는 소스라쳤다.

"악몽이라니요."

그가 영문을 모르겠다는 듯이 말했다.

"저는 악몽을 말한 게 아닙니다."

앨러그라는 그를 바라보았다.

"그렇겠죠."

그녀가 말했다.

"당신 인생에는 악몽이 없었죠. 난 알 수 있어요."

그녀의 목소리가 부드러워져 있었다.

이윽고 그는 조금 말을 더듬으며 하얀 집에 대한 꿈을 이야기했다. 그는 이제 그 꿈을 여섯 차례, 아니 일곱 차례 꾼 참이었다. 언제나 똑같은 꿈이었다. 아름다운, 너무나도 아름다운 꿈이었다!

그는 말을 이었다.

"어떤 점에서 보자면 그 꿈은 당신과 상관이 있어요. 내가 처음으로 그 꿈을 꾼 게 당신을 만나기 전날 밤이었으니까요."

"나랑 관계가 있다고요?"

그녀가 웃음을 터뜨렸다. 짤막하고 고통 어린 웃음이었다.

"오, 아녜요, 그럴 순 없어요. 그 집은 아름다웠다면서요."

"당신도 그렇답니다."

존 시그레이브가 대답했다.

앨러그라는 곤혹스러운 듯 얼굴을 조금 붉혔다.

"죄송해요. 제가 어리석었어요. 제가 칭찬을 바라는 것 같았나 보죠? 하지만 제 말은 그런 뜻이 아니었어요. 제 겉모습이 괜찮다는 건 저도 알아요."

"난 아직 그 집의 내부를 보지 못했어요. 그러나 그 집의 내부가 외관만큼 아름다울 거라는 사실을 압니다."

그는 단어에 의미를 실어 천천히 진지하게 말했지만, 그녀는 의도적으로 모른 척했다.

"말하고 싶은 게 더 있습니다. 당신이 들어주신다면."

"듣겠어요."

앨러그라가 말했다.

"난 지금 하고 있는 일이 지겨워서 정리 중이에요. 오래전에 그랬어야 했다는 걸 이제야 깨달았어요. 내 인생이 완전히 실패했다는 걸 알고도 개의치 않은 채 그저 하루하루 연명하는 것으로 만족해 왔어요. 남자라면 그래선 안 되죠. 자신이 할 수 있는 것을 찾아 성공하는 것이 남자가 할 일이죠. 이 일을 정리하면서 다른 일에 착수하고 있어요. 전혀 다른 성격의 일이죠. 서아프리카로 떠나는 일이랍니다. 자세한 이야기는 할 수 없군요. 소문이 나면 곤란하거든요. 일이 잘되면, 전 부자가 될 겁니다."

"그러니까 당신도 성공을 돈의 문제로 보는군요."

"돈은……. 내게 오직 한 가지를 의미하죠. 당신 말입니다! 돌아오면……."

그는 말을 끊었다.

그녀는 고개를 숙였다. 그녀의 안색이 몹시 창백해져 있었다.

"못 알아들은 척하고 싶진 않군요. 이제 당신에게 말하지 않을 수 없네요. 처음이자 마지막으로. 전 결코 결혼하지 않을 거예요."

그는 잠시 생각에 잠겼다가 아주 부드러운 어조로 물었다.

"이유를 말해 주실 수 있습니까?"

"말해 드릴 수 있어요. 하지만 이 세상 그 어떤 일보다도 하기 싫은 일이군요."

그는 또다시 침묵했다가 갑자기 눈길을 들었다. 유난히 매력적인 미소가 목신 같은 그의 얼굴을 환하게 밝혀 주고 있었다. 그가 말했다.

"알겠어요. 그러니까 당신은 나를 그 집 안으로 들이고 싶지 않다는 거군요. 잠시 들여다보는 것조차 안 되나 보죠? 블라인드들이 내려져 있어야겠네요."

앨러그라는 앞으로 몸을 기울여 그의 손 위에 자기 손을 얹었다.

"이 말만큼은 해야겠군요. 당신은 당신의 집에 대한 꿈을 꾸죠.

하지만 난 꿈을 꾸는 게 아니에요. 내 꿈은 불길한 징조라고요!"

그런 다음 그녀는 갑자기 가 버렸다.

그날 밤 그는 또다시 꿈을 꾸었다. 최근 그 집에 누군가가 새로 이사 온 것이 분명했다. 손 하나가 블라인드를 젖히는 것이 보였고, 안에서 움직이는 사람들을 한순간 볼 수 있었다.

그날 밤 그 집은 과거 어느 때보다도 멋져 보였다. 하얀 벽이 햇빛에 빛나고 있었다. 그 집의 평화와 아름다움은 완벽했다.

그는 문득 기쁨의 파동이 더욱 충만해지는 것을 의식했다. 누군가 창가로 다가오고 있었다. 그는 그 사실을 알 수 있었다. 손 하나가, 전에 본 적이 있는 손 하나가 블라인드를 쥐고 그것을 걷어올리고 있었다. 이제 조금 후면 그의 눈앞에는……

그는 잠에서 깼다. 그 집의 창문에서 자신을 내다보았던 '그것'을 보고 느낀 형언할 수 없는 혐오감과 공포 때문에 아직도 몸이 떨렸다.

그것은 말 그대로 무시무시한 그 무엇이었다. 그것을 떠올리는 것만으로도 뱃속이 이상해질 정도로 끔찍하고 혐오스러운 것이었다. 그중에서도 가장 끔찍한 사실은 그런 것이 바로 그 아름다운 집 안에 있다는 사실이었다.

왜냐하면 '그것'이 자리잡고 있는 장소야말로 공포의 진원지였기 때문이다. 공포가 피어올라 그 집의 타고난 권리인 평화와 청명을 뒤흔들어 놓았다. 그 집의 아름다움, 그 멋진 불멸의 아름다움은 영영 파괴되어 버렸다. 그 성스럽고 귀중한 집 안에 '더러운 것'의 망령이 머물고 있지 않았던가!

앞으로 또다시 그 집 꿈을 꾸게 된다면 그 집을 보는 순간 두려움으로 몸을 떨며 잠에서 깨어나리라는 것을 시그레이브는 알 수 있었다. 그 아름다운 하얀 집에서 갑자기 자신을 내다보는 '그것'의 시선을 피하기 위해서였다.

다음 날 저녁 회사에서 나온 그는 곧장 웨터맨의 집으로 갔다. 그는 앨러그라 케어를 만나야 했다. 어딜 가면 그녀를 만날 수 있는지 메이지가 그에게 알려 줄 터였다.

그는 자신이 모습을 나타냈을 때 메이지의 눈 속에서 타오르는 갈망의 빛을 전혀 눈치 채지 못했다. 그녀는 뛰어나와 그를 맞았다. 그녀의 손도 미처 놓지 않은 채 그는 즉각 자신이 찾아온 이유를 밝혔다.

"케어 양 말입니다. 전 어제 그녀를 만났습니다만 그녀가 어디 머물고 있는지 몰라서요."

그는 자신의 손으로부터 빠져나가는 메이지의 손이 차가워지고 있음을 느끼지 못했다. 갑자기 냉랭해진 그녀의 목소리에서도 아무 눈치를 챌 수 없었다.

"앨러그라는 이곳에서 우리와 함께 지내고 있어요. 하지만 유감스럽게도 그녀를 만날 수 없겠네요."

"그건······."

"오늘 아침 앨러그라의 어머니가 돌아가셨어요. 우리도 막 그 소식을 들었죠."

"이런!"

그는 깜짝 놀랐다.

"정말 슬픈 일이죠."

메이지가 말했다. 그녀는 잠시 머뭇거리다가 말을 이었다.

"앨러그라의 어머니가 돌아가신 곳은, 그러니까 정신 병원이었어요. 앨러그라의 집안에는 유전적으로 정신병이 있어요. 앨러그라의 할아버지는 권총 자살했고, 숙모 중의 하나는 백치로 태어났고, 또 다른 숙모는 스스로 물에 빠져 죽었지요."

존 시그레이브는 외마디 소리를 내질렀다.

"당신한테 알려 드려야 할 것 같아서요."

메이지가 거드름을 피우며 말했다.

"우린 친구잖아요, 안 그래요? 물론 앨러그라는 무척 매력적이에요. 많은 사람들에게서 결혼 신청을 받았지만 그녀는 물론 결혼할 생각이 없어요. 그녀는 결혼을 할 수가 없어요, 그렇지 않겠어요?"

"케어 양은 정상입니다. '그녀'에겐 잘못된 데가 없어요."

그의 목소리가 탁하게 울려나와 자신의 귀에도 어색하게 들렸다.

"모르는 일이죠. 앨러그라의 어머니도 젊을 때에는 완전히 정상이었다니까요. 그분은 그저 좀 이상한 게 아니었어요. 완전히 돌았다고요. 정말 끔찍한 거죠, 정신병이라니."

"그렇습니다. 가장 무시무시한 '그 무엇'이죠."

그는 이제 그 집의 창문으로부터 자신을 내다본 것이 무엇이었는지 알 수 있었다.

메이지가 말을 계속하고 있었다. 그는 불쑥 그녀의 말허리를 잘랐다.

"진짜 작별 인사를 드려야겠군요. 그리고 당신의 친절에 감사드립니다."

"멀리 떠나시는 건 아니겠죠?"

그녀의 목소리에는 불안이 서려 있었다.

그는 곁눈으로 그녀에게 미소를 지었다. 서글프고 매력적인, 뒤틀어진 미소였다.

"떠나는 거 맞습니다. 아프리카로요."

"아프리카라고요!"

메이지는 멍하니 그 말을 되풀이했다. 그녀가 정신을 차리기도 전에 그는 악수를 하고 가버렸다. 분노로 뺨이 붉어진 그녀는 양손을 옆구리에 낀 채 그 자리에 서 있었다.

아래층으로 내려간 존 시그레이브는 현관 계단에서 밖에서 들어오는 앨러그라와 마주쳤다. 앨러그라는 검은 옷을 입고 있었고, 하얗고 생기 없는 얼굴을 하고 있었다. 시그레이브를 흘끗 보고 그녀는 그를 가족용 작은 거실로 이끌었다.

"메이지가 말했군요. 이제 사실을 알겠네요?"

그는 고개를 끄덕였다.

"하지만 그게 무슨 문제가 된단 말입니까? 당신은 정상입니다. 그건, 그건 어떤 사람에겐 나타나지 않을 수도 있어요."

그녀는 슬프고 우울한 눈길로 그를 바라보았다.

"당신은 극히 정상이잖아요."

그가 되풀이했다.

"나도 모르겠어요."

그녀는 거의 속삭이듯 말했다.

"나도 모르겠어요. 내가 말했잖아요. 내 꿈에 대해서 말이에요. 그리고 내가 연주를 할 때, 그러니까 피아노 앞에 앉아 있을 때면 다른 것들이 와서 내 손을 멋대로 조종하거든요."

그는 마비된 듯 그녀를 응시하고 있었다. 그녀가 말을 이어 가고 있을 때, 한순간 그녀의 눈에서 무엇인가가 내비쳤다. 그것은 섬광처럼 지나갔다. 하지만 그는 그것을 알고 있었다. 그것은 그 집으로부터 자신을 내다보았던 '그것'이었다.

그녀는 그가 순간적으로 움찔하는 것을 눈치 챘다.

"당신도 아는군요."

그녀가 속삭였다.

"당신도 아는군요. 메이지가 당신한테 이야기하지 않기를 바랐는데. 그건 당신에게서 모든 걸 앗아갈 거예요."

"모든 거라니?"

"그래요. 꿈조차 남지 않을 거예요. 이제 당신은 다시는 그 집 꿈을 꾸고 싶지 않을 거예요."

서아프리카의 태양이 사정없이 내리쬐고 있었다. 지독한 열기였다.

존 시그레이브는 줄곧 비명을 질러 대고 있었다.

"못 찾겠어. 도저히 찾을 수가 없어."

붉은 머리카락에 강인해 보이는 턱을 지닌 키 작은 영국인 의사는 특유의 위협적인 태도로 자신의 환자를 노려보았다.

"저 친구는 계속 저렇게 중얼거리는군. 도대체 무슨 말을 하고 있는 거요?"

"어떤 집에 대해 말하고 있는 것 같습니다. 선생님."

로마 가톨릭 선교 본부에서 파견된, 부드러운 목소리를 지닌 간호사가 역시 그 딱한 사내를 내려다보면서 조금 방심한 듯한 어조로 대답했다.

"집이라고? 그렇다면 그의 머릿속에서 그 생각을 몰아내야 해. 그렇지 않으면 우린 그를 치료할 수 없어. 이건 그의 마음에 달린 거라고. 시그레이브! 시그레이브!"

흔들리던 초점이 이윽고 맞았다. 의사의 얼굴에 머문 시그레이브의 눈길에 상대를 알아보는 듯한 기미가 떠올랐다.

"이봐. 당신은 이겨 낼 거야. 내가 당신을 치료할 거야. 하지만 그 집에 대한 걱정은 접어 둬야 해. 알다시피 집이라는 건 도망칠 수가 없어. 그러니까 지금은 그걸 찾느라고 속썩이지 말라고."

"알았소."

그는 순순히 의사의 말을 듣는 것 같았다.

"그 자리에 없긴 하지만 집이 도망칠 순 없을 테니까."

"그렇고말고!"

의사는 상대의 기운을 북돋워주는 특유의 웃음을 터뜨렸다.

"이제 곧 나을 거야."

그런 다음 그는 부산스럽고 무뚝뚝한 태도로 시그레이브의 곁을 떠났다.

시그레이브는 누워서 생각했다. 한동안 열이 떨어져서 명료하게 생각을 할 수 있었다. 그는 그 집을 찾아야 했다.

10년 동안 그는 그 집을 보게 될까 봐 두려워하며 살아왔다. 의식하지 못하는 사이에 그 집과 마주칠지도 모른다는 생각이야말로 그의 가장 큰 두려움이었다. 이윽고 공포가 완전히 가라앉고 난 어느 날 '그것'이 그를 찾아왔다. 처음에 그는 언제나처럼 두려움에 휩싸였지만 문득 그윽한 안도감을 느꼈다. 어쨌든 그 집은 비어 있었던 것이다!

그 집은 텅 비어 있었고 더할 나위 없이 평화로웠다. 10년 전에 본 기억 속의 모습 그대로였다. 그는 그 모습을 잊지 않고 있었다. 검은색 대형 짐마차가 천천히 그 집을 빠져나가고 있었다. 그곳에 살던 사람이 짐을 가지고 이사를 가는 것이 분명했다. 그는 마차를 모는 사내들에게 다가가 그들에게 말을 건넸다. 그 마차에는 왠지 불길한 무엇인가가 있었다. 너무나 진한 검은색이었던 것이다. 갈기와 꼬리를 아무렇게나 늘어뜨리고 있는 말들도 검은색이었고, 마부들도 모두 검은 옷에 검은 장갑을 끼고 있었다. 그 모든 것이 그에게 뭔가 다른 것을 떠올리게 했지만, 그는 그것이 무엇인지 기억해낼 수가 없었다.

그랬다, 그의 짐작은 정확했다. 그곳에 살던 사람이 기한이 다 되어 이사를 나가는 중이었다. 그 집은 주인이 해외에서 돌아올 때까지 당분간 비어 있을 터였다.

그는 그 빈집의 평화로운 아름다움에 흠씬 취한 채 잠에서 깼다.

한 달 후 그는 메이지에게서 편지 한 통을 받았다.(그녀는 끈질기게 한 달에 한 번꼴로 그에게 편지를 보내왔다.) 그 편지에는 앨러그라 케어가 그녀의 어머니가 죽었던 그 정신병원에서 죽었다고 씌어 있었다. '정말이지 슬픈 일 아닌가요? 물론 고마운 해방이긴 하지만요.'

정말이지 몹시 이상한 일이었다. 그런 꿈을 꾼 다음에 그런 소식을 듣다니. 그는 그 모든 것의 의미를 명확히 알 수가 없었다. 하지만 이상한 일이었다.

그중에서도 가장 고약한 것은 그 이후 도대체 그 집을 찾을 수가 없다는 사실이었다. 어쩌면 길을 잃었는지도 몰랐다.

또다시 열이 오르기 시작했다. 그는 쉴 새 없이 몸을 뒤척였다. 그는 잊고 있었지만, 그 집은 분명 높은 곳에 자리잡고 있지 않았던가! 그곳에 가기 위해서는 위로 올라가야 했다. 하지만 절벽을 올라가는 것은 몹시, 몹시 힘든 일이었다. 위로, 위로, 위로, 이런! 미끄러졌잖아! 바닥에서부터 다시 시작해야 했다. 위로, 위로, 위로……. 여러 날, 여러 주가 지나갔다. 어쩌면 여러 해가 지나갔는지도 몰랐다! 그는 계속 올라가는 중이었다.

한번은 의사의 목소리가 들려왔다. 하지만 그 소리를 듣기 위해 오르기를 멈출 수는 없었다. 게다가 의사는 그 집을 찾는 것을 그만 두라고 말할 터였다. 의사는 그것을 평범한 집으로 여기고 있었다. 의사가 알 리가 없었다.

문득 그는 마음을 가라앉혀야 한다고, 아주 차분해져야 한다는 것을 생각해 냈다. 아주 차분해지지 않는다면, 그 집을 찾아낼 수 없을 터였다. 서둘러 그 집을 찾거나 흥분하는 것은 소용없는 일이었다.

마음을 차분하게 유지할 수만 있다면! 하지만 이건 너무 뜨겁지 않은가! 뜨겁다고? 그것은 차가웠다. 그랬다, 차가웠다. 그것들은 절벽이 아니라 빙산, 차갑고 뾰족뾰족한 빙산이었다.

그는 너무나도 피곤했다. 계속 쳐다보지 않으리라. 그래서 좋을 것이 없었다. 아! 여기 길이 있군. 어쨌든 빙산보다는 나았다. 시원하고 녹음이 우거진 오솔길에 들어오니 얼마나 편안하고 서늘한가! 그리고 이 나무들은……, 얼마나 멋진가! 이 나무들을 보니 뭔가 떠오르는데……, 그게 뭘까? 그는 기억해 낼 수 없었지만 그런 것은 아무래도 좋았다.

아! 여기 꽃들이 있군. 모두 황금빛과 푸른색이잖아! 이 모든 게 얼마나 아름다운가. 그리고 얼마나 익숙하게 느껴지는가. 그는 전에 그곳에 온 적이 있음이 분명했다. 저기, 나무들 사이로, 언덕 위에 서 있는 번쩍이는 그 집이 보였다. 그 집의 비길 데 없는 찬란한 아름다움에 비하면 녹음이 우거진 오솔길과 나무들과 꽃들은 아무것도 아니었다.

그는 걸음을 빨리했다. 그 집 안에 들어가 본 적이 없다고 생각하다니! 자신은 얼마나 어리석은가. 주머니 속에 줄곧 열쇠를 갖고 있지 않았던가!

내부의 아름다움에 비하면 외부의 아름다움은 물론 아무것도 아닐 터였다. 특히 지금은 주인이 해외에서 돌아와 있었다. 그는 커다란 문으로 통하는 층계를 올랐다.

그런데 억세고 잔인한 손이 그를 뒤에서 잡아끄는 것이 아닌가! 그 손은 그를 앞뒤로 뒤흔들며 그의 길을 방해하고 있었다.

의사가 그를 잡아흔들며 그의 귀에 대고 고함을 치고 있었다.

"이봐, 좀 더 버텨. 당신은 할 수 있어. 포기하지 마. 포기하지 말라고."

의사의 두 눈은 적을 눈앞에 둔 사람의 사나움으로 불타고 있었다. 시그레이브는 그 적이 누구인지 궁금했다. 검은 옷을 입은 간호사가 기도를 하고 있었다. 그것 역시 이상한 일이었다.

그가 원하는 건 자신을 혼자 내버려 두는 것뿐이었다. 그 집으로 돌아가는 것뿐이었다. 매순간 그 집의 모습이 희미해지고 있었다.

그건 분명 의사의 힘이 너무나도 강하기 때문일 터였다. 그에게는 의사와 싸울 만한 힘이 없었다. 그럴 힘만 있다면.

하지만 잠깐! 또 다른 길이 있었다. 사람이 깨어나는 순간 꿈에 접어드는 길이다. 그 어떤 힘도 꿈을 잡을 수는 없었다. 휙 하고 지나가 버리므로 그가 꿈처럼 빠져나간다면, 그렇게 슬쩍 빠져나간다면, 의사의 손도 그를 붙잡지 못할 터였다!

그랬다, 그 길로 가야 했다! 하얀 벽들이 다시 나타났다. 의사의 목소리는 점점 더 희미해졌고, 의사의 손길은 거의 느껴지지 않았

다. 꿈이 사람을 따돌린 다음 터뜨리는 웃음의 의미를 이제 그는 알
수 있었다!

그는 그 집의 문간에 서 있었다. 그윽한 고요함은 깨어지지 않은
채였다. 그는 열쇠 구멍에 열쇠를 넣고 돌렸다.

그는 잠시 기다렸다. 형언할 길 없는 완벽하고 충만한 기쁨을 음
미하기 위해서였다.

그런 다음 그는 집 안으로 발을 들여놓았다.

덧붙이는 글

「꿈의 집」은 1926년 《소버린 매거진Sovereign Magazine》에 처음 게재되었다. 이 이야기는 크리스티가 1차 세계 대전이 일어나기 얼마 전에 쓴 「아름다운 집 The House of Beauty」을 개작한 것으로, 그녀는 「아름다움의 집」을 두고 '나한 테 어떤 가능성을 보여 준 최초의 작품.'이라고 자서전에서 밝히고 있다. 최초의 이야기가 모호하고 지나치게 음침한 분위기였던 것과 달리, 「꿈의 집」은 에드워드 왕조 시대의 가슴을 졸이게 하는 유령 이야기들, 특히 E. F. 벤슨의 작품들과 흡사하다. 이 작품은 원래의 작품에 비해 훨씬 명료하고 자기 관찰적인 면모를 보이고 있다. 크리스티는 출간을 위해 그 작품을 크게 고쳤다. 두 여자의 성격을 풍부하게 만들기 위해 크리스티는 앨러그라의 이 세상 사람 같지 않은 분위기를 누그러뜨리고 메이지 역할의 비중을 높였다. 『죽음의 사냥개The Hound of Death』(1933) 속에 수록된 또 다른 초기 작품인 「날개가 부르는 소리The Call of Wings」에서도 이와 비슷한 주제를 다루고 있다.

1938년 크리스티는 「아름다움의 집」에 대해 이렇게 쓰고 있다. '작품의 이미지 에는 호감이 가지만 그것을 써 내려간 방식은 따분하기 이를 데 없다.'는 과거의 자평에도 불구하고 그 씨앗이 제대로 뿌리 내렸음을 떠올린 것이다. '그 심심풀 이 땅콩 같은 이야기는 내 안에서 자랐다. 할 일이 그다지 많지 않은 한가한 날 이면 나는 그 이야기에 살을 붙이곤 했다. 그 이야기들은 언제나 슬픈 결말로 끝 났고, 때로는 아주 고상한 도덕적 취지를 지니기도 했다.'

초기 몇 년 동안 그녀에게 중요한 자극이 되어 준 것은 다트무어의 한 이웃이었 다. 집안의 가까운 친구이자 유명한 소설가인 이든 필포츠(Eden Phillpotts)가 바로 그 사람으로, 그는 크리스티(당시의 이름은 애거서 밀러였다.)에게 작품에 대 한 충고를 해 주었고 문체와 어휘로 그녀에게 또 다른 자극을 줄 수 있는 작가들 을 추천해 주었다. 그녀의 명성이 그를 앞지른 지 오랜 세월이 지난 어느 날, 크리 스티는 젊은 작가의 신념을 지지하는 데 꼭 필요한 공감과 기지를 필포츠가 어떻 게 자신에게 불어넣어 주었는지에 대해 이렇게 말했다. '오직 격려만을 해 주었

을 뿐 비판을 삼갔던 그의 사려에 대해 나는 감탄을 금할 수 없다.'

1960년 필포츠가 죽자 그녀는 이렇게 썼다.

'젊은 여자로서 막 글을 쓰기 시작한 내게 그가 보여 준 친절에 대해 내가 아무리 감사를 표한다 해도 부족할 것이다.'

여배우

1층 네 번째 줄에 앉아 있던 꾀죄죄한 차림새의 사내는 몸을 앞으로 기울이고는 못 믿겠다는 듯한 눈길로 무대를 응시했다. 그의 약삭빠른 두 눈이 한 순간 모아졌다.

"낸시 테일러잖아!"

그는 중얼거렸다.

"그래, 꼬맹이 낸시 테일러가 틀림없어!"

그의 눈길이 손에 쥐고 있는 프로그램 위로 떨어졌다. 거기에는 어떤 이의 이름이 다른 이름들보다 조금 큰 글자로 인쇄되어 있었다.

"올가 스토머라! 그러니까 이게 그녀가 직접 지은 이름인가 보군. 자신이 스타인 줄 아나, 아가씨? 그럼 돈도 꽤 벌겠군. 네 이름이 낸시 테일러였다는 사실을 까맣게 잊었겠지. 궁금한걸. 이제 제이크 레빗이 그 사실을 환기시켜 주면 네가 어떻게 나올지?"

1막이 끝나고 막이 내렸다. 열광적인 박수 소리가 객석을 채웠다. 최근 단기간에 명성을 획득한, 감정 표현에 탁월한 여배우 올가 스토머가 「복수의 천사」의 '코라' 역으로 자신의 경력에 또 하나의 성공을 기록하고 있었다.

제이크 레빗은 박수에 동참하지 않았다. 천천히 떠오르는 득의의 웃음에 그의 입이 벌어지고 있었다. 와우! 웬 행운인가! 마침 무일푼 신세가 아닌가. 그녀는 어떻게 해서든 궁지를 모면하려 하겠지만 자신을 속일 수는 없을 터였다. 잘만 되면 이건 노다지였다!

제이크 레빗의 노다지 채굴 작업은 다음 날 아침부터 가시화되었다. 붉은 래커칠과 검은 커튼으로 꾸며진 자기 집 응접실에서 올가 스토머는 편지를 읽고 또 읽으며 생각에 잠겨 있었다. 놀랍도록 풍부한 표정의 이목구비를 지닌 그녀의 창백한 얼굴은 평소보다 굳어 있었고, 균형 잡힌 이마 아래 회청색 두 눈은 편지 한가운데를 응시하고 있었다. 편지 속의 글자가 아니라 그 이면에 있는, 자신을 위협하는 존재를 바라보기라도 하는 것처럼.

감정에 겨워 떨 수도 있고 타자기의 딸깍 소리만큼이나 명료할 수도 있는 탁월한 목소리로 올가는 비서를 불렀다.

"존스 양!"

말쑥한 차림에 안경을 긴 젊은 여자가 속기용 공책과 연필을 손에 쥔 채 옆방에서 서둘러 나왔다.

"대너한 씨한테 전화해서 즉각 와 달라고 말해 줘요."

올가 스토머의 매니저인 사이드 대너한은 예술을 업으로 하는 여자들의 변덕을 다루는 데 익숙한 사람답게 언제나처럼 걱정스런 태도로 방으로 들어섰다. 어르고 달래고 위협하는 일을 때로는 한 가지씩, 때로는 모두 동원하는 것이 그가 매일하는 일이었다. 다행히 올가는 차분하고 침착한 모습으로 테이블 위로 메모 한 장을 던져 주었을 뿐이다.

"읽어 보세요."

그 편지는 싸구려 종이에 형편없는 글씨로 휘갈겨 쓴 것이었다.

친애하는 여사님께,

어젯밤 「복수의 천사」에서 당신의 연기는 무척 감동적이었습니다. 제 생각에 여사와 저는 둘 다 시카고에서 죽은 낸시 테일러 양을 친구로 두고 있는 것 같습니다. 그녀에 대한 기사가 짤막하게 났었지요. 그 일에 대해 의논하는 데 관심이 있으시다면, 여사님이 편한 시간에 언제라도 들르겠습니다.

존경을 보내며.

— 제이크 레빗

대너한은 영문을 모르겠다는 표정을 지었다.

"무슨 말인지 잘 모르겠군요. 이 낸시 테일러라는 사람은 대체 누굽니까?"

"죽는 게 나았을 여자예요, 대니."

올가의 목소리 속에는 그녀의 서른네 해를 말해 주는 피로와 슬픔이 서려 있었다.

"죽은 것과 다름없던 그 여자를 이 까마귀 같은 인간이 다시 살려 냈답니다."

"오! 그렇다면……."

"나예요, 대니. 바로 나라고요."

"이건 협박이 분명하군요?"

그녀는 고개를 끄덕였다.

"물론 그래요. 그것도 그 기술을 훤히 알고 있는 자의 협박이죠."

그 문제를 생각하며 대너한은 미간을 찌푸렸다. 길고 날씬한 손으로 턱을 짚은 채 올가는 속내를 드러내는 눈길로 그를 지켜보았다.

"튕겨 보는 게 어때요? 모든 걸 부인하는 겁니다. 그럼 닮은 사람을 보고 자신이 잘못 알았다고 생각할지도 모릅니다."

올가는 고개를 내저었다.

"여자들을 등쳐먹는 게 레빗의 일이에요. 그는 확신을 갖고 있을 거예요."

"경찰에 신고하면 어떨까요?"

대너한이 확신없이 물었다.

조롱하는 듯 희미한 그녀의 미소가 그 질문에 충분한 대답이 되었다. 대너한은 눈치채지 못하고 있었지만 그녀의 침착한 모습 이면에는 조바심이 자리잡고 있었다. 자신은 단숨에 답파한 길을 뒤처져 열심히 걸어오고 있는 덜 영리한 이를 바라보면서 영리한 이가 느끼는 조바심이었다.

"당신이, 음, 리처드 경에게 직접 그 얘길 하는 게 현명하지 않을까요? 그러면 그 사내도 제 마음대로 할 순 없을 겁니다."

올가와 국회의원 리처드 에버러드 경의 약혼이 발표된 것은 두어 주 전의 일이었다.

"리처드가 나에게 청혼했을 때 난 그에게 모든 걸 다 말했어요."

"세상에, 정말 잘하셨군요!"

대너한이 감탄했다.

올가는 살짝 미소를 지었다.

"잘한 일이 아니에요, 대니. 당신은 이해하지 못하는군요. 그렇다 해도, 레빗이라는 이 사내가 협박을 하면 배우로서 나는 끝장이 날 테고, 자연히 리처드의 정치 경력도 엉망이 될 거예요. 그래요, 내가 아는 한 할 수 있는 일은 두 가지밖에 없어요."

"뭐라고요?"

"돈을 주는 거예요. 물론 끝이 없겠죠! 그렇지 않으면 종적을 감추고 다시 시작하는 거예요."

그녀의 목소리에 또다시 피로가 눈에 띄게 드러났다.

"내가 후회할 일을 저지른 게 사실이에요. 그때 굶주린 채 빈민굴을 전전하던 나는 필사적으로 내 몸을 지켜야 했어요, 대니. 난 한 사내에게 총을 쐈어요. 죽어 마땅한 짐승 같은 사내였죠. 내가 그를 죽인 정황을 고려하면 그 어떤 배심원도 나에게 유죄를 선고할 수 없을 거예요. 이제 난 그 사실을 알아요. 하지만 당시 나는 겁에 질린 어린 계집애에 지나지 않았어요. 그래서 도망쳤죠."

대너한이 고개를 끄덕였다.

"혹시……."

그가 확신 없이 말을 이었다.

"그 레빗이란 사내에게 우리가 걸고 넘어갈 만한 구린 데가 없을까요?"

올가는 고개를 내저었다.

"가능성이 거의 없는 일이에요. 그자는 겁이 많아서 악행을 저지르지도 못하는 인간이에요."

그녀는 스스로의 말에 충격을 받은 것 같았다.

"비열한 작자예요! 그런 방법은 듣지 않을 것 같아요."

"리처드 경이 그자를 만나 겁을 주면 어떨까요?"

대너한이 제안했다.

"리처드는 그런 일을 하기에는 너무 고상해요. 그런 종류의 인간을 부드러운 방법으로 다룰 순 없어요."

"그럼 내가 그를 만나 보겠어요."

"용서해요, 대니. 당신도 그를 다루기에는 약해요. 장갑도 아니고 맨손도 아닌 그 무엇이 필요해요. 이를테면 여자용 긴 장갑 같은 거 말이죠! 다시 말해서 여자가 필요해요. 그래요, 여자라면 그 일을 해낼 수 있을 것 같아요. 고상한 면이 있으면서도 쓰라린 경험을 통해 밑바닥 인생을 아는 여자 말이에요. 예컨대 올가 스토머 같은 여자죠! 내 말을 막지 마세요, 계획이 떠오르기 시작했어요."

그녀는 앞으로 몸을 기울이더니 두 손에 얼굴을 묻었다. 이윽고 그녀는 갑자기 고개를 들었다.

"내 대역을 하고 싶어하는 그 아가씨 이름이 뭐죠? 머거릿 리안 인가요? 그 여자 머리카락이 내 것과 똑같죠?"

"머리카락은 나무랄 데 없어요."

대너한이 마지못해 인정했다. 그의 눈길은 올가의 얼굴을 둘러싸고 있는 놋쇳빛 고수머리에 머물러 있었다.

"당신 말대로 당신 머리카락과 똑같죠. 하지만 다른 점에선 별로예요. 다음 주에 그녀를 해고할 생각이에요."

"모든 일이 잘된다면, 당신은 그녀에게 '코라' 대역을 맡겨야 할 거예요."

그녀는 손사래로 대너한의 항의를 일축했다.

"대니, 한 가지만 솔직하게 대답해 줘요. 내가 연기를 할 수 있다고 생각해요? 진짜 연기 말예요. 아니면 난 그저 예쁜 드레스를 입고 치마 꼬리를 끌며 돌아다니는 예쁘장한 여자일 뿐인가요?"

"연기라고 했나요? 맙소사! 더즈 이후 당신 같은 배우는 결단코 없어요!"

"거기다 레빗이 내 예측대로 진짜 겁쟁이라면 일은 잘될 거예요. 아뇨, 내 계획을 당신한테 말해 줄 순 없어요. 당신은 리안이라는 그 아가씨에게 연락을 취하세요. 내가 그녀에게 관심을 갖고 있고 내일 밤 여기서 함께 저녁 식사를 들고 싶어한다고 그녀에게 말하세요. 얼른 달려올 거예요."

"장담하건대 그럴 겁니다!"

"또 한 가지는 사람을 축 늘어지게 하는 약을 구해 달라는 거예요. 누구든 한두 시간 정도 움직일 수 없게 만들 수 있지만 다음 날이 되면 다시 멀쩡해지는 그런 약 말이에요."

대너한이 씩 웃었다.

"두통은 있을 수 있지만 지속적인 피해는 주지 않는다고 장담할 수 있어요."

"잘됐군요! 이제 움직이세요, 대니. 그리고 나머진 내게 맡겨 둬요."

그녀는 목소리를 높였다.

"존스 양!"

안경을 쓴 예의 그 젊은 여자가 언제나처럼 민첩하게 모습을 나타냈다.

"내 말을 받아써 줘요."

천천히 방 안을 왔다갔다하면서 올가는 그날 보낼 편지를 구술했다. 하지만 하나의 답장만은 직접 썼다.

제이크 레빗은 음침한 자기방에서 자기 예상대로 도착한 편지의 봉투를 씩 웃으면서 찢었다.

친애하는 선생님,

선생님께서 말씀하시는 그 여자분이 누군지 저로서는 기억이 안 나는군요. 하지만 제가 무척 많은 사람들을 만나고 있기 때문에 미처 기억을 못 해내는 걸 거예요. 전 언제나 같은 여배우들을 기꺼이 돕고 있어요. 오늘 밤 9시에 들러 주신다면 집에 있겠습니다.

　이만 줄입니다.

— 올가 스토머

레빗은 만족스러운 듯 고개를 끄덕였다. 약삭빠른 답장이 아닌가! 그녀는 아무것도 인정하지 않았다. 그렇지만 기꺼이 협상에 응하고자 하는 자세를 보여 주고 있었다. 바야흐로 노다지가 열리고 있었다.

정각 9시, 레빗은 그 여배우의 아파트 앞에 도착해 벨을 눌렀다. 아무 대답이 없어 다시 한 번 벨을 누르려는 순간 그는 문에 걸쇠가 걸려 있지 않다는 것을 깨달았다. 그는 문을 밀어 열고 현관으로 들어섰다. 오른쪽의 열린 문을 통해 눈부시게 불이 밝혀진 방이 들여다보였다. 진홍색과 검은색으로 꾸며진 방이었다. 레빗은 안으로 들어섰다. 탁자 위의 스탠드 아래에는 종이 한 장이 놓여 있었고, 거기에는 이렇게 씌어 있었다.

　제가 돌아올 때까지 기다려 주십시오.

— 올가 스토머

레빗은 자리에 앉아 기다렸다. 왠지 불편한 느낌이 밀려들기 시작했다. 아파트는 아주 조용했다. 그리고 그 침묵 속에는 뭔가 기분 나쁜 것이 있었다.

물론 아무것도 잘못된 것은 없었다. 그런 게 있을 턱이 있는가? 하지만 그 방은 지나치게 조용했다. 그렇게 조용한데도 누군가 있다는 터무니없고 불편한 느낌이 들었다. 말도 안 되는 소리! 그는 이마의 땀을 닦았다. 하지만 그런 느낌은 점점 더 강해졌다. 그는 그 방에 혼자 있는 것이 아니었다! 욕설을 내뱉으며 그는 자리에서 일어나 방 안을 왔다 갔다 하기 시작했다. 잠시 후 그 여자가 돌아오면, 그러면…….

다음 순간 그는 억제된 비명을 내지르며 얼어붙은 듯 걸음을 멈췄다. 창문에 드리워진 검은 벨벳 커튼 아래 사람 손 하나가 비어져 나와 있었던 것이다! 그는 몸을 굽혀 그것을 만져 보았다. 싸늘했다. 얼음장처럼 싸늘했다. 죽은 이의 손이었다.

비명을 내지르며 그는 커튼을 젖혔다. 거기에는 한 여자가 누워 있었다. 한 팔은 넓게 벌려져 있었고 다른 팔은 굽혀진 채 몸에 깔려 있었다. 얼굴을 아래로 하고 있었으므로 놋쇳빛 머리카락이 목덜미 위에 헝클어져 있었다.

올가 스토머였다! 그는 부들부들 떨리는 손가락으로 얼음처럼 차가운 손목을 찾아 맥박을 짚어 보았다. 맥박이 뛰지 않는 것 같았다. 죽은 모양이었다. 그러니까 가장 간단한 방법으로 자신에게서 도망친 셈이었다.

그녀의 풍성한 머리카락에 반쯤 가려진, 환상적인 술이 달린 붉은 끈의 양끝에 문득 그의 눈길이 멎었다. 그는 조심스럽게 그것을 만져 보았다. 그 서슬에 여자의 고개가 축 늘어졌다. 순간 그는 무섭게 시뻘게진 얼굴을 볼 수 있었다. 그는 비명을 내지르며 뒤로 물러섰다. 머릿속이 소용돌이치고 있었다. 거기에는 그가 이해할 수 없는 무엇인가가 있었다. 그가 언뜻 본 일그러진 그 얼굴은 그에게 한 가지 사실을 말해 주고 있었다. 그것은 자살이 아니라 살인이라는 사실을. 그 여자는 목이 졸려 죽어 있었다. 그리고 그건 올가 스토머가 아니잖은가!

이런! 이게 무슨 소리지? 그의 뒤에서 무슨 소리인가 들렸다. 몸을 돌린 그는 벽에 붙어 서 있는 하녀의 겁에 질린 눈길과 정면으로 맞닥뜨렸다. 하녀의 얼굴은 자신이 입고 있는 앞치마와 머릿수건만큼이나 새하얘져 있었다. 하지만 그는 그녀 눈에 떠올라 있는 그 넋나간 공포가 무엇을 의미하는지 깨닫지 못했다. 숨도 제대로 쉬지 못하면서 그녀가 이렇게 말함으로써 그가 어떤 곤경에 처했는지 깨우쳐 주기 전까지는.

"오, 맙소사! 당신이 죽였군요!"

그때까지도 그는 상황을 제대로 깨닫지 못했다. 그가 대답했다.

"아니요, 그렇지 않소. 내가 발견했을 때 이 여잔 죽어 있었소."

"당신이 죽이는 걸 봤는걸요! 당신은 끈으로 그녀의 목을 졸랐어요. 숨이 넘어가면서 그녀가 내는 신음도 들었어요."

그의 이마에서 본격적으로 땀이 솟기 시작했다. 그는 재빨리 마음속으로 조금 전 자신의 행동을 돌이켜보았다. 하녀는 자신이 끈의 양끝을 두 손에 쥔 순간 들어온 모양이었다. 그래서 여자의 머리가 늘어지는 것을 보았고, 그가 낸 신음소리를 여자에게서 나온 것으로 오해한 모양이었다. 그는 속절없이 그녀를 물끄러미 응시했다. 그녀의 얼굴에 떠오른 표정에는 의심의 여지가 없었다. 공포와 어리둥절함이 떠올라 있었던 것이다. 그녀는 범죄 현장을 목격했노라고 경찰에 말할 것이고, 그 어떤 반대 신문도 그녀의 믿음을 흔들어 놓을 수 없으리라는 것을 그는 확신했다. 자신이 말하는 것이 진실이라는 단호한 믿음으로 그녀는 자신의 삶을 송두리째 앗아갈 터였다.

이 무슨 끔찍하고 우연한 상황의 장난이란 말인가? 가만, 이게 우연일까? 여기에는 뭔가 악마적인 것이 있지 않은가? 충동적으로 그는 하녀를 조심스럽게 노려보며 물었다.

"이 여잔 당신 여주인이 아니잖아."

반사적으로 튀어나온 하녀의 대답이 그 상황에 한 줄기 빛을 비춰 주었다.

"그래요, 그 여잔 주인님의 친구인 여배우예요. 그런 사람들을 친구라고 부를 수 있다면 말이죠. 그들은 원수처럼 서로 싸웠거든요. 오늘 밤에도 무섭게 싸웠어요."

함정이 아닌가! 그는 이제 자신이 함정에 빠졌다는 것을 깨달았다.

"여주인은 어디 있지?"

"10분 전에 나가셨어요."

틀림없는 함정이었다! 그리고 자신은 새끼양처럼 함정 속으로 걸어 들어온 것이다. 그 올가 스토머란 여자는 영리한 악녀였다. 그녀는 자기 손으로 경쟁자를 해치운 다음 그 죗값을 자신에게 치르게 만들어 놓은 것이다. 살인이라니! 맙소사, 자신이 살인을 했다면 교수형을 당해 마땅했다. 하지만 그는 정말이지 죄가 없지 않은가!

살금살금 움직이는 소리에 그는 정신이 들었다. 하녀가 문 쪽으로 살그머니 달아나고 있었다. 머리가 다시 돌기 시작한 모양이었다. 그녀의 눈길이 전화를 향했다가 다시 문으로 돌아갔다. 어떤 일이 있더라도 그녀의 입을 막아야 했다. 그것 이외에는 길이 없었다. 저지르지도 않은 죄로 교수형을 당하는 것보다는 실제로 죄를 저지르는 편이 낫지 않은가. 하녀에겐 무기가 없었고 그 역시 마찬가지였다. 하지만 그에게는 억센 두 손이 있지 않은가! 그러자 그의 심장이 방망이질하기 시작했다. 하녀 옆의 탁자 위, 그녀의 손 바로 아래에 보석이 박힌 작은 권총이 놓여 있었다. 그걸 먼저 손에 넣을 수만 있다면…….

본능에서였는지, 그의 눈빛 때문이었는지 하녀는 겁을 먹은 것 같았다. 그가 몸을 일으키는 순간 그녀는 권총을 집어들더니 그의 가슴을 겨누었다. 서투르게 권총을 잡은 그녀는 방아쇠에 손가락을 갖다 댔다. 그 거리에서 그를 맞히지 못할 가능성은 거의 없었다. 그는 얼어붙은 듯 동작을 멈추었다. 올가 스토머 같은 여자가 갖고 있는 권총이라면 틀림없이 장전이 되어 있을 터였다.

하지만 한 가지 탈출구가 있었다. 하녀는 이제 그와 문 사이에 있지 않았다. 그가 공격하지 않는 한 그녀는 총을 쏠 정도로 신경이 곤두서지는 않을 터였다. 어쨌든 그로서는 위험을 무릅써야 했다.

그는 비틀비틀 문을 향해 달려나가 현관을 지나 문밖으로 나왔다. 그의 뒤에서 쾅 하고 문 닫히는 소리가 들려왔다. '경찰을 불러 주세요, 살인 사건이에요!' 하고 소리치는 하녀의 작고 떨리는 목소리가 들려왔다. 누구라도 그녀의 목소리를 들을 수 있으려면 더 크게 소리를 질러야 할 것이다. 어쨌든 그는 소스라쳤다. 층계를 내려와 달음질을 치다가 이윽고 속도를 늦추고는 길을 잘못 들은 것처럼 모퉁이를 돌았다. 계획은 이미 세워져 있었다. 가능한 한 빨리 그레이브샌드로 가야 했다. 그날 밤 그곳에서는 이 세상 가장 후미진 곳으로 향하는 배가 출발할 터였다. 그는 그 배의 선장을 알고 있었다. 대가만 지불한다면 선장은 아무 질문도 하지 않을 터였다. 일단 배에 올라 먼바다로 나가면 목숨은 구하는 셈이었다.

11시에 대녀한의 전화벨이 울렸다. 올가의 목소리가 들려왔다.

"리안 양을 위한 계약서를 준비해 줄래요? 그녀는 '코라'의 대역을 하게 될 거예요. 반대해 봤자 아무 소용 없어요. 어쨌든 오늘 밤 나는 그녀에게 빚을 진 셈이니까요. 뭐라고요? 그래요, 난 궁지를 벗어난 것 같아요. 그건 그렇고, 만약 내일 그녀가 당신한테 내가 열렬한 심령주의자이고 오늘 밤 자신에게 최면을 걸었노라고 말하면, 너무 못 믿는 기색을 보이지 마세요. 어떻게 해냈느냐고요? 수면제를 커피에 넣은 다음 과학적인 속임수를 동원했죠! 자주색 분장 기름을 그녀의 얼굴에 칠하고 왼쪽 팔에다 지혈기를 채웠던 거예요! 무슨 소린지 모르겠다고요? 그럼, 내일까지 모르는 채로 계세요. 지금 난 충실한 하녀 모드가 극장에서 돌아오기 전에 앞치마와 머릿수건을 벗어야 하니까요. 오늘 밤 「멋진 드라마」가 상연된다더군요. 하지만 그녀는 최고의 드라마를 놓친 셈이에요. 난 오늘 최고의 연기를 해냈어요, 대니. 여자용 장갑 작전이 성공했다고요! 제이크 레빗은 틀림없는 겁쟁이예요. 그리고 오, 대니, 대니, 난 진짜 배우예요!"

덧붙이는 글

「여배우」는 1923년 3월《노블 매거진 *Novel Magazine*》에 「경솔한 자를 위한 함정*A Trap for the Unwary*」이라는 제목으로 처음 발표되었다. 이 작품은 1990년 크리스티 탄생 백주년을 기념하기 위해 간행된 소책자에도 같은 제목으로 수록되었다.

이 작품은, 정교한 플롯을 선택함으로써 형태는 같지만 관점을 달리하거나 독자가 눈치 채지 못할 만큼 미묘하지만 의미심장한 변화를 곁들여 작품을 다시 써 내는 데 뛰어난 크리스티의 솜씨를 보여 주고 있다. 「여배우」속에 나오는 눈속임 부분은 다른 이야기들, 특히 『열세 가지 수수께끼 *The Thirteen Problems*』(1932)에 수록된 흥미진진한 미스 마플 이야기인 「방갈로에서 생긴 일 *The Affair at the Bungalow*」과 푸아로가 등장하는 작품인 『세상의 악*Evil Under the Sun*』(1941)에서도 등장한다.

이 작품은 우리에게 크리스티가 영국 최고의 희곡 작가이기도 했다는 사실을 떠올리게 해 준다. 비록 그녀의 첫 희곡은 완성되지 못했지만 그녀는 그 작품에 대해 스스로 '내 기억이 맞다면 근친 상간에 관한 극도로 음침한 작품.'이라고 말했다. 그녀 자신이 아끼는 희곡은 『검찰 측의 증인*Witness for the Prosecution*』(1953)이었지만 가장 유명한 것은 당연히 『쥐덫*The Mousetrap*』(1952)으로 이 작품은 거의 50년이 지난 지금도 런던에서 공연되고 있다. 『쥐덫』의 플롯이 미래의 희생자를 속이는 살인자의 능력에 집중되어 있는 반면, 희곡으로서의 이 작품은 보고 들은 것에 대한 사람들의 반응 방식을 포착해 내는 크리스티의 솜씨와, 사태에 대한 청중의 의식을 교묘히 조종하는 그녀의 뛰어난 능력에 기인한다. 『쥐덫』이 런던에서 공연된 후《더 타임스*The Times*》에서는 '연극의 특별한 요구를 멋지게 만족시키는 작품.'이라면서, 그 작품에 참여하거나 주의 깊게 연구한 사람이라면 그 작품의 성공이 '은밀함'에 달려 있었음을 눈치 챌 수 있을 것이라고 쓰고 있다. 그 놀라운 결말을 짐작할 수 있는 이가 거의 없었다는 것이야말로 성공 이유였던 것이다.

칼날

클레어 헐리웰은 자신의 오두막에서 뜰을 지나 대문에 이르는 멀지 않은 길을 걸어 내려갔다. 그녀의 팔에 건 바구니 속에는 병에 담긴 수프와 집에서 만든 젤리와 포도가 들어 있었다. 데이머스 엔드라는 그 작은 마을에는 가난한 이들이 많지 않았지만, 그들은 따뜻한 보살핌을 받을 수 있었다. 클레어는 교구 일손 중에서도 가장 열심이었다.

클레어 헐리웰은 서른두 살이었다. 그녀는 반듯한 몸가짐과 건강한 안색과 멋진 갈색 눈의 소유자였다. 아름답지는 않았지만 건강하고 유쾌해 보였고 무척 영국적이었다. 모두들 그녀를 좋아했고 그녀를 좋은 사람이라고 여겼다. 2년 전 어머니가 죽은 후 그녀는 자신의 개 로버를 데리고 오두막에서 혼자 살고 있었다.

그녀가 대문 빗장을 벗기고 있을 때 2인승 자동차 한 대가 지나갔다. 운전석에 앉은 붉은 챙모자를 쓴 여자가 손을 흔들었다. 클레어도 마주 손을 흔들었지만 그녀의 입매가 잠깐 굳어졌다. 비비안 리를 만날 때면 언제나 그렇듯이 그녀는 가슴이 죄어드는 것을 느꼈다. 바로 제럴드의 아내가 아닌가!

마을에서 꼭 1.5킬로미터 떨어져 있는 매던햄 농장은 여러 세대에 걸쳐 리 집안의 소유였다. 현재 그 농장의 주인인 제럴드 리 경은 나이보다 늙어 보였고, 많은 이들로부터 태도가 뻣뻣하다는 평을 듣고 있었다. 그러나 그의 거만해 보이는 태도 이면에는 심한 수줌음이 자리잡고 있었다. 그와 클레어는 어릴 적에 함께 놀았다. 그 후에는 친구가 되었고, 이어 더욱 가깝고 친밀한 사이가 되리라고 많은 이들이 은연중 기대했다. 그런 이들 중에는 클레어 자신도 포함되어 있었다. 물론 서두를 필요는 없지만 언젠가는……. 그녀는 마음속에서 그렇게 믿고 있었다. 언젠가는.

그런데 바로 1년 전, 마을 사람들은 제럴드 경이 하퍼 양이라는 아가씨와 결혼한다는 소식을 듣고 깜짝 놀랐다. 아무도 그녀에 관해 들어 본 적이 없는 아가씨였던 것이다!

새로 온 리 부인은 마을에서 인기가 없었다. 그녀는 교구 일에 눈곱만큼도 관심을 보이지 않았고, 사냥을 지루해했으며, 시골과 야외에서 하는 운동을 싫어했다. 아는 체하기 좋아하는 많은 이들이 고개를 내저으며 그 결혼이 어떻게 끝날지 궁금해했다. 제럴드 경이 그녀의 어떤 점에 마음을 빼앗겼는지는 쉽게 알 수 있었다. 비비안은 미인이었다. 예쁜 귀 위로 매혹적으로 곱슬거리는 붉은 금발과

곁눈질만으로도 충분히 남자를 흥분시킬 수 있는 커다란 보랏빛 눈을 지닌 자그마하고 고상한 요정 같은 여자로, 클레어 헐리웰과는 머리부터 발끝까지 딴판이었다.

제럴드 리는 남자다운 단순한 생각에서 자신의 아내와 클레어가 좋은 친구가 되기를 바랐다. 클레어는 농장에 자주 저녁 초대를 받았고, 비비안은 만날 때마다 애정 어린 친밀감을 표시했다. 오늘 아침 그녀의 쾌활한 인사 역시 그런 것이었다.

클레어는 목적한 곳에 가서 할 일을 마쳤다. 교구 목사 역시 클레어가 방문한 할머니 집에 와 있었다. 일이 끝난 후 그들은 함께 걷다가 서로 헤어져야 할 갈림길에 이르렀다. 그들은 교구 일에 대해 이야기를 하면서 잠시 걸음을 멈추었다.

"존스가 또다시 술을 마시는 것 같아 걱정이오. 그가 자진해서 술을 끊겠다고 해서 희망을 가졌는데."

"정말 넌더리가 나요."

클레어가 딱딱하게 말했다.

"그럴 수 있소."

월모트 씨는 말을 이었다.

"하지만 그의 입장이 돼서 그 유혹을 물리치는 게 얼마나 어려운지 생각해 봐야 한다오. 술에 대한 건 아니지만, 각자 갖고 있는 저항하기 어려운 유혹에 비추어 생각해 보면 그를 이해할 수 있을 거요."

"우리에게도 그런 게 있을 테죠."

클레어가 모호하게 대답했다.

목사는 흘끗 그녀에게 눈길을 주었다.

"유혹의 시련을 거의 당하지 않는 행운을 타고나는 사람들도 있소."

그는 부드러운 어조로 말했다.

"하지만 그런 이들에게도 시련의 때가 오는 법이라오."

그런 다음 그는 서둘러 걸음을 옮기며 그녀에게 작별 인사를 했다. 클레어는 생각에 잠긴 채 걷기를 계속했다. 잠시 후 그녀는 하마터면 제럴드 리와 부딪칠 뻔했다.

"여어, 클레어. 너한테 달려가던 길이야. 아주 즐거워 보이는데. 혈색이 무척 좋구나."

그 혈색은 사실 그때 막 돌기 시작한 것이었다. 리는 말을 이었다.

"조금 전에 말한 대로 너한테 달려가는 길이었어. 비비안이 주말 동안 본머스에 가게 됐어. 장모님이 편찮으시대. 우리와의 저녁 식사를 오늘 밤이 아니라 화요일 날로 옮겨도 될까?"

"오, 되고말고! 난 화요일도 괜찮아."

"그렇다면 다행이군. 잘됐어. 난 급히 가 봐야겠어."

클레어가 집으로 돌아와 보니 충실한 하녀가 현관 계단 위에 서서 자신을 기다리고 있었다.

"이제 오시는군요, 아가씨. 자그마한 소동이 있었어요. 사람들이 로버를 집으로 데려왔더군요. 오늘 아침에 혼자 밖에 나갔는데, 차에 치인 모양이에요."

클레어는 서둘러 개에게로 갔다. 그녀는 동물을 몹시 사랑했고,

그녀에게 로버는 특별한 존재였다. 그녀는 개의 다리를 차례로 만져 본 다음 두 손으로 개의 몸을 더듬어 보았다. 개는 한두 차례 신음을 내지르며 그녀의 손을 핥았다.

"심각한 상처를 입었다면 내상일 것 같아. 뼈는 부러진 게 없는 것 같은데."

"수의사에게 보이는 게 어떨까요, 아가씨?"

클레어는 고개를 저었다. 그녀는 그 마을 수의사를 믿을 수 없었던 것이다.

"내일까지 기다려 보지. 로버가 크게 아파하는 것 같지 않고 잇몸 빛깔도 정상인 걸 보면 심각한 내출혈이 있는 것 같지는 않으니까. 내일 로버의 상태가 좋지 않으면 차에 태워 스키핑턴으로 가서 리브스에게 보이겠어. 그는 정말 뛰어난 의사니까."

다음 날 로버의 상태가 더 나빠진 듯하자, 클레어는 지체 없이 그말을 실행에 옮겼다. 소도시 스키핑턴은 그곳에서 64킬로미터 떨어져 있었다. 먼 거리였지만 그곳의 수의사 리브스는 멀리까지 명성이 자자했다.

리브스는 로버가 내상을 입긴 했지만 곧 회복될 것이라고 단언했다. 클레어는 가벼운 마음으로 로버를 그에게 맡겨 두고 밖으로 나왔다.

스키핑턴에 호텔이라고는 카운티 암즈라는 소박한 호텔뿐이었다. 그곳은 주로 떠돌이 장사꾼들로 붐볐다. 왜냐하면 스키핑턴 근처는 사냥에 적합하지 않았고 간선 도로에서도 떨어져 있었기 때문이다.

점심 식사는 1시 이후부터 할 수 있었다. 그 시간이 되려면 몇 분 남아 있었으므로 클레어는 심심풀이 삼아 펼쳐져 있는 방명록을 흘끗 바라보았다.

그녀의 입에서 갑자기 억제된 외침이 터져나왔다. 둥글리고 꼬부려서 화려하게 보이는 그 필적은 분명 아는 이의 것이 아닌가? 그녀는 언제든 그 필적을 알아볼 수 있었다. 지금 그것을 두고 맹세라도 할 수 있었다. 하지만 물론 있을 수 없는 일이었다. 비비안 리는 본머스에 가 있을 터였다. '시릴 브라운 부부, 런던.'이라는 방명록의 내용 자체도 말이 안 되는 것이었다.

하지만 그러지 않으려고 했음에도 그녀의 시선은 끝을 꼬부린 그 필적으로 줄곧 돌아갔다. 이윽고 그녀는 알 수 없는 충동에 휘둘려 여사무원에게 물었다.

"시릴 브라운 부인이 어떤 분이죠? 내가 아는 분인 것 같아서요."

"자그마한 부인 말씀이세요? 머리카락이 붉은? 아주 예쁜 분이죠. 빨간색 2인승 차를 타고 오셨습니다, 부인. 푸조 같더군요."

그렇다면 틀림없지 않은가! 우연으로 보기에는 일치하는 게 너무 많았다. 여사무원의 말소리가 그녀의 귀에는 마치 꿈결처럼 들려왔다.

"두 분은 한 달쯤 전에 주말 동안 이곳에 묵으셨는데, 다시 오실 정도로 마음에 드셨나 봐요. 신혼인 게 분명해요."

클레어는 이렇게 말하는 자신의 목소리를 들었다.

"고맙습니다. 제 친구가 아닌 것 같군요."

자신의 목소리가 그녀에게 마치 다른 사람의 것처럼 낯설게 들렸다. 이제 그녀는 식당에 앉아 말없이 차가운 로스트 비프를 먹고 있었다. 마음속에선 상반되는 생각과 감정들이 소용돌이치고 있었다.

사태는 명확했다. 처음 만났을 때 이미 그녀는 비비안을 꽤 정확하게 파악했다. 비비안은 그런 여자였다. 어떤 남잘까 하고 그녀는 좀 궁금했다. 비비안이 결혼 전부터 알던 사람일까? 그럴 가능성이 높았다. 그건 중요하지 않았다. 중요한 건 오직 제럴드였다.

제럴드를 위해 자신은 어떻게 해야 할까? 그는 사실을 알아야 했다. 당연히 사실을 알아야 했다. 그에게 사실을 알려 주는 게 자신이 할 일이었다. 우연히 비비안의 비밀을 알게 되었을 뿐이지만, 그 사실을 지체없이 제럴드에게 알려야 했다. 그녀는 비비안의 친구가 아니라 제럴드의 친구였다.

하지만 왠지 마음이 편치 않았다. 그녀의 도덕 관념이 만족되지 않았다. 그 사실에 직면해 그녀가 내린 결론은 타당한 것이었지만, 해야 하는 일과 하고 싶은 일이 의심을 불러일으킬 정도로 꼭 맞아떨어졌던 것이다. 그녀는 자신이 비비안을 좋아하지 않는다는 사실을 인정하지 않을 수 없었다. 게다가 제럴드 리가 아내와 이혼한다면(클레어는 그가 이혼하리라는 것을 확신할 수 있었다.) 그는 자신의 명예에 좀 지나치게 집착하는 사내였다. 그렇게 된다면, 제럴드와 자신 사이에는 길이 활짝 열리게 될 터였다. 그런 식의 결론에 이르자 그녀는 움츠러들었다. 자신이 하려는 행동이 노골적이고 추하게 보였다.

사적인 요소가 너무 많이 개입되어 있었다. 그녀는 자신의 진짜 동기에 대해 확신을 가질 수 없었다. 클레어는 본질적으로 고상한 마음과 양심을 가진 여자였다. 이제 그녀는 자신이 어떻게 해야 하는지 알아내기 위해 필사적으로 머리를 쥐어짰다. 언제나 그랬듯이 그녀는 이번에도 옳은 일을 하고 싶었다. 이 경우 옳은 일이란 무엇일까? 무엇이 잘못된 일일까?

순전히 우연으로 그녀는 자신이 사랑하는 남자와 좋아하지 않는 여자, 그래, 솔직히 말하자면 쓰라린 질투의 대상인 여자에게 치명적인 타격을 줄 수 있는 사실을 알게 되었다. 그녀는 그 여자를 파멸시킬 수 있었다. 그런데 그렇게 하는 것이 정당한 일일까?

클레어는 작은 마을의 불가피한 일상인 험담과 뒷공론으로부터 줄곧 거리를 두고 살아왔다. 이제 자신이 항상 경멸해 마지 않던 그런 잔인한 인간들과 다름없다는 느낌이 들자 그녀는 혐오감에 사로잡혔다.

순간 그날 아침 들었던 교구 목사의 말이 그녀의 머릿속을 지나갔다.

'그런 이들에게도 시련의 때가 오는 법이라오.'

지금이 자신의 시련의 때일까? 이것이 자신에게 주어진 유혹일까? 유혹이 의무감으로 교묘하게 위장되어 다가온 것일까? 기독교인인 클레어 헐리웰은 모든 이들에게 사랑과 자비를 베풀어야 했다. 제럴드에게 사실을 말해야 한다면, 사적인 동기가 개입되지 않았다는 확신이 있어야 했다. 지금 그녀로서는 그것에 대해 아무 말도 할 수 없었다.

점심값을 지불한 다음 그녀는 운전을 하며 왠지 마음이 밝아지는 것을 느꼈다. 실제로 그녀는 오랜만에 행복했다. 자신에게 유혹에 저항할 힘이 있다는 것, 치사하고 가치없는 일은 그 어떤 것이라도 하지 않을 수 있다는 것이 기뻤다. 자신에게 남의 운명을 좌우할 힘이 있기 때문에 자신의 마음이 그렇게 밝아진 것이 아닐까 하는 생각이 한순간 머릿속을 스쳐 갔지만 그녀는 터무니없다고 여기며 그 생각을 떨쳐 버렸다.

화요일 저녁 그녀는 이윽고 마음을 굳혔다. 그 사실이 자신의 입을 통해 알려지면 안 된다. 자신은 입을 다물고 있어야 했다. 제럴드를 향한 그녀 자신의 은밀한 사랑 때문에 말을 할 수 없었다. 그보다 더 높은 관점에서 사태를 보아야 하지 않을까? 그럴지도 몰랐다. 하지만 그녀가 할 수 있는 선택은 그것뿐이었다.

그녀는 자신의 작은 차를 타고 제럴드의 농장에 도착했다. 제럴드 경의 운전사가 정문 앞에 서 있었다. 습한 밤이었으므로 그녀가 내린 다음 차를 차고에 넣기 위해서였다. 운전사가 차를 출발시키자마자 클레어는 자신이 돌려주려고 가지고 온 책들을 두고 내렸다는 사실을 떠올렸다. 그녀가 소리쳐 불렀지만 운전사는 듣지 못한 것 같았다. 집사가 차 뒤를 쫓아 달려갔다.

그래서 클레어는 잠시 동안 혼자 현관에 서 있게 되었다. 그녀가 왔다는 사실을 알리려고 집사가 근처의 응접실 문을 열어 놓은 참이었다. 하지만 방 안의 사람들은 그녀가 온 사실을 모르고 있었다. 이윽고 비비안의, 숙녀답다고 할 수 없는 새된 목소리가 명료하고 또렷하게 들려왔다.

"오, 우린 지금 클레어 헐리웰을 기다리고 있어요. 그 여자 알고 계시죠? 마을에 살고 있는 여자 말이에요. 이곳에서는 미인이라고 하지만 정말이지 놀랄 만큼 매력 없는 여자예요. 그 여잔 최선을 다해 제럴드를 잡으려고 했지만, 제럴드는 딱 질색이었지요."

그 목소리는 자기 남편이 중얼대며 항의하는 것에 대답했다.

"오, 맞잖아요, 여보. 그 여잔 그랬다고요. 당신이 그 사실을 의식하지 못했는지는 모르지만요. 그 여잔 최선을 다했죠. 불쌍한 노처녀 클레어! 좋은 사람이긴 하지만 정말 쓸모없는 여자잖아요!"

클레어의 얼굴은 백지장같이 하얘졌고, 늘어진 두 손은 한 번도 경험하지 못한 분노로 불끈 쥐어졌다. 그 순간 그녀는 비비안 리를 죽일 수도 있을 것 같았다. 그녀가 자제력을 되찾은 것은 놀라운 물리적인 노력, 그리고 그런 잔인한 말을 한 비비안을 벌줄 수 있는 힘이 자신에게 있다는 반은 무의식적인 생각 덕분이었다.

집사가 책을 가지고 돌아왔다. 그는 문을 열고 그녀의 도착을 알렸다. 그녀는 언제나처럼 밝은 태도로 방 안의 사람들에게 인사했다.

하얀 살빛과 연약한 모습을 돋보이게 하는 진한 포도줏빛 드레스를 우아하게 차려입은 비비안은 유난히 다정하고 감상적이었다. 그

동안 클레어를 자주 만나지 못했다면서, 이제 골프를 배우려고 하는데, 자신과 같이 꼭 골프장에 나가달라는 것이었다.

제럴드는 무척 정중하고 친절했다. 클레어가 자기 아내의 말을 들었을지도 모른다는 생각 같은 것은 하지 않았지만 막연히 그 말을 별충해야 한다는 생각을 하고 있었다. 그는 클레어를 무척 좋아했으므로, 비비안이 그런 식의 말을 하지 말기를 바랐다. 그와 클레어는 친구일 뿐 그 이상은 아니었다. 그의 마음속 깊은 곳에서 자신이 아까 그런 말로 진실을 회피하고 있었을지도 모른다는 불편함이 느껴지긴 했지만, 그는 그런 생각을 떨쳐 버렸다.

식사가 끝난 후 화제가 개에 관한 것으로 옮겨가자, 클레어는 로버가 당한 사고를 자세히 이야기했다. 그녀는 일부러 사람들의 말소리가 잦아들기를 기다렸다가 다시 입을 열었다.

"그래서 전 토요일에 로버를 데리고 스키핑턴에 갔답니다."

문득 비비안 리의 커피잔이 접시에 부딪히는 소리가 들렸다. 하지만 클레어는 비비안을 쳐다보지 않았다. 아직은 그럴 때가 아니었다.

"리브스 그 의사를 만나러 말인가요?"

"예, 그는 정말 훌륭해요. 병원에 들렀다가 카운티 암즈 호텔에서 점심을 먹었어요. 작지만 꽤 괜찮은 곳이죠."

이제 그녀는 비비안에게 고개를 돌렸다.

"그곳에 묵어 본 적 있어요?"

불확실한 점이 있었다 해도 이제 일소될 터였다. 비비안은 재빨리 대답했다. 서두르느라 말까지 더듬으면서.

"저요? 오! 아, 아뇨, 없어요!"

비비안의 눈에는 두려움이 떠올라 있었다. 클레어의 눈길과 부딪히는 순간 그녀의 동공이 커지면서 어두워졌다. 클레어의 눈에는 아무런 표정도 떠올라 있지 않았다. 차분히 뜯어보는 눈길이었다. 그 아래 짜릿한 쾌감이 가리워져 있다는 것은 아무도 상상조차 할 수 없을 터였다. 순간 클레어는 자신이 조금 전에 들은 그런 말을 한 비비안을 용서할 뻔했다. 그 순간 그녀는 현기증이 날 것처럼 충만한 자신의 힘을 천천히 음미했다. 비비안 리는 그녀의 손안에 있었다.

다음 날 그녀는 비비안으로부터 편지를 받았다. 그날 오후 자기 집에 와서 자신과 조용히 차 한잔 함께할 수 있겠느냐는 것이었다. 클레어는 거절했다.

그러자 비비안이 그녀를 찾아왔다. 클레어가 거의 틀림없이 집에 있을 만한 시각에 두 차례 그녀의 집을 방문했다. 클레어는 처음에는 진짜로 집에 없었고, 두 번째에는 비비안이 오솔길을 올라오는 것을 보고 뒷길로 빠져나갔다.

"내가 사실을 알고 있는지 아직 확신하지 못하고 있어."

그녀는 중얼거렸다.

"체면을 위태롭게 하지 않은 채 확인을 하고 싶은 거겠지. 하지만 그럴 순 없을걸. 내가 준비가 되기 전엔 말야."

클레어 자신도 스스로가 뭘 기다리고 있는지 분명히 알 수 없었다. 그녀는 침묵을 지키기로 마음먹었다. 그것이야말로 유일하게 올바르고 고귀한 길이었다. 자신이 당한 극도의 모욕을 떠올리자 그녀는 스스로의 고매함에 더욱 큰 만족감을 느꼈다. 나약한 사람이라면 비비안이 자신의 등뒤에서 한 그런 말을 듣고는 기왕에 가졌던 선한 마음을 내던져 버렸을 것이다.

일요일 그녀는 두 차례 교회에 갔다. 새벽 기도회에 가서는 힘과 기운을 얻어 돌아왔다. 그 어떤 사적인 감정, 그 어떤 비열하고 쩨쩨한 감정도 개입되지 말아야 했다. 그녀는 아침 예배에도 참석했다. 윌모트 목사는 기도로 유명한 바리새 인에 관해 설교했다. 목사는 교회의 기둥인 그 훌륭한 사람의 삶을 간략하게 들려준 다음, 영적 자만심이 그의 인간성 전체를 서서히 조금씩 왜곡하고 타락시켜 가는 과정을 묘사했다.

클레어는 설교에 그다지 귀를 기울이지 않았다. 비비안이 리 집안의 널찍한 전용석에 앉아 있었다. 예배가 끝난 후 비비안이 자신을 만나고 싶어한다는 것을 클레어는 본능적으로 알 수 있었다.

바로 그랬다. 비비안은 클레어 곁에서 떨어지지 않았고 그녀의 집까지 함께 와서는 들어가도 되는지 물었다. 클레어는 물론 좋다고 했다. 두 사람은 꽃과 구식 사라사 무명으로 장식된 작고 환한 거실에 앉았다. 비비안의 이야기는 산만하고 조리가 없었다.

"알겠지만 난 지난 주말에 본머스에 있었어요."

그녀가 말했다.

"제럴드에게서 얘기 들었어요."

클레어가 대답했다.

그들은 서로를 바라보았다. 오늘 비비안은 거의 평정을 되찾은 것 같았다. 그녀의 얼굴에는 그녀의 매력을 크게 떨어뜨리는 날카롭고 여우 같은 표정이 떠올라 있었다.

"당신이 스키핑턴에 갔을 때……."

비비안이 말을 꺼냈다.

"내가 스키핑턴에 갔을 때?"

클레어는 예의 바르게 그녀의 말을 되풀이했다.

"그곳의 작은 호텔에 대한 얘기를 했죠."

"카운티 암즈 말이군요. 그래요. 당신은 모르는 곳이라고 하지 않았던가요?"

"난, 난 거기 한 번 간 적이 있어요."

"오!"

클레어는 침착하게 기다리는 것 외에 어떤 반응도 보이지 않았다. 비비안은 어떤 종류의 정신적 긴장도 견뎌 낼 수 없는 여자였다. 이미 그녀는 자백을 시작하고 있었다. 갑자기 그녀는 몸을 앞으로 굽히더니 격렬한 어조로 말했다.

"당신은 날 좋아하지 않아요. 한 번도 좋아한 적이 없었죠. 당신은 줄곧 나를 증오해 왔어요. 이제 고양이가 쥐를 갖고 놀듯이 날 갖고 놀면서 즐겁겠군요. 당신은 잔인해요. 잔인하다고요. 바로 그래서 내가 당신을 두려워하는 거예요. 본심이 잔인하기 때문에요."

"좀 심하군요, 비비안!"

클레어가 날카롭게 대답했다.

"당신은 알고 있죠? 그래요, 당신이 알고 있다는 걸 난 알아요. 그날 밤 당신은 알고 있었어요. 당신이 스키핑턴에 대해 이야기할 때 말예요. 어떻게 알았는지는 몰라도 알아낸 거예요. 그래, 이제 어떻게 할 건가요? 무슨 일을 할 거죠?"

클레어가 잠시 아무 대답도 하지 않자, 비비안은 자리에서 일어섰다.

"어떻게 할 거냐고요? 난 알아야겠어요. 당신이 그 모든 걸 알고 있다는 사실을 부인하려는 건 아니겠죠?"

"난 아무것도 부인할 생각이 없어요."

클레어가 차갑게 대답했다.

"그날 그곳에서 날 봤나요?"

"아뇨, 방명록에 씌어진 걸 봤어요. 시릴 브라운 부부라고 씌어 있더군요."

비비안의 얼굴이 어두워졌다.

클레어가 조용히 말을 이었다.

"그때부터 난 무슨 일인지 알아봤죠. 그날 당신은 본머스에 가지 않았어요. 당신 어머니는 당신을 부른 적이 없어요. 그로부터 6주일 전에도 똑같은 일이 있었더군요."

비비안은 다시 소파에 털썩 주저앉았다. 그녀는 분노에 찬 울음을 터뜨렸다. 놀란 어린아이의 울음이었다.

"어떻게 할 거죠?"

그녀는 헉 하고 숨을 멈추며 물었다.

"제럴드에게 말할 건가요?"

"아직 모르겠어요."

클레어가 대답했다.

그녀는 절대적인 힘을 가진 존재가 되기라도 한 듯 마음이 가라앉는 것을 느꼈다.

비비안은 자세를 바로하면서 붉은 고수머리를 쓸어넘겼다.

"자세한 이야기를 듣고 싶은가요?"

"아무래도 상관없어요."

비비안은 모든 이야기를 털어놓았다. 그녀의 태도에는 주저하는 기색이 없었다. 시릴 '브라운'이란 실은 시릴 하버랜드로, 그녀가 전에 약혼했던 젊은 기술자였다. 건강이 나빠져 직업을 잃어버리자 그는 무일푼인 비비안을 쉽사리 차버리고 자기보다 훨씬 나이 많은 돈 많은 과부와 결혼했다. 얼마 지나지 않아 비비안도 제럴드 리와 결혼했다.

그녀가 시릴을 다시 만난 건 우연이었다. 그것이 수많은 만남의 시발점이었다. 시릴은 아내의 돈으로 자기 분야에서 성공을 거두며 명성을 쌓아 가고 있었다. 그것은 지저분한 이야기였다. 부정한 만남과 끊임없는 거짓말과 밀통에 대한 이야기였다.

"난 그를 몹시 사랑해요."

비비안은 갑작스러운 신음과 함께 그 말을 거듭했다. 그리고 그 말을 들을 때마다 클레어는 뱃속이 이상해지는 것 같았다.

마침내 더듬더듬 진행된 공연이 끝났다. 비비안은 수치스러워하는 듯한 얼굴로 물었다.

"그래서요?"

"내가 어떻게 할 거냐고요?"

클레어가 되물었다.

"지금은 말할 수 없어요. 생각할 시간이 필요해요."

"제럴드에게 사실을 폭로하진 않겠죠?"

"그렇게 하는 게 내 의무일지도 모르죠."

"그렇지 않아요, 그렇지 않다고요."

비비안의 목소리가 신경질적으로 날카롭게 높아졌다.

"그는 나와 이혼할 거예요. 그는 한마디도 들으려 하지 않을 거예요. 그는 그 호텔에서 사실을 알아낼 것이고 시릴을 연루시킬 거예요. 그러면 시릴의 아내는 그와 이혼하겠죠. 그의 경력, 그의 건강, 모든 게 엉망이 될 거예요. 그는 다시 무일푼이 되겠죠. 그는 결코 나를 용서하지 않을 거예요, 결코."

클레어가 말했다.

"미안하지만, 난 당신의 그 시릴이란 사람한테는 별로 관심이 없어요."

비비안은 그녀의 말에 전혀 주의를 기울이지 않았다.

"장담하건대 그는 날 증오할 거예요. 날 증오할 거라고요. 난 그걸 참을 수가 없어요. 제럴드에게 애기하지 마세요. 무엇이든 당신이 하라는 대로 하겠어요. 그러니 제럴드에게 말하지 마세요."

"결정을 내릴 시간이 필요해요."

클레어는 심각하게 말했다.

"생각해 보지 않고는 아무것도 약속할 수 없어요. 그동안 당신은 다시 시릴과 만나서는 안 돼요."

"그럼요, 그럼요. 그를 만나지 않겠어요. 맹세해요."

"어떻게 하는 게 좋을지 결정이 되면 당신한테 알려 주겠어요."

클레어는 그렇게 말했다.

그녀는 자리에서 일어섰다. 비비안은 어깨 너머를 돌아보며 남몰래 도망치듯 그 집을 나갔다.

클레어는 혐오감으로 코를 찡그렸다. 불결한 연애 사건이었다. 비비안은 시릴을 만나지 않겠다는 약속을 지킬까? 아마 그러지 못하리라. 그녀는 약했다. 속속들이 타락한 여자였다.

그날 오후 클레어는 먼 곳으로 산책을 갔다. 그곳에는 구릉 지대로 통하는 오솔길이 있었다. 왼쪽으로 녹음이 우거진 언덕이 저 아래 바다까지 완만하게 경사져 있었지만, 오솔길은 꼬불거리며 줄곧 높아졌다. 그 산책로는 그 지방에서 '칼날'로 알려져 있었다. 줄곧 오솔길을 따라가면 안전하지만 그로부터 벗어나면 위험했다. 그 완만한 비탈은 위험했다. 클레어도 그곳에서 개를 잃은 적이 있었다. 부드러운 풀 위를 달려가던 개는 달리던 힘 때문에 멈추지 못하고 벼랑 끝까지 내달아 아래의 날카로운 바위들에 부딪쳐 갈기갈기 찢기고 말았던 것이다.

그날 오후 날씨는 맑고 아름다웠다. 저 아래에서 파도의 부드러운 속삭임이 들려왔다. 클레어는 작은 잔디밭에 앉아 푸른 물을 내려다보았다. 사태를 분명하게 직시해야 했다. 어떻게 해야 할까?

그녀는 혐오감 같은 것을 느끼며 비비안을 생각했다. 어떻게 그렇게 망가질 수가 있단 말인가, 어떻게 그렇게 비굴하게 자신을 내던질 수가 있단 말인가! 경멸이 솟구쳤다. 용기도, 근성도 없는 여자였다.

그런데도 비비안을 싫어하긴 하지만 클레어는 당분간 그녀에게 자비를 베풀기로 했다. 집으로 돌아온 클레어는 앞일은 약속할 수 없지만 당분간은 입을 다물고 있겠노라고 그녀에게 편지를 썼다.

데이머스 엔드에서는 별다른 일 없이 세월이 흘렀다. 레이디 리의 얼굴이 눈에 띄게 초췌해진 것이 눈에 띄었다. 반면 클레어 헐리웰은 한껏 피어났다. 그녀의 눈빛은 더욱 밝아졌고, 고개는 더욱 꼿꼿해졌으며, 태도에는 전에 볼 수 없던 자신과 확신이 서려 있었다. 그녀와 레이디 리는 자주 만났는데, 그럴 때면 나이 어린 쪽이 나이 든 쪽의 말 한 마디 한 마디에 아첨 섞인 관심을 기울이는 것을 볼 수 있었다.

때때로 헐리웰은 좀 모호하게 느껴지는, 해당 주제에 꼭 들어맞지 않는 말을 하곤 했다. 자신이 최근 많은 것들에 대해 마음을 바꾸었다든가, 너무나도 작은 일로 인해 사람의 관점이 완전히 바뀔 수 있다는 게 신기하다든가 하는 말을 뜬금없이 하곤 했다. 사람이란 동정의 감정에 너무 약한데 그런 것이야말로 잘못이라고 말하기도 했다.

그런 종류의 말을 할 때 그녀는 리 부인을 기묘한 눈길로 바라보았고, 그러면 리 부인은 갑자기 얼굴이 새하얘지고 겁에 질린 것처럼 보였다.

하지만 그해가 지나자 그런 사소하고 미묘한 사건들도 덜 눈에 띄게 되었다. 클레어는 그런 언급을 계속했지만 리 부인은 그런 말에 타격을 덜 받는 것 같았다. 그녀는 원래의 모습과 기분을 회복하기 시작했다. 지난날의 유쾌한 태도가 돌아왔다.

어느 날 아침 개를 산책시키던 클레어는 길에서 제럴드를 만났다. 제럴드의 스패니얼이 로버와 노는 동안 제럴드가 클레어에게 말했다.

"우리 소식 들었어?"

그가 쾌활하게 물었다.

"비비안이 말한 걸로 아는데."

"어떤 뉴스 말야? 비비안한테 특별히 들은 건 없는데."

"우리 해외로 가게 됐어. 한 1년, 어쩌면 더 오랫동안이 될지도 몰라. 비비안이 이곳이 지겨워졌대. 알다시피 그녀는 이곳에 관심이 없었잖아."

그는 한숨을 내쉬고는 잠시 눈을 내리깔았다. 제럴드 리는 자기 고향을 무척 자랑스럽게 여기고 있었다.

"어쨌든 난 그녀에게 다른 데로 가서 살게 해주겠다고 약속했어. 알제 근처의 별장을 샀지. 모두들 좋은 곳이라더군."

그는 조금 어색하게 웃음을 터뜨렸다.

"두 번째 신혼 같지, 안 그래?"

잠시 동안 클레어는 말을 할 수가 없었다. 그녀의 목에서 뭔가 솟구쳐올라 숨이 막히는 것 같았다. 그녀는 하얀 별장과 오렌지 나무들을 눈앞에 떠올릴 수 있었고, 남국의 향기롭고 부드러운 숨결을 맡을 수 있었다. 두 번째 신혼이라니!

자신에게서 도망치려는 것이었다. 비비안은 이제 그녀의 협박에 신경을 쓰지 않았다. 그녀는 편안하고 즐겁고 행복하게 떠나려는 것이다.

클레어는 조금 탁하게 울리는 자신의 목소리가 적절한 대답을 하는 것을 들었다. 정말 멋져! 부러워라!

그 순간 고맙게도 로버와 스패니얼이 서로 으르렁거리기 시작했다. 이어진 개들의 싸움 때문에 더 이상의 대화가 불가능했다.

그날 오후 클레어는 자리에 앉아 비비안에게 편지를 썼다. 아주 중요한 할 말이 있으니 다음 날 '칼날'에서 만나자는 내용이었다.

다음 날 아침은 맑고 구름 한 점 없었다. 클레어는 가벼운 마음으로 '칼날'에 면한 가파른 오솔길을 올랐다. 얼마나 멋진 날인가! 그녀는 자신이 말해야 할 바를 작고 답답한 자기 집 거실 대신 탁 트인 푸른 하늘 아래서 말하기로 한 자신의 결정이 마음에 들었다. 비비안에게는 안된, 무척 안된 일이었지만, 해야 할 일이었다.

그때 오솔길에서 도드라진 노란 꽃 같은 노란 점이 눈에 들어왔다. 가까이 다가가자 노란 니트 원피스를 입은 비비안의 모습이 드러났다. 그녀는 두 손으로 무릎을 감싸안고 작은 잔디밭에 앉아 있었다.

"안녕하세요, 정말 멋진 아침이죠?"

클레어가 인사를 건네자 비비안이 되물었다.

"그런가요? 난 날씨가 좋은 것도 몰랐어요. 당신이 하고 싶다는 얘기가 뭐죠?"

클레어는 비비안 옆의 잔디 위에 털썩 주저앉았다.

"정말 숨이 차군요."

그녀가 미안한 어조로 말했다.

"여기까지 줄곧 가파른 곳을 올라왔으니까요."

"빌어먹을 여자 같으니라고!"

비비안이 날카롭게 외쳤다.

"선한 얼굴을 한 악마 같으니라고, 왜 말을 안 하고 날 고문하는 거죠?"

클레어는 충격을 받은 것 같았다. 이윽고 비비안이 서둘러 자기 말을 주워담았다.

"진심이 아니었어요. 미안해요, 클레어. 정말이에요. 다만……, 신경이 날카롭게 곤두서 있는데, 당신이 여기 앉으면서 날씨 얘기를 하니까……, 그래요, 완전히 흥분한 거예요."

"조심하지 않으면, 신경 쇠약에 걸리겠군요."

클레어가 차갑게 대답했다.

비비안은 짤막한 웃음을 터뜨렸다.

"'칼날' 위를 달릴 거라고요? 아뇨, 난 그런 종류의 인간이 아니에요. 결코 머리가 돌진 않을 거예요. 이제 말해 보세요. 무슨 얘기죠?"

클레어는 잠시 침묵했다가 비비안을 바라보는 대신 줄곧 바다를 내려다보면서 입을 열었다.

"그 일, 작년에 있었던 그 일에 대해 더 이상 침묵을 지킬 수 없다는 사실을 당신에게 미리 알려 주는 게 공정하다는 생각이 들어서요."

"당신 말은…… 제럴드에게 가서 그 얘기를 전부 하겠다는 소린가요?"

"당신 자신이 그에게 말하지 않는다면요. 그게 훨씬 나을 거예요."

비비안은 날카롭게 웃음을 터뜨렸다.

"내게 그런 일을 할 만한 용기가 없다는 건 당신도 잘 알고 있잖아요."

클레어는 그 말에 반박하지 않았다. 소심하기 짝이 없는 비비안의 기질을 그녀는 이미 알고 있었다.

"그 편이 훨씬 나을 거예요."

그녀는 조금 전에 했던 말을 되풀이했다.

비비안은 또다시 짧고 듣기 싫은 웃음을 터뜨렸다.

"당신이 이런 행동을 하는 이유는 당신의 알량한 도덕 관념 때문인가요?"

그녀는 이를 갈며 말했다.

"당신에겐 무척 이상하게 여겨지겠지만……."

클레어는 조용히 말을 이었다.

"솔직히 말해서 그래요."

비비안은 하얗게 경직된 얼굴로 클레어의 얼굴을 응시했다.

"맙소사!"

그녀는 소리쳤다.

"나까지 당신 말을 진짜로 믿고 있군요. 당신은 정말로 그게 분별 있는 행동이라고 여기고 있는 모양이군요."

"이건 분별 있는 행동이에요."

"아뇨, 그렇지 않아요. 그렇다면, 당신은 전에, 오래전에 그렇게 했을 거예요. 그땐 왜 그러지 않았죠? 아뇨, 대답하지 마세요. 내가 말하죠. 당신이 나를 수중에 넣음으로써 더 큰 즐거움을 얻을 수 있었다는 것이 그 이유죠. 당신은 나를 줄곧 불안에 떨게 하고 겁에 질리고 머뭇거리게 하는 게 좋았던 거예요. 당신은 그런 말들, 그런 잔인한 말들을 하곤 했죠. 그저 날 괴롭히기 위해서, 줄곧 소스라치게 만들기 위해서 말이죠. 그리고 그런 말들은 어느 정도 효과가 있었어요. 내가 그것에 익숙해지기 전까지 말이죠."

"당신은 자신이 안전하다고 느끼기 시작했죠."

"당신 역시 그 사실을 알고 있지 않나요? 하지만 그런 때조차 당신에게 권력이 있다는 사실을 즐기며 스스로를 억제했죠. 하지만 이제 우리가 당신으로부터 벗어나 멀리 떠나려고 하니까, 나아가 행복해질 수 있을 것 같으니까, 도저히 그걸 참고 볼 수가 없는 거예요. 그래서 당신의 그 편리한 도덕 관념이 깨어난 거란 말예요!"

그녀는 숨을 헐떡이며 말을 멈추었다. 클레어는 줄곧 아주 차분하게 말했다.

"당신이 그런 정신 나간 말을 하는 걸 막을 수는 없지만, 그게 사실이 아니란 건 확실해요."

비비안은 갑자기 고개를 돌리더니 클레어의 손을 잡았다.

"클레어, 제발 부탁이에요! 그동안 나는 반듯하게 지냈어요. 당신이 말한 대로 했다고요. 난 그 후로 시릴을 만나지 않았어요. 맹세할 수 있어요."

"그건 이 문제와 관계가 없어요."

"클레어, 당신한텐 동정심도 없나요, 연민도 없어요? 무릎 꿇고 빌게요."

"당신 입으로 제럴드에게 말하세요. 당신이 고백하면, 그는 당신을 용서해 줄지도 몰라요."

비비안은 비웃는 듯한 웃음을 터뜨렸다.

"당신은 그 정도보다는 제럴드를 더 잘 알고 있을 텐데요. 그는 미칠 듯이 분노에 불타 복수하려 들 거예요. 그는 나를 괴롭히고 시릴을 괴롭힐 거예요. 내가 참을 수 없는 건 바로 그 점이에요. 내 말 좀 들어 봐요. 클레어, 시릴은 지금 잘 나가고 있어요. 그는 무슨 기계인가를 만들어 냈어요. 난 잘 모르지만 크게 성공할 거예요. 그는 지금 그 일을 추진 중이죠. 물론 그의 아내가 그것에 필요한 돈을 대고 있어요. 하지만 그 여잔 의심이 많아요. 질투가 심하고요. 만약 제럴드가 이혼 수속을 시작했다는 사실을 안다면, 앞으로 알게 된다면, 그 여자는 시릴을 버릴 거예요. 그의 일을 비롯해 모든 것을 요. 시릴은 파산하고 말 거예요."

"난 시릴 생각 같은 건 안 해요."

클레어가 말했다.

"난 제럴드 생각을 하죠. 조금이라도 그를 생각해 주지그래요?"

"제럴드라고요! 난……."

그녀는 손톱을 물어뜯었다.

"난 제럴드는 어떻게 되든 상관 안 해요. 여태까지도 상관한 적이 없었어요. 이렇게 싸움을 하게 되니까 진실을 말하게 되는군요. 하지만 시릴은 걱정돼요. 내가 정말이지 한심한 여자라는 걸 인정해요. 하지만 시릴에 대한 내 감정, 이건 더럽지 않아요. 그를 위해서라면 죽을 수도 있어요. 알겠어요? 그를 위해서 죽을 수도 있다고요!"

"말은 쉽죠."

클레어가 비웃듯이 말했다.

"그냥 해보는 말 같아요? 이봐요, 당신이 계속 이렇게 잔인하게 나오면, 난 자살하겠어요. 시릴이 이 일에 연루되어 파산하기 전에 말예요."

클레어는 반응을 보이지 않았다.

"내 말 못 믿겠어요?"

비비안이 헐떡거리며 말했다.

"자살에는 커다란 용기가 필요하죠."

비비안은 충격을 받은 것처럼 움찔 뒤로 물러섰다.

"당신은 내가 어떤 여잔지 알고 있군요. 그래요, 내겐 용기가 없어요. 쉽게 자살할 수 있는 방법만 있다면……."

"당신 눈앞에도 쉬운 방법이 있어요."

클레어가 말했다.

"저 풀로 뒤덮인 비탈길을 똑바로 달려 내려가기만 하면 되죠. 몇 분이면 모든 게 끝날 거예요. 작년에 여기서 죽은 아이를 생각해 보세요."

"그렇군요."

비비안이 생각에 잠긴 채 대답했다.

"그건 쉬운, 정말 쉬운 방법이겠군요. 누군가 정말로 자살을 원한다면요."

클레어가 웃음을 터뜨렸다.

비비안이 그녀에게 고개를 돌렸다.

"다시 한 번 생각해 봐요. 그렇게 오랫동안 그 일에 대해 함구해 놓고서 이제 와서 새삼스럽게 이럴 순 없잖아요? 다시는 시릴을 만나지 않겠어요. 제럴드에게 좋은 아내가 되겠어요. 맹세할 수 있어요. 그게 싫다면 멀리 떠나서 다시는 제럴드를 만나지 말까요? 당신이 하라는 대로 하겠어요, 클레어……."

클레어가 자리에서 일어서며 말했다.

"충고하겠어요. 당신 남편에게 당신 입으로 직접 말하세요. 그렇지 않으면…… 내가 하겠어요."

"알았어요."

비비안이 맥없이 말했다.

"시릴에게 고통을 줄 순 없어……."

그녀는 일어서서 잠시 생각에 잠긴 듯이 가만히 서 있다가는 이윽고 오솔길을 가볍게 달려 내려가기 시작했다. 그리고 걸음을 늦추는 대신 오솔길을 가로질러 비탈을 내달리기 시작했다. 중간에 한 차례 그녀는 고개를 돌리고 클레어에게 가볍게 손을 흔들고는 다시 아이처럼 경쾌하고 가볍게 달려 내려갔다. 시야에서 사라질 때까지…….

클레어는 깜짝 놀라 그 자리에 우두커니 서 있었다. 갑자기 비명과 외침, 사람들이 떠들어 대는 소리가 들렸다가 이윽고 다시 조용해졌다.

그녀는 가파른 오솔길을 걸어 내려갔다. 100미터 정도 떨어진 곳에서 사람들이 올라오다가 멈춰서 있었다. 그들은 아래를 내려다보며 손가락질을 하고 있었다. 클레어는 달려 내려가 그들과 합류했다.

"그렇습니다, 아가씨. 누군가 벼랑에서 떨어졌어요. 사람 둘이 내려갔지요. 무슨 일인지 알아보려고 말입니다."

그녀는 기다렸다. 한 시간인가, 까마득한 세월인가, 아니면 몇 분이 지났을 뿐인가?

한 남자가 비탈길을 힘들게 걸어 올라왔다. 셔츠 차림의 교구 목사였다. 아래쪽에 놓인 것을 덮느라 외투를 벗은 모양이었다.

"끔찍한 일이오."

그가 새하얘진 얼굴로 말했다.

"다행히 바로 숨이 끊어졌을 거요."

그는 클레어를 보고는 그녀 쪽으로 다가왔다.

"분명 당신한텐 커다란 충격일 거요. 당신들은 함께 산책을 하고 있지 않았소?"

클레어는 기계적으로 대답하는 자신의 목소리를 들었다.

"그래요. 막 헤어진 참이었죠. 아뇨, 리 부인의 태도에는 이상한 점이 전혀 없었어요."

무리 중의 하나가 끼어들어 리 부인이 웃으면서 손을 흔들었다고 말했다.

"정말이지 위험한 장소예요. 반드시 오솔길을 따라가야 하죠."

목사의 목소리가 다시 높아졌다.

"사고요. 그렇소, 분명히 사고요."

그러자 클레어가 갑자기 웃음을 터뜨렸다. 탁 하고 귀에 거슬리는 웃음소리가 벼랑을 따라 메아리쳤다.

"결코 그렇지 않아요."

그녀가 말했다.

"내가 그녀를 죽였어요."

그녀는 누군가 자신의 어깨를 두드리는 것을 느꼈다. 누군가 부드럽게 말했다.

"자, 자, 괜찮아요. 곧 괜찮아질 거예요."

하지만 클레어는 줄곧 괜찮아지지 않았다. 그녀는 다시는 괜찮아질 수 없었다. 그녀는 자신이 비비안 리를 죽였다는 망상에 빠져 있었다. 그것은 분명 망상이었다. 왜냐하면 목격자가 적어도 여덟이나 되었던 것이다.

클레어의 상태는 심각했다. 이윽고 간호사 로리스턴이 와서 그녀를 맡았다. 간호사 로리스턴은 정신병 환자들을 다루는 데 능숙했다.

"그 불쌍한 이들이 원하는 대로 해주는 게 좋아요."

그녀는 느긋하게 그렇게 말하곤 했다.

간호사는 클레어에게 자신이 펜턴빌 교도소에서 온 간수라고 말했다. 클레어에게 종신 징역이 내려졌다는 것이다. 방 하나가 감방처럼 꾸며졌다.

"이제 우리는 편안하고 행복하게 지낼 수 있을 거예요."

로리스턴 간호사가 담당 의사에게 말했다.

"원하신다면 방에 있는 칼의 날을 무디게 해놓겠어요. 하지만 제 생각에는 자살할 위험은 거의 없다고 봐요. 저 여잔 그런 유형이 아니에요. 너무 자기 중심적이죠. 재미있는 건 저런 이들이 때때로 너무나도 쉽게 칼을 휘두른다는 거죠."

덧붙이는 글

「칼날」은 1927년 2월 《피어슨스 매거진Pearson's Magazine》에 처음 선보였는데, 거기에는 '이 작품을 쓴 직후 저자가 병이 났고 알 수 없는 이유로 종적을 감추었다.'는 편집자의 암시적인 설명이 덧붙여져 있다. 1926년 12월 3일 늦은 밤 애거서 크리스티는 버크셔에 있는 자신의 집을 나섰다. 다음 날 새벽 서리 지방 셰어 근처의 뉴랜즈 코너에서 그녀의 차가 빈 채로 발견되었다. 경찰과 자원 봉사자들이 그 지방을 뒤졌지만 소용없었다. 열흘 후 해로게이트에 있는 어떤 호텔의 직원들은 '테레사 닐'이라는 이름으로 그 호텔에 묵고 있는 손님이 사실은 바로 그 실종된 소설가라는 사실을 알게 되었다.

그녀가 집으로 돌아온 후, 그녀의 남편은 그녀가 그동안 기억 상실증에 시달려왔다고 언론에 발표했다. 하지만 크리스티 생애에서 비교적 사소한 사건이었던 이 사건을 둘러싼 정황은 여러 해에 걸쳐 무성한 추측을 낳았다. 크리스티가 실종되어 돌아오지 않고 있던 때조차도 유명한 추리 소설가인 에드거 월러스가 한 신문에 이렇게 썼다. 죽지 않았다면, 그녀는 '분명 말짱한 정신으로 살아서 런던 어디엔가 있으리라.'는 것이었다. '속되게 말하자면, 그녀의 첫 번째 의도는 '누군가'를 괴롭히기 위해서인 것 같다.' 닐이라는 별명을 지닌 문제의 그 여자는 크리스티의 남편 아처볼드 크리스티의 두 번째 아내가 된다. 크리스티가 남편을 당황하게 만들기 위해 차를 버리고 12월 3일 밤을 친구와 함께 런던에서 보낸 다음 해로게이트로 여행을 떠났으리라는 추측이 나왔다. 이 실종 사건은 홍보를 위해 이목을 끌려는 행위였을지도 모른다는 추측까지 낳았다. 이 사건의 몇몇 부분은 여전히 수수께끼로 남아 있다. 이러한 여러 가지 대안적인 설명들은 모두 추측뿐 그 어느 것도 구체적인 증거를 갖지 못했다.

크리스마스 모험

입구가 넓은 벽난로에서 굵은 통나무들이 기분 좋은 소리를 내며 타오르고, 탁탁거리는 그 소리 위로 6개 국어로 된 말소리가 쉴 새 없이 이어졌다. 초대받은 젊은이들이 각자의 크리스마스를 즐기는 중이었다.

참석자들 대부분에게 에밀리 아줌마로 알려져 있는 노처녀 엔디 코트는 그런 수다를 들으며 사람 좋은 웃음을 지었다.

"장담하는데, 넌 고기 파이 여섯 쪽을 먹을 수 없어, 진."

"아냐, 먹을 수 있어."

"아니, 못 먹어."

"그렇게 먹는다면 그건 게걸스러운 거야."

"그렇지, 거기다 케이크 세 접시에 크리스마스 푸딩 두 접시를 더 먹을 거니까."

"과자가 맛있어야 할 텐데."

엔디코트 양이 걱정스러운 듯 말했다.

"겨우 사흘 전에 만들어 놨거든. 크리스마스 푸딩은 크리스마스가 되기 오래전에 만들어 놔야 하는데. 내 기억에 따르면, 어린 시절 나는 예수 강림절*의 본기도가 크리스마스 푸딩 반죽을 뒤섞는 방법을 가르쳐 주는 줄 알았다니까! '북돋우소서, 오 주여, 간절히 비오니⋯⋯.'라는 구절 말야."

엔디코트 양이 이야기하고 있는 동안 예의 바르게 사람들은 나누던 이야기를 멈추었다. 그 젊은이들이 흘러간 나날에 대한 그녀의 회고담에 조금이라도 흥미를 느껴서가 아니었다. 파티를 연 사람에게 예의상 관심을 보여야 할 것 같았기 때문이다. 그녀가 말을 마치자마자 또다시 여러 나라 말이 뒤섞인 수다가 터져 나왔다. 엔디코트 양은 한숨을 내쉬고는 동조를 구하려는 듯, 그 파티에서 유일하게 자신과 같은 연배인 사람 쪽으로 시선을 돌렸다. 달걀형의 독특한 얼굴과 무섭게 곧추선 콧수염을 지닌 자그마한 노인이었다. '요즘 사람들은 우리 때 같지 않아.' 하고 엔디코트 양은 생각했다. 지난날 자신들은 윗사람 주위를 조용히 둘러싸고 그 귀중한 지혜의 말을 경청하지 않았던가. 지금은 대부분 도대체 이해할 수 없는 시시한 수다뿐이었다. 그렇다 해도 모두 귀여운 아이들이었다! 그녀는 부드러워진 눈길로 좌중을 훑어보았다. 키가 크고 주근깨가 있

---

* 크리스마스 이전의 4주 동안

는 진, 집시풍의 아름다움을 지닌 가무잡잡하고 자그마한 낸시 카델, 학교 기숙사에 있다가 돌아온 조니와 에릭, 그리고 그들의 친구인 찰리 피즈, 그리고 매력적이고 아름다운 에벌린 하워드……. 이 마지막 인물에 생각이 미치자 그녀의 이마가 약간 찌푸려졌다. 그녀는 뛰어난 북유럽형 미인인 그 처녀에게 눈길을 고정한 채 놀이에 끼지 않고 침울한 태도로 말없이 앉아 있는 자신의 큰조카 로저에게로 시선을 옮겼다.

"눈이 내리고 있잖아?"

조니가 창가로 다가가며 소리쳤다.

"정말 크리스마스에 어울리는 날씨네. 이봐, 눈싸움 어때? 크리스마스 정찬은 아직 멀었잖아, 안 그래요, 에밀리 아줌마?"

"그렇단다, 얘야. 2시에 식사를 할 거야. 그러고 보니 식당에 좀 가봐야겠구나."

그녀는 서둘러 방을 나갔다.

"제안 하나 할게. 우리 눈사람을 만들자!"

진이 소리쳤다.

"좋아, 재밌겠는걸! 눈으로 무슈 푸아로의 상을 만드는 거야. 대탐정 에르퀼 푸아로, 여섯 명의 유명한 예술가들이 눈 조각상으로 만들다!"

의자에 앉아 있던 자그마한 남자가 그 찬사에 눈을 빛내며 목례를 보냈다.

"그 친굴 아주 멋지게 만들어줘야 한다, 얘들아."

푸아로는 힘주어 말했다.

"꼭 그래야 해."

"아무렴요!"

아이들은 회오리바람처럼 모습을 감추었다. 쟁반 위에 메모를 얹어가지고 들어오던 위엄 있는 집사는 하마터면 그들과 부딪힐 뻔했다. 집사는 침착을 되찾은 다음 푸아로를 향해 걸어왔다.

푸아로는 메모를 받아들어 봉투를 뜯었다. 집사는 그 자리를 떠났다. 자그마한 노인은 메모를 두 차례 읽은 다음 접어서 주머니 속에 넣었다. 그의 얼굴 근육은 전혀 움직이지 않았지만 메모의 내용은 상당히 놀라운 것이었다. 거기에는 알아보기 힘든 글씨체로 이렇게 씌어 있었다.

크리스마스 푸딩을 먹지 마세요.

"무척 흥미로운걸."

푸아로는 중얼거렸다.

"그리고 아주 뜻밖의 일이군."

그는 방을 가로질러 벽난로 쪽을 바라보았다. 에벌린 하워드는 다른 사람들과 함께 나가지 않고 그 자리에 남아 있었다. 그녀는 의자에 앉아서 불길을 바라보며 왼쪽 셋째 손가락에 끼워진 반지를 신경질적으로 돌리고 또 돌리면서 생각에 잠겨 있었다.

"꿈을 꾸고 있는 것 같군요, 마드무아젤."

이윽고 푸아로가 입을 열었다.

"그리고 그 꿈은 즐거운 꿈이 아니군요, 그렇죠?"

깜짝 놀란 그녀는 몽롱한 눈길로 푸아로를 건너다보았다. 그는 마음 놓으라는 뜻으로 고개를 끄덕였다.

"여러 가지 일들에 관심을 갖는 게 바로 내 일이랍니다. 그래요, 당신은 행복하지 않아요. 나 역시 행복하지 않답니다. 우리 서로 속 이야기를 털어놓는 게 어때요? 사실 난 지금 몹시 슬프답니다. 내 오랜 친구가 바다 건너 남미로 가 버렸거든요. 함께 있는 동안 때때로 그 친구 때문에 짜증나는 일도 있었고, 그 친구의 어리석은 행동에 불같이 화가 나기도 했지요. 하지만 이제 그 친구가 가 버리고 나니 그의 좋은 면들만 생각나는군요. 사는 게 그런 것 아니겠어요? 그럼 이제 마드무아젤, 당신 문제는 뭡니까? 당신은 나처럼 늙지도 않았고 혼자도 아니지요. 당신은 젊고 아름답습니다. 그리고 당신이 사랑하는 남자가 당신을 사랑하고 있잖아요. 오, 그래요, 그렇고말고요. 난 30분 전부터 그 남자를 지켜보고 있었지요."

처녀의 안색이 돌아왔다.

"로저 엔디코트 말씀이신가요? 오, 하지만 잘못 짚으셨어요. 내가 약혼한 사람은 로저가 아닌걸요."

"그렇죠, 당신은 오스카 레버링과 약혼했지요. 난 그 사실을 아주 잘 알고 있답니다. 하지만 다른 사람을 사랑하고 있으면서 왜 그와 약혼한 겁니까?"

그 처녀는 푸아로의 말에 화가 난 것 같지 않았다. 그의 태도에는 화를 낼 수 없게 만드는 무엇인가가 있었다. 그는 친절과 권위가 뒤섞인, 저항할 수 없는 태도를 갖고 있었다.

"그 얘기를 모조리 털어놔 봐요."

푸아로가 부드럽게 말했다. 그런 다음 그는 조금 전에도 했던 한 마디를 덧붙였다. 그의 말에 에벌린은 기묘하게도 마음이 편안해지는 것을 느꼈다.

"여러 가지 일들에 관심을 갖는 게 바로 내 일이랍니다."

"전 정말이지 비참해요, 무슈 푸아로. 너무나 비참해요. 아시겠지만 한때 우리 집은 아주 잘 살았어요. 전 많은 재산을 상속받게 되어 있었고, 로저는 어린 소년에 지나지 않았죠. 전 그가 저에게 관심을 갖고 있다고 확신했지만, 그는 한 번도 그런 표시를 내지 않고 오스트레일리아로 떠나 버렸어요."

"여기서 사람들이 혼담을 결정하는 방식은 우습죠."

푸아로가 끼어들었다.

"순서도 없고, 절차도 없죠. 모든 게 되는 대로랍니다."

에벌린이 말을 이었다.

"그런데 갑자기 우린 알거지가 됐어요. 어머니와 전 거의 무일푼으로 남겨졌어요. 우리는 비좁은 집으로 이사를 해서 겨우겨우 생활을 꾸려 갈 수 있었죠. 그런데 어머니의 건강 상태가 몹시 나빠졌어요. 어머니가 살 수 있는 유일한 기회는 큰 수술을 받고 기후가 따뜻한 곳에 가서 지내는 것이었어요. 그런데 우리에겐 돈이 없었어요, 무슈 푸아로. 우리한텐 돈이 없었다고요! 그건 어머니에겐 죽음을 의미했어요. 레버링 씨는 그전에도 한두 차례 제게 청혼한 적이 있어요. 그는 자신과 결혼해 달라고 다시 한 번 내게 청하면서 어머니를 위해 할 수 있는 모든 것을 다해 주겠다고 약속했어요. 전 좋다고 했어요. 제가 달리 어쩔 수 있었겠어요? 그는 약속을 지켰어요. 어머니는 최고의 전문가들에게 수술을 받은 후 저와 함께 이집트에 가서 겨울을 보냈어요. 그게 1년 전이에요. 어머니는 다시 건강하고 튼튼해지셨어요. 그래서 전……, 전 크리스마스가 지나고 나면 레버링 씨와 결혼해야 해요."

"알겠소."

푸아로는 대답했다.

"그런데 그동안 로저 씨의 큰형이 죽었고, 그 때문에 로저가 고향으로 돌아와서는 자신의 꿈이 산산조각났다는 것을 깨달은 거군요. 어쨌든 당신은 아직 결혼한 건 아니잖습니까, 마드무아젤."

"하워드 집안 사람은 자신이 한 약속을 깨지 않아요, 무슈 푸아로."

에벌린은 자부심에 찬 어조로 대답했다.

그녀가 말하는 것과 거의 동시에 문이 열리더니 붉은 얼굴에 좁은 미간, 교활한 눈을 지닌 키 큰 대머리 사내가 문간에 모습을 나타냈다.

"여기서 뭘하고 있는 거요, 에벌린? 산책이나 합시다."

"좋아요, 오스카."

그녀는 마지못해 자리에서 일어섰다. 푸아로 역시 일어나서 예의 바르게 물었다.

"동생분이신 마드무아젤 레버링은 아직도 몸이 안 좋은가요?"

"그렇소, 유감스럽게도 아직도 침대에 있다오. 크리스마스에 몸져 눕다니 정말 딱한 일이오."

"그렇고말고요."

탐정은 예의 바르게 맞장구를 쳤다.

몇 분 후 에벌린은 장화를 신고 외투를 걸치고 약혼자와 함께 눈쌓인 마당으로 나갔다. 크리스마스에 딱 어울리는 상쾌하고 화창한 날씨였다. 나머지 사람들은 눈사람을 세우느라 분주했다. 레버링과 에벌린은 걸음을 멈추고 그들을 지켜보았다.

"어이, 사랑은 젊은 날의 꿈이라고!"

그렇게 외치며 조니가 그들에게 눈덩이를 던졌다.

"어때요, 에벌린?"

진이 소리쳐 물었다.

"대탐정 에르퀼 푸아로예요."

"콧수염을 달 때까지 기다려 줘요."

에릭이 말했다.

"낸시가 자기 머리카락을 조금 잘라 올 거예요. 용감한 벨기에 인만세! 짝짝!"

"집 안에 진짜 탐정이 있다고 생각해 봐!"

찰리가 말했다.

"살인 사건도 기대할 수 있겠는걸."

"오, 오, 오!"

진이 비명을 질렀다.

"좋은 생각이 났어. 우리 살인 사건을 만들어 보자고. 내 말은 가짜로 만들잔 말야. 그런 다음 그를 끌어들이는 거야. 그래, 해보자고. 무척 재미있을 거야."

다섯 사람의 목소리가 일제히 터져 나왔다.

"어떤 방법을 써야 할까?"

"끔찍한 신음을 내는 거야!"

"안 돼, 바보 같긴. 여기선 안 돼."

"눈 위에 발자국이 있어야겠지, 물론."

"진이 잠옷 바람으로 발견되는 거야."

"붉은 물감을 쓰자."

"손에 부은 다음 머리에 끼얹는 거야."

"잠깐, 권총이 있으면 좋을 텐데."

"장담하는데, 아빠와 에밀리 아줌마는 못 들을 거야. 두 분 방은 저쪽이잖아."

"아냐, 푸아로는 그런 거에 조금도 동요되지 않아. 그가 얼마나 대단한지 알잖아."

"맞아, 그런데 붉은 물감은 어떤 걸로 할까? 에나멜?"

"이 동네에서 구할 수 있을 거야."

"멍청이, 크리스마스엔 가게가 문을 안 열잖아."

"아냐, 그림 물감이면 돼. 진홍색 말이야."

"진은 잘할 거야."

"몸이 차가워져도 걱정 마. 그리 오래 걸리지 않을 테니까."

"아냐, 낸시가 더 잘할 것 같아. 그 우아한 파자마를 입고 말이야."

"물감이 좀 있는지 그레이브스에게 물어보자."

그들은 집 안으로 우르르 몰려들어 갔다.

"생각에 잠겨 있군, 엔디코트?"

레버링이 기분 나쁜 웃음을 터뜨리며 말했다.

그 말에 로저는 정신을 차렸다. 그는 지금까지의 이야기를 거의 듣지 못한 것 같았다.

"그저 궁금하게 생각하고 있을 뿐입니다."

그가 차분히 대답했다.

"궁금하다니?"

"푸아로 씨가 여기서 뭘 하고 있는 건지 말입니다."

레버링은 움찔한 것 같았다. 하지만 그 순간 종소리가 커다랗게 울려 퍼졌다. 모두들 크리스마스 정찬이 차려진 식당으로 들어갔다. 식당의 커튼은 젖혀져 있었고 조명이 들어와 크래커와 다른 장식물들이 높게 쌓아 올려진 긴 식탁을 비추고 있었다. 식탁의 한쪽 끝에는 얼굴이 붉고 성격이 쾌활한 집주인 엔디코트 경이 앉았고, 그의 맞은편에는 그의 누이 에밀리 엔디코트가 앉았다. 푸아로는 파티를 위해 붉은 조끼를 차려입고 있었다. 그의 살찐 몸매와 고개를 한쪽으로 기울인 모습은 어쩔 수 없이 울새를 연상시켰다.

집주인이 서둘러 고기를 잘랐고, 모두들 칠면조를 먹기 시작했다. 익힌 칠면조 두 마리가 모습을 감추었고, 부른 배 때문에 씩씩거리는 숨소리가 들려왔다. 이윽고 성장한 집사 그레이브스가 크리스마스 푸딩을 높이 들고 나타났다. 촛불로 장식된 거대한 푸딩이었다. 왁자지껄한 소리가 터져나왔다.

"서둘러요. 오! 내 몫의 푸딩에 불이 꺼져가잖아. 어서 와요, 그레이브스, 불이 꺼져 버리면 소원을 빌 수가 없잖아요."

무슈 푸아로가 자기 접시의 푸딩을 살펴보면서 떠올린 기묘한 표정을 눈치 챌 만큼 한가한 사람은 아무도 없었다. 그가 날카로운 눈길로 식탁을 둘러보는 것을 아무도 눈치 채지 못했다. 그는 영문을 모르겠다는 듯이 얼굴을 조금 찌푸리고 자기 몫의 푸딩을 먹기 시작했다. 모두들 푸딩을 먹기 시작했다. 이야기 소리가 한층 잦아들었다. 그때였다. 갑자기 집주인이 외마디 소리를 내질렀다. 그의 얼굴은 자줏빛이 되어 있었다. 그의 손이 입안으로 들어갔다.

"제기랄, 에밀리!"

그는 고함을 쳤다.

"어째서 푸딩 속에서 유리 조각이 나오는 거지?"

"유리 조각이오?"

엔디코트 양이 놀라서 소리쳤다.

집주인은 입에서 그 불쾌한 물건을 꺼냈다.

"이가 부러질 뻔했잖아."

그가 툴툴거렸다.

"삼켰다면 맹장 수술을 받아야 했을 거야."

각 손님 앞에는 물이 담긴 작은 손가락 씻는 그릇이 놓여 있었다.

케이크에서 나온 은화 같은 것들을 담으라고 놓아둔 것이었다. 엔디코트 씨는 자기 몫의 그릇에 담긴 물에다 유리 조각을 헹군 다음 들어 올렸다.

"어이구 맙소사!"

그가 소리쳤다.

"이건 브로치에서 빠진 붉은 보석이잖아."

"잠깐 보여 주시겠습니까?"

푸아로는 재빨리 그의 손에서 그것을 받아들어 주의 깊게 살펴보았다. 집주인이 말한 대로 그것은 루비처럼 붉은 커다란 광석이었다. 푸아로는 그것을 이리저리 돌려보았다. 세공된 면이 불빛을 반사해 번쩍거렸다.

"세상에!"

에릭이 소리쳤다.

"진짜 같아."

"바보 같은 소리!"

진이 깔보듯이 말했다.

"그만 한 크기의 루비라면 돈이 얼만데, 안 그래요, 무슈 푸아로?"

"정말 멋진 세공인걸."

엔디코트 양이 중얼거렸다.

"그런데 저런 게 어떻게 푸딩 속에 들어가 있을까?"

좌중의 화제는 당연히 그것이었다. 온갖 가정들이 등장했다. 푸아로만이 침묵을 지키고 있었다. 그는 뭔가 다른 생각에 빠진 것처럼 아무렇지도 않게 그것을 주머니 속에 넣었다.

정찬이 끝난 후 그는 주방으로 갔다.

요리사는 상당히 당황하고 있었다. 파티의 초대객에게, 그것도 외국인 신사에게 질문을 받다니! 하지만 그녀는 푸아로의 질문에 최선을 다해 대답했다.

"그 푸딩은 사흘 전, 선생님께서 오시던 날 만든 것입니다. 모두들 주방으로 와서 반죽을 젓고 소원을 빌었죠. 오래된 관습이죠. 선생님 나라에선 그러지 않나요? 푸딩이 완성된 다음에는 다른 푸딩들과 함께 식료품실 꼭대기 칸에 나란히 얹어 두었죠. 다른 푸딩들과 다른 점이오? 아뇨, 없었던 것 같아요. 다만 그건 알미늄 그릇에 들어 있었던 데 반해 다른 것들은 도기에 들어 있었어요."

"크리스마스용 푸딩을 원래 그렇게 만듭니까?"

그런 질문은 좀 우스꽝스러운 것이었다.

"물론 그렇지 않죠! 크리스마스 푸딩은 언제나 호랑가시나뭇잎 무늬가 그려진 하얀 대형 도기에 넣어 굽는답니다. 하지만 바로 그날 아침(요리사의 붉은 얼굴에 분노가 떠올랐다.) 주방 하녀인 글래디스가 마지막으로 푸딩을 데우기 위해 도기 그릇을 내리다가 떨어뜨리고 말았답니다. 안에 금이 갔을 수도 있으므로 식탁에 내보내지 않고 커다란 알미늄 접시를 쓰기로 했지요."

푸아로는 그런 정보를 준 데 대해 그녀에게 감사를 표했다. 그는 자신이 얻은 정보에 만족한 듯 혼자 웃음을 지으며 주방에서 나왔다. 그는 오른손 손가락으로 주머니 안에 든 것을 만지작거렸다.

"무슈 푸아로! 무슈 푸아로! 일어나 보세요! 끔찍한 일이 벌어졌어요!"

다음 날 아침 이른 시각 조니가 소리쳤다. 푸아로는 침대에서 일어나 앉았다. 그는 잘 때 쓰는 모자를 쓰고 있었다. 그의 엄숙한 표정과 전혀 어울리지 않게 살짝 기울여 씌워진 모자는 웃음을 자아내기에 충분했지만, 조니에게는 그런 것이 눈에 띄지 않는 모양이었다. 하지만 말의 내용과는 달리 그 청년이 왠지 무척 재미있어한다는 것을 알 수 있었다. 소다수를 힘들여 빨아올리는 것 같은 기묘한 소리가 문밖에서 들려왔다.

"당장 아래로 내려와 주세요."

조니가 다시 외쳤다. 그의 목소리는 가볍게 떨리고 있었다.

"누군가 살해당했어요."

그는 몸을 돌렸다.

"아하, 심각한 일이군!"

푸아로가 말했다.

자리에서 일어난 푸아로는 크게 서둘지 않고 간단하게 몸단장을 했다. 그런 다음 조니를 따라 층계를 내려왔다. 초대객들이 뜰로 통하는 문 근처에 모여 있었다. 그들의 태도에는 한결같이 충격이 드러나 있었다. 에릭은 심한 경련을 일으키고 있었다.

진이 앞으로 나와 푸아로 씨의 팔에 손을 얹었다.

"보세요!"

그녀는 그렇게 말하며 극적인 몸짓으로 열린 문 너머를 가리켰다.

"맙소사!"

푸아로가 소리쳤다.

"이건 마치 연극의 한 장면 같군."

그의 지적이 틀린 것은 아니었다. 밤 동안 눈이 더 내렸으므로, 희미한 이른 새벽빛을 받은 세상은 하얗고 교교해 보였다. 선홍색 얼룩 같은 것이 뿌려진 곳을 제외하면 하얀 풍경이 손상되지 않은 채 펼쳐져 있었다.

낸시 카델이 꼼짝도 하지 않은 채 눈 위에 누워 있었다. 그녀는 다홍색 실크 파자마를 입고 있었다. 작은 발에는 아무것도 신고 있지 않았고, 두 팔은 넓게 벌린 채였다. 한쪽으로 돌린 고개는 뒤엉킨 검은 머리채로 가려져 있었다. 미동도 없이 누워 있는 그녀의 왼쪽 옆구리에는 단도가 꽂혀 있었고, 눈 위의 진홍색 자국은 점점 더 커지고 있었다.

푸아로는 눈 덮인 뜰로 나섰다. 그는 여자의 시체가 누워 있는 곳으로 가는 대신 오솔길을 따라갔다. 남자 발자국 하나와 여자 발자국 하나로 이루어진 두 개의 발자국이 비극이 일어난 곳으로 향하고 있었다. 남자의 발자국은 따로 반대 방향으로 향하고 있었다. 푸아로는 오솔길에 서서 생각에 잠긴 채 턱을 쓰다듬었다.

그 순간 오스카 레더링이 집 안에서 달려나왔다.

"맙소사! 이게 뭐야?"

그의 흥분한 모습은 푸아로의 침착한 모습과 대조적이었다.

푸아로가 생각에 잠긴 채 대답했다.

"이건 살인인 것 같소."

에릭이 심한 기침을 했다.

"무슨 일인가 해야 해요."

누군가 소리쳤다.

"우리가 뭘하면 되죠?"

"할 일은 한 가지뿐일세."

푸아로가 말을 이었다.

"경찰을 불러오는 거야."

"오!"

모두 동시에 소리쳤다.

푸아로는 탐색하는 듯한 눈길로 그들을 바라보았다.

그가 말을 이었다.

"분명히 우리가 할 일은 그거 한 가지뿐일세."

잠시 침묵이 감돌았다. 이윽고 조니가 앞으로 나섰다.

"장난은 끝났어요."

그가 선언했다.

"제가 말하죠, 무슈 푸아로, 우리한테 너무 화내지 않으셨으면 좋
겠어요. 이건 모두 우리가 꾸며 낸 장난이에요. 선생님을 속이기 위
해서 말예요. 낸시는 그저 죽은 체하고 있는 것일 뿐이에요."

한순간 눈빛이 반짝였을 뿐 푸아로는 별다른 감정을 내보이지 않
고 그를 바라보았다.

"나를 놀리기 위해서 그런 거란 말이지?"

그는 조용히 물었다.

"그렇습니다, 정말이지 죄송합니다. 이런 짓은 하지 말았어야 했는데. 정말 고약한 취미였어요. 죄송합니다. 진심으로 사과드립니다."

"사과할 필요 없네."

푸아로가 기묘한 어조로 말했다.

조니가 몸을 돌렸다.

"이봐, 낸시, 일어나!"

그가 소리쳤다.

"종일 누워 있을 필요 없어."

하지만 땅바닥에 누운 사람은 움직이지 않았다.

"일어나라고!"

조니가 다시 소리쳤다.

낸시는 여전히 움직이지 않았다. 그러자 뭐라 말할 수 없는 두려움이 소년을 덮쳤다. 그는 푸아로 쪽으로 몸을 돌렸다.

"도대체, 도대체 무슨 일이에요? 어째서 낸시가 일어나지 않는 거예요?"

"이리 와 보게."

푸아로가 날카롭게 말했다.

그는 눈밭을 가로질렀다. 그는 손짓으로 다른 사람들을 물러나게 한 다음 다른 발자국을 밟지 않기 위해 주의를 기울였다. 존이 믿어지지 않는다는 듯 놀라서 그를 따라갔다. 푸아로는 낸시 곁에 주저앉은 다음 조니에게 손짓을 했다.

"그녀의 손을 쥐고 맥박을 짚어보게."

반신반의하며 몸을 굽혔던 소년은 비명을 내지르며 뒤로 물러섰다. 낸시의 손과 팔은 뻣뻣하고 차가웠고 맥박도 뛰고 있지 않았다.

"죽었잖아!"

그는 헉 하고 숨을 멈추었다.

"하지만 어떻게? 왜?"

푸아로는 조니의 첫 질문을 뛰어넘었다.

"왜?"

그는 생각에 잠긴 채 조금 전의 질문을 되풀이했다.

"궁금하군."

그런 다음 그는 죽은 여자의 몸 위로 몸을 기울이더니 뭔가를 단단히 쥐고 있는 듯한 다른 쪽 손을 펴게 했다. 그와 존 둘 다의 입에서 외마디 소리가 터져 나왔다. 낸시의 손에는 번쩍이는 붉은 광석이 쥐어져 있었다.

"아하!"

푸아로가 소리쳤다. 그는 재빨리 주머니 속에 손을 넣었다. 주머니에는 아무것도 없었다.

"그 멋진 루비군요."

조니가 영문을 모르겠다는 듯이 말했다.

푸아로가 단도와 눈 위의 핏빛 자국을 살펴보자 조니가 소리쳤다.

"그건 피가 아니에요, 무슈 푸아로. 물감이에요. 그냥 물감일 뿐이라고요."

푸아로는 자세를 바로했다.

"그렇군."

푸아로가 조용히 말했다.

"자네 말이 맞군. 이건 물감에 지나지 않아."

"그렇다면 어떻게……."

조니가 말을 끊었다. 푸아로가 존을 대신해 말을 이었다.

"어떻게 죽었을까? 그걸 우리는 알아내야 하네. 낸시가 오늘 아침
먹거나 마신 게 뭐지?"

푸아로는 그렇게 물으며 다른 이들이 기다리고 있는 오솔길을 향
해 자신의 발자국을 되짚어가기 시작했다.

"차 한 잔을 마셨어요."

청년이 말했다.

"레버링 씨가 끓여 준 차를요. 레버링 씨의 방에는 알코올 램프가
있거든요."

조니의 목소리는 크고 또렷했다. 그 말이 레버링의 귀에도 들린
모양이었다. 그가 말했다.

"난 언제나 알코올 램프를 갖고 다니지. 세상에서 가장 간편하다
오. 이번 방문에도 그것 때문에 내 여동생이 무척 좋아했소. 일하는
사람들을 계속해서 번거롭게 하지 않아도 되니 말이오."

푸아로는 거의 미안해하는 눈길로 레버링의 발로 눈길을 떨어뜨
렸다. 레버링 씨는 실내용 슬리퍼를 신고 있었다.

"장화를 벗으셨군요."

푸아로가 나지막하게 중얼거렸다.

레버링이 그를 물끄러미 바라보았다.

"무슈 푸아로!"

진이 소리쳤다.

"우린 어떻게 해야 하죠?"

"금방 말한 대로 할 일은 오직 한 가지뿐이오, 마드무아젤. 경찰을 불러오는 겁니다."

"내가 가겠소."

레버링이 소리쳤다.

"장화를 갈아신는 데에 1분도 걸리지 않을 거요. 여러분들은 추운 데 오래 계시지 않는 게 좋을 것 같소."

그는 집 안으로 모습을 감추었다.

"레버링 씨는 정말 생각이 깊군."

푸아로는 부드러운 어조로 중얼거렸다.

"우리 그의 충고를 따르는 게 어떻겠소?"

"아빠를 깨우는 게 어떨까요? 다른 사람들도요."

"그럴 필요 없네."

푸아로가 날카롭게 대답했다.

"그럴 필요 없다고. 경찰이 올 때까지 여기에 손을 대선 안 되네. 우리 안으로 들어가는 게 어떻겠나? 서재가 어떨까? 이 슬픈 비극을 잠시 잊을 수 있도록 내 짧은 이야기 하나를 해 주겠네."

푸아로가 앞장 서서 걷자, 사람들이 그의 뒤를 따랐다.

"이 이야기는 루비에 관한 거라네."

안락한 팔걸이 의자에 앉으면서 푸아로가 입을 열었다.

"아주 유명한 사람이 가지고 있던 아주 유명한 루비 얘기지. 그가 누군지는 밝히지 않겠네. 다만 세계적으로 유명한 사람이라는 것만 말해 두지. 그런데 이 유명 인사가 남몰래 런던에 왔다네. 대단한 인물이긴 하지만 그 역시 젊고 어리석은 사내여서 어떤 예쁘장한 아가씨의 유혹에 넘어가고 말았네. 그 예쁘장한 아가씨는 그에게 별로 마음이 없었지만 그의 재산에는 관심이 많았네. 어느 날 그녀는 그의 집안에 대대로 내려오는 그 역사적인 루비를 훔쳐 달아나 버렸네. 그 딱한 청년은 진퇴양난의 곤경에 빠지고 말았지. 그는 어느 나라 공주와 곧 결혼을 하게 되어 있었으므로 스캔들을 일으키고 싶지 않았다네. 경찰의 힘을 빌릴 수 없었던 그는 대신에 나, 에르퀼 푸아로를 찾아왔더군. '내 루비를 찾아 주십시오.' 하고 그는 말했네. 그런데 난 그 아가씨에 대해 아는 게 좀 있었어. 그녀에겐 오빠가 하나 있는데, 그들은 함께 많은 건수를 올려왔지. 나는 그들이 크리스마스 때 어디에 묵는지 알아냈네. 그리고 운 좋게 만난 엔디코트 씨의 친절 덕택에 나 역시 그곳에 초대를 받을 수 있었지. 그런데 그 예쁘장한 아가씨는 내가 온다는 말을 듣자 크게 놀란 모양이었네. 그녀는 영리해서, 내가 그 루비의 행방을 캐고 있는 걸 알고 있었던 거지. 그녀는 즉시 그것을 안전한 곳에 숨겨야 했네. 그러다 그것을 푸딩 속에 숨겨야겠다고 생각한 모양이네. 맞아, 그렇다네, 그렇고말고! 그녀는 다른 사람들과 더불어 반죽을 젓다가는 다른 것들과 구별되는 알미늄 푸딩 그릇 속에 루비를 슬쩍 빠뜨렸다네. 그런데 기묘한 우연으로 그 푸딩을 크리스마스 날 먹게 된 거지."

사람들은 잠시 조금 전의 비극을 잊어버리고 벌린 입을 다물지 못한 채 그에게서 눈길을 거두지 못했다.

자그마한 체구의 푸아로가 말을 이었다.

"그런 다음 그녀는 침대로 갔네."

그는 시계를 꺼내 시간을 보았다.

"식구들이 일어났나 보군. 레버링 씨가 경찰을 불러오는 데 너무 시간이 많이 걸리는 것 같은데, 그렇지 않나? 내 생각엔 그의 여동생도 함께 간 것 같네."

에벌린이 눈길을 푸아로에게서 떼지 않은 채 비명을 지르며 일어섰다.

"또 내 생각엔 그들은 돌아오지 않을 것 같네. 오스카 레버링은 오랫동안 합법과 비합법의 경계에 있는 아슬아슬한 짓을 해왔지. 이게 그 마지막이야. 그와 그의 여동생은 이름을 바꾸고 한동안 해외에서 활동할 거야. 오늘 새벽 난 그에게 미끼를 던지는 동시에 겁을 주었네. 우리가 집 안에 들어와 있는 동안 그는 가면을 벗어 던지고 그 루비를 손에 넣었을 거야. 그런 다음에는 경찰을 부르러 가야 했지. 하지만 그건 자신을 진퇴양난의 곤경으로 모는 것을 뜻했지. 살인 혐의를 받고 있을 때에는 두말할 것도 없이 도망치는 편이 바람직하지."

"그가 낸시를 죽였나요?"

진이 꺼져들어 가는 목소리로 물었다.

푸아로가 자리에서 일어서며 제안했다.

"사건 현장에 다시 한 번 가볼까?"

그가 앞장을 섰고, 사람들이 그의 뒤를 따랐다. 집 밖으로 나오자 사람들의 입에서는 거의 동시에 헉 하는 소리가 새어 나왔다. 비극적인 장면은 흔적 하나 남아 있지 않았다. 눈밭은 매끈하고 평화로 웠다.

"세상에!"

에릭이 층계 위에 주저앉으며 말했다.

"이 모든 게 꿈은 아니겠지?"

"정말 이상한 일이지."

푸아로가 말했다.

"사라진 시체의 비밀이라."

그의 눈빛이 부드럽게 반짝였다.

진이 갑자기 의심이 들었다는 듯이 그에게로 다가갔다.

"무슈 푸아로, 혹시……, 혹시…… , 그러니까 제 말은 우리를 감쪽같이 속여 넘긴 거 아닌가요? 오, 분명 그런 거 같아요!"

"맞는 말이다, 얘들아. 난 너희들의 계획을 알고 있었지. 그래서 그 계획을 뒤집어 옆을 계획을 세웠지. 아, 마드무아젤 낸시는 여기 있네. 그런 어려운 연기를 멋지게 해내고서도 전혀 힘들어하지 않는 것 같군."

그것은 틀림없는 낸시 카델이었다. 그녀의 두 눈은 빛나고 있었고 온몸에는 건강과 활력이 넘치고 있었다.

"감기 들지 않았나? 내가 방에 갖다 둔 탕약은 마신 건가?"

푸아로가 나무라듯 물었다.

"한 모금만으로도 충분했어요. 전 괜찮아요. 저 잘했나요, 무슈 푸아로? 이런, 지혈대를 하고 있었더니 팔이 아프군요!"

"정말 훌륭했다, 낸시. 이제 다른 사람들에게 설명을 좀 해주는 게 어떨까? 사람들은 아직도 뭐가 뭔지 모르고 있을 거야. 자, 얘들아, 난 마드무아젤 낸시에게 가서 내가 여러분의 계획을 모두 알고 있다고 말한 다음 나를 위해 연기를 해 달라고 요청했지. 그녀는 아주 영리하게 그 일을 해냈네. 그녀는 레버링 씨에게 부탁해 자신에게 차 한 잔을 끓여 주도록 했고, 또 그로 하여금 눈 위에 발자국을 남기지 않을 수 없도록 했지. 그래서 결정적인 때가 오자 그는, 어떤 사고에 의해 그녀가 진짜 죽었는데, 내가 자신을 을러댈 만한 온갖 증거를 갖고 있다고 생각한 거지. 우리가 집 안으로 들어간 다음 어떤 일이 일어났는지 말해 주겠나, 마드무아젤?"

"그는 여동생과 함께 나오더니 내 손에서 루비를 잡아채 쏜살같이 도망쳤어요."

"그런데요, 무슈 푸아로, 루비는 어떻게 된 거죠?"

에릭이 소리쳤다.

"그걸 그들이 가지고 가도록 놔뒀단 말인가요?"

둘러선 사람들의 비난하는 듯한 눈길을 받은 푸아로는 고개를 떨구었다.

"이제부터 그걸 찾을 참이라네."

그는 힘없이 대답했다. 하지만 그는 자신의 연극이 들통났음을 감지했다.

"아, 알았다!"

조니가 소리쳤다.

"그들로 하여금 그 루비를 가져가도록 함으로써……."

하지만 진이 더 영리했다.

"무슈 푸아로가 또 우릴 속여넘긴 거야!"

그녀가 소리쳤다.

"그렇죠, 맞죠?"

"내 왼쪽 주머니에 손을 넣어보게, 마드무아젤."

진은 허겁지겁 푸아로의 주머니 속에 손을 넣었다가는, 승리의 함성과 함께 다시 꺼냈다. 그녀는 찬란하게 빛나는 커다란 진홍색 루비를 높이 들어올렸다.

푸아로가 설명했다.

"이제, 아까 그것이 내가 런던에서 가져온 모조 보석이란 걸 알았겠지."

"정말 대단하지 않아?"

진이 황홀한 듯 말했다.

"우리에게 말해 주지 않은 게 딱 한 가지 있어요."

조니가 불쑥 말했다.

"우리의 장난을 어떻게 아셨죠? 낸시한테 들으셨나요?"

푸아로는 고개를 저었다.

"그렇다면 어떻게 아셨어요?"

"여러 가지 일에 관심을 갖는 게 내 일이라네."

푸아로는 함께 오솔길을 걷고 있는 에벌린 하워드와 로저 엔디코트를 바라보다가 웃으며 대답했다.

"알아요, 하지만 말해 주세요. 오, 말해 주세요, 제발. 친애하는 무슈 푸아로, 부디 말해 주세요!"

궁금해 죽겠다는 듯한 상기된 얼굴들이 그를 둘러쌌다.

"정말 그 비밀을 밝히기를 바라나?"

"예."

"그럴 수 없을 것 같네."

"왜요?"

"분명히 실망할걸세."

"오, 말해 주세요! 어떻게 아셨어요?"

"음, 난 그때 서재에 있었는데……."

"그래서요?"

"자네들은 바로 서재 밖에서 계획을 세웠고 서재 창문이 열려 있었다네."

"그뿐인가요?"

에릭이 어이가 없다는 듯 되물었다.

"그렇게 간단할 수가!"

"아닌 것 같나?"

푸아로가 웃으며 대답했다.

"어쨌든 이제 우린 모든 궁금증을 풀었네."

진이 만족한 목소리로 말했다.

"그런가?"

푸아로는 집 안으로 들어가면서 혼자 중얼거렸다.

"내 궁금증은 풀리지 않았어. 여러 가지 일에 관심을 갖는 걸 업으로 하는 내 궁금증은 말이야."

그런 다음 그는 주머니 속에서 상당히 꾀죄죄해진 종이 조각을 꺼냈다. 아마도 그렇게 꺼내 보는 것이 스무 번째쯤이리라.

'크리스마스 푸딩을 먹지 마세요.'

푸아로는 영문을 모르겠다는 듯이 고개를 내저었다. 그 순간 그의 발 근처에서 헉 하고 숨을 멈추는 이상한 소리가 들려왔다. 아래를 내려다본 그는 날염 원피스를 입은 자그마한 여자를 발견했다. 그녀의 왼손에는 쓰레받기가 오른손에는 비가 들려 있었다.

"그런데 자넨 누군가?"

푸아로가 신문하듯 물었다.

"애니 힉스예요, 선생님. 허드렛일을 하고 있어요."

푸아로의 머릿속에 영감이 스쳐 갔다. 그는 그녀에게 그 편지를 내밀었다.

"자네가 이걸 썼나, 애니?"

"해를 끼칠 생각은 아니었어요, 선생님."

그는 그녀에게 미소를 지어 보였다.

"물론 그럴 생각이 아니었겠지. 자초지종을 내게 말해 주겠나?"

"그 두 사람 때문이었어요, 선생님. 레버링 씨와 그의 여동생 말이에요. 저희는 모두 그들이 보기 싫었어요. 그 여잔 전혀 아프지 않았어요. 장담할 수 있었죠. 그래서 전 뭔가 수상한 일이 진행되고 있다고 생각했죠. 단도직입적으로 말씀드리죠, 선생님. 전 문에 귀를 대고 그들의 대화를 엿들었어요. 남자가 아무렇지도 않게 말하더군요. '그 푸아로란 작자를 가능한 한 빨리 치워 버려야 해.' 그러더니 동생에게 이런 뜻의 말을 하더군요. '그걸 어디 넣었지?' 그러자 그녀가 대답했어요. '크리스마스 푸딩 속에.' 그래서 전 그들이 선생님을 죽이려고 크리스마스 푸딩 속에 독을 넣은 줄 알았어요. 요리사는 저 같은 사람들의 이야기엔 귀를 기울이려 하지 않았어요. 그래서 경고장을 생각해 냈죠. 그레이브스 씨가 발견해 선생님께 갖다 드릴 수 있도록 그것을 홀에 갖다 둔 거예요."

숨이 차서 애니는 말을 멈추었다. 푸아로는 잠시 동안 그녀를 심각하게 살펴보았다.

"소설책을 너무 많이 본 것 같군, 애니."

이윽고 그가 말했다.

"하지만 자넨 착한 마음씨와 상당히 영리한 두뇌를 가졌어. 런던으로 돌아가면, 자네에게 살림에 대한 좋은 책 한 권과 성인전, 그리고 여성의 경제적 지위에 대한 책을 보내 주겠네."

다시 놀라서 헉 소리를 내는 애니를 그 자리에 내버려 두고 그는 몸을 돌려 홀을 가로질러 걸어갔다. 그는 서재로 갈 생각이었지만 열린 문 틈으로 검은 머리 하나와 금발 머리 하나가 밀착되어 있는 것을 보고 그 자리에서 걸음을 멈추었다. 그 순간 두 개의 팔이 그의 목을 휘어 감았다.

"겨우살이 바로 밑에 서 계실 거라면, 기꺼이 입맞춤을 해 드리죠!"*

진이 말했다.

"저도요."

낸시가 동조했다.

푸아로는 두 사람의 입맞춤을 기분 좋게 받아들였다. 그는 참으로 행복했다.

---

* 크리스마스 장식에 쓰는 겨우살이 밑에 있는 소녀에게 입맞춤을 하는 관습이 있다.

덧붙이는 글

「크리스마스 모험」은 『무슈 푸아로의 회색 뇌세포*The Grey Cells of M. Poirot*』라는 제목 아래 간행된 작품집 중 두 번째 권 마지막 이야기로 처음엔《더 스케치 *The Sketch*》의 1923년 12월 12일자에 「크리스마스 푸딩의 모험*The Adventure of the Christmas Pudding*」으로 발표되었다. 이 이야기는 1940년대에 『폴렌사 만의 의문과 크리스마스 모험』과 『푸아로는 살인자를 알고 있다』라는, 단명했던 두 총서 속에서 「크리스마스 모험」이라는 제목으로 다시 선을 보였다가, 오랜 세월이 흐른 후 크리스티에 의해 중편으로 늘어난다. 그리하여 『크리스마스 푸딩과 앙트레의 모험*The Adventure of the Christmas Pudding and a Selection of Entrée*』(1960)속에 수록되었다.

그 총서 머리말에서 크리스티는 그 이야기가, 1901년 자신의 아버지가 죽은 후 어머니와 함께 스톡포트의 애브니홀에서 보낸 어린 시절의 크리스마스를 떠오르게 했다고 설명하고 있다. 애브니홀은 크리스티의 큰언니 매지의 남편인 제임스 워츠의 할아버지로 한때 맨체스터의 메이어 경이었던 제임스 워츠 경이 세웠다. 1977년 간행된 자서전에서 크리스티는 애브니를 '아이가 크리스마스를 보내기에 더할 수 없이 멋진 집'으로 묘사하고 있다. '빅토리아 고딕 양식의 거대한 건물로, 수많은 방과 복도와 느닷없이 나타나는 층계와 뒷계단과 앞계단과 벽감 등 아이들이 원하는 모든 것이 있었다. 게다가 세 대의 전혀 다른 피아노와 오르간 한 대가 있는 곳'이었다. 또한 다른 글에서 크리스티는 '저장실이라고 불리는 곳이 있었는데…… (중략)…… 누구든지 문을 열 수 있었다. 창고의 사방 벽에는 진열장이 늘어서 있고 갖가지 맛난 음식으로 채워져 있었다.'고 묘사한다. 그녀는 제임스 워츠의 동생인 험프리와 먹기 내기를 하곤 했는데 뭔가를 먹고 있지 않을 때면 애거서는 험프리와 그의 남자 형제들인 라이오넬과 마일스, 여자 형제인 낸과 함께 놀았다. 이 이야기에서 아이들에 대해, '진짜 살아 있는 탐정'과 함께 화이트 크리스마스를 보낸 그들의 즐거운 경험에 대해 쓰면서 그녀는 아마도 어린 시절의 그 친구들을 떠올렸으리라.

외로운 신

그는 자신보다 더 중요한 게 분명한 대영박물관의 다른 여러 신상들 가운데 외롭고 쓸쓸하게 단 위에 놓여 있었다. 네 개의 벽을 둘러싸고 늘어선 좀 더 큰 다른 신상들은 모두 스스로의 막강한 힘을 과시하고 있는 듯했다. 각 신상의 석대에는 그들이 속했던 지역과 종족이 흐릿하게 새겨져 있었다. 그들의 지위에는 의심의 여지가 없었다. 그들은 중요한 신상들이었고 그렇게 인정받고 있었다.

　구석의 그 작은 신상만이 무리로부터 멀리 떨어져 서 있었다. 잿빛 돌로 거칠게 깎인 이목구비가 세월과 비바람에 거의 마모된 그는 무릎 위에 팔꿈치를 올려놓고 얼굴을 두 손 안에 묻은 채 외롭게 앉아 있었다. 작은 신은 낯선 나라에서 외로워하고 있었다.

　그가 어디에서 왔는지를 말해 주는 비문 같은 것도 없었다. 그는 영예나 명성을 갖지 못한 채 고향으로부터 아득히 먼 곳에서 길을 잃은 애처롭고 조그만 신상일 뿐이었다. 아무도 그를 주목하지 않았고, 아무도 그를 보려 발길을 멈추지 않았다. 왜 그래야 한단 말인가? 그는 너무나도 보잘것없는, 구석에 놓인 잿빛 돌덩이일 뿐인데. 그의 양쪽에는 세월과 더불어 매끄럽게 닳아 버린 두 개의 멕시코 신상이 있었다. 두 손을 포개고 잔인한 입매에 인간에 대한 경멸을 노골적으로 드러내는 미소를 담고 있는 침착한 신상들이었다. 또 주먹을 쥐고 있는 무척 자기 과시적인 통통한 작은 신상도 있었다. 그는 자신이 중요한 존재라는 지나친 자의식 때문에 고통을 받고 있는 것이 분명했지만, 지나가는 사람들은 이따금 걸음을 멈추고 그에게 눈길을 던지곤 했다. 비록 그의 곁에 있는 멕시코 신상들의 미소 띤 무심함과 대조적인 그의 어이없게 과장된 태도를 비웃기 위해서일 뿐이었지만.

길 잃은 그 작은 신상은 머리를 두 손에 묻은 채 희망 없이 오랜 세월 동안 거기 앉아 있었다. 그러던 어느 날 있을 수 없는 일이 일어났다. 그에게 경배자가 생긴 것이다.

"내게 편지 온 것 없습니까?"

호텔 짐꾼은 분류 선반에서 편지 꾸러미를 꺼내 그것들을 대충 훑어본 다음 무뚝뚝한 목소리로 말했다.

"없습니다, 선생님."

프랭크 올리버는 클럽을 걸어나오며 한숨을 내쉬었다. 꼭 편지가 와야 할 이유는 없었다. 그에게 편지를 쓸 만한 사람들은 몇 되지 않았다. 그해 봄 버마에서 돌아온 이래 그는 외로움이 점점 강해지고 커지는 것을 느끼고 있었다.

마흔을 막 넘긴 프랭크 올리버는 지난 18년 동안 영국에는 잠시 휴가 때나 머물렀을 뿐 세계 각지를 떠돌아다녔다. 이제 은퇴해 멋진 삶을 찾아 고국에 돌아온 그는 자신이 이 세상에서 얼마나 외로운 존재인가를 처음으로 깨달았다.

그랬다. 그에게는 누이 그레타가 있었지만, 그녀는 요크셔의 목사와 결혼해 교구 일과 어린아이들이 있는 가정을 꾸려가는 일로 몹시 바빴다. 그레타는 원래 하나뿐인 남동생을 무척 아꼈지만, 그에게 할애할 시간이 별로 없었다. 그리고 오랜 친구인 톰 헐리가 있었다. 톰은 아주 정력적이고 실질적이고 명랑하고 밝고 멋진 여자와 결혼했는데, 드러내진 않았지만 프랭크는 그런 여자가 두려웠다. 그녀는 그에게 괴팍한 노총각이 되어서는 안 된다면서 줄곧 '멋진 여자들'을 소개해 주었다. 프랭크 올리버는 자신이 그 '멋진 여자들'에게 할 말이 없음을 깨달았다. 여자들은 한동안 그를 참아 주다가는 가망없는 인간이라고 여기고 포기해 버렸다.

하지만 그가 그렇게 비사교적인 것은 아니었다. 그는 우정과 공감을 간절히 바라고 있었다. 영국으로 돌아온 후 그는 낙담의 정도가 심해지는 것을 느꼈다. 그는 너무 오랫동안 고국을 떠나 있었고, 시대에 적응할 수가 없었다. 그는 이제 도대체 뭘 할 수 있을까 궁리하면서 여기저기를 돌아다니며 목적 없는 지루한 나날을 보냈다.

그러던 어느 날 그는 대영박물관 안으로 들어갔다. 아시아의 골동품에 관심을 갖고 있던 그는 우연히 그 외로운 신상을 보게 되었다. 그 신상의 매력은 첫눈에 그를 사로잡았다. 거기에는 자신과 비슷한 그 무엇이 있었다. 거기에는 낯선 땅에서 길을 잃은 누군가가 있었다. 어둑한 구석의 높다란 석대 위에 앉아 있는 그 작은 잿빛 석상을 보기 위해 대영박물관에 들르는 것이 그의 습관이 되었다.

'이 작은 친구는 운도 없군. 한때는 사람들이 이 친구 앞에서 절을 하고 제물을 올리고 법석을 떨었을 텐데.'

그는 그 작은 친구에 대해 독점적인 권리를 갖고 있는 듯한 느낌이 들기 시작했으므로(그것은 실제로 소유의 느낌에 가까웠다.), 그 작은 신상에게 두 번째 숭배자가 생긴 것을 보았을 때 분개에 가까운 감정을 느꼈다. 그 외로운 신상을 발견한 것은 바로 '자신'이 아닌가. 그 누구도 자신을 방해할 권리가 없다고 그는 느꼈다.

하지만 솟구쳐오른 분노가 가라앉자 스스로에게 미소를 짓지 않을 수 없었다. 왜냐하면 그 두 번째 숭배자는 꾀죄죄한 검은 외투와 유행 지난 스커트를 입은 우스꽝스러워 보이는 애처로운 여자였던 것이다. 그녀는 아름다운 머리카락과 푸른 눈과 생각에 잠긴 듯 처진 입매를 지닌 젊은 여자였다. 스무 살이 조금 넘은 게 분명하다고 그는 판단했다.

그녀의 챙모자가 특히 그의 기사도를 자극했다. 그녀는 직접 모자 가장자리를 장식한 것이 분명했는데, 그것은 멋질 수도 있었겠지만 실제 결과는 그 반대로 참담했다. 그녀는 가난에 시달리긴 했지만 숙녀임이 분명했다. 그는 그녀가 가정교사일 것이고 몹시 외로운 존재일 것이라고 마음속에서 즉각 결론을 내렸다.

얼마 지나지 않아 그는 그녀가 그 신상을 보러 오는 날이 화요일과 금요일이고, 언제나 10시 정각에 박물관이 문을 열자마자라는 사실을 알게 되었다. 처음에 그는 그녀의 침입이 마음에 들지 않았지만 그 일은 점차 그의 단조로운 생활 속에서 주된 관심사로 자리 잡기 시작했다. 그가 자신이 열렬히 숭배하던 신상을 특별한 위치에서 빠르게 밀어내고 있었음은 물론이다. 그 '외로운 꼬마 숙녀'(그는 혼자 그녀에게 그런 별명을 붙였다.)를 보지 못하는 날은 공허했다.

짐짓 무관심으로 그 사실을 감추려 애쓰긴 했지만 그녀 역시 그에게 관심을 갖고 있는 듯했다. 아직 한마디 말도 나누지 않았지만, 그들 사이에는 점차 동료 의식이 자라났다. 사실 남자 쪽이 너무 숫기가 없었다! 남자는 그녀가 자신에게 눈길도 준 적이 없을 거라고 (마음속에서 즉각 그 말을 부정했지만), 자신의 접근을 커다란 무례로 여길 거라고, 요컨대 자신은 무슨 말을 해야 할지 도대체 모르겠노라고 스스로의 채근에 반박했다.

하지만 친절한 운명인지 그 작은 신인지가 그에게 영감을 주었다. 어쩌면 그가 그것을 영감으로 간주한 것일 수도 있었다. 자신의 기지에 뛸 듯이 기뻐하면서 그는 여자용 손수건을 하나 샀다. 그로서는 만지기조차 망설여지는 레이스가 달린 섬세한 면 손수건이었다. 그런 장비를 갖추고 그는 그 방을 떠나는 그녀를 쫓아가 이집트실에서 그녀에게 말을 건넸다.

"실례합니다만 이거 아가씨 건가요?"

그는 가볍고 무심하게 말하려 애썼지만 크게 실패한 것 같았다.

'외로운 꼬마 숙녀'는 그것을 받아들고 자세히 그것을 살펴보는 것 같았다.

"아뇨, 제 것이 아닌데요."

그녀는 그 손수건을 도로 내밀며 그에게 죄책감을 느끼게 하는 의심에 찬 눈길로 이렇게 덧붙였다.

"이건 한 번도 사용하지 않은 새 거예요. 가격표가 아직 붙어 있잖아요."

내키지는 않지만 그는 자신이 그 손수건을 주웠노라고 말할 수밖에 없었다. 그는 지나치게 그럴듯한 설명을 늘어놓기 시작했다.

"전 그걸 저 커다란 케이스 아래서 주웠답니다. 제일 안쪽 다리 바로 옆에 떨어져 있더군요."

그는 그런 자세한 설명으로 한결 마음이 가라앉는 것을 느꼈다.

"그런데 아가씨가 줄곧 거기 서 계셨으니까 틀림없이 아가씨 것이라고 생각하고 이걸 들고 아가씨를 따라온 거죠."

그녀가 다시 말했다.

"아뇨, 그건 제 것이 아닌데요."

그러더니 너무 무뚝뚝했다고 느꼈는지 이렇게 덧붙였다.

"어쨌든 고맙습니다."

대화는 어색한 침묵으로 접어들었다. 그 여자는 얼굴을 붉힌 채 당황해서 그 자리에 서 있었다. 어떻게 하면 그 자리에서 품위 있게 물러날 수 있을까 궁리하는 것이 분명했다.

그는 그 기회를 놓치지 않기 위해 필사적인 노력을 기울였다.

"전, 전 런던의 그 누구도 우리의 외로운 꼬마 신에 관심을 갖지 않는 줄 알았습니다. 아가씨가 나타나기 전까지는요."

그녀는 삼가는 태도를 잊고 반색을 했다.

"당신도 그를 그렇게 부르나요?"

그가 그 신상을 우리의 신이라고 불렀다는 것을 알아챘음에도 그녀는 전혀 분개하지 않았다. 그녀가 소스라치며 동감을 표했으므로, "물론!"이라고 말하는 그의 조용한 어조는 이 세상에서 가장 자연스러운 대답처럼 느껴졌다.

다시 한 번 침묵이 찾아왔지만, 이번에는 이해에서 나온 침묵이었다.

문득 예의 범절을 떠올리고 침묵을 깨뜨린 것은 외로운 숙녀였다.

그녀는 온몸을 꼿꼿이 세우고는 그렇게 작은 키에는 거의 우스꽝스럽게까지 여겨지는 위엄 있는 태도를 짐짓 꾸며 내며 쌀쌀한 어조로 말했다.

"이제 가봐야겠군요. 안녕히 가세요."

그런 다음 뻣뻣하게 고개를 약간 숙이면서 몸을 곧추 세운 채 걸음을 옮겼다.

그 어떤 기준에 비추어 보더라도 프랭크 올리버는 좌절감을 느껴야 마땅했다. 하지만 자신이 순식간에 일을 그르쳐 버린 데 대한 안타까움의 표시로 그는 이렇게 중얼거렸을 뿐이다.

"귀여운 사람!"

하지만 얼마 지나지 않아 그는 자신의 무모한 행동을 후회하지 않을 수 없었다. 왜냐하면 그 후 열흘 동안 그의 귀여운 숙녀는 박물관에 모습을 나타내지 않았던 것이다. 그는 절망에 빠져 버렸다! 자신이 그녀를 놀라게 해서 쫓아 버린 것이 아닌가! 그녀는 다시는 오지 않을 터였다! 자신은 거칠고 상스럽지 않았던가! 다시는 그녀를 보지 못하리라!

그는 비탄에 잠긴 채 하루 종일 대영박물관을 떠나지 않았다. 그녀는 어쩌면 그저 시간을 바꾼 것일 수도 있었다. 얼마 지나지 않아 그는 근처의 전시실들에 무엇이 있는지 훤히 알게 되었고, 미라들을 영원히 싫어하게 되었다. 그가 세 시간에 걸쳐 아시리아의 상형문자를 들여다보자 청원 경찰은 의심의 눈길로 그를 주시했다. 각 시대의 자기들을 끝없이 바라보는 일이 어찌나 지루한지 그는 미칠 것 같았다.

하지만 어느 날, 그의 인내는 보상을 받았다. 그녀가 다시 나타났던 것이다. 그녀는 평소보다 더 상기된 모습으로 냉정해 보이려고 애쓰는 것이 역력했다.

그는 유쾌하고 친숙하게 그녀에게 인사를 건넸다.

"안녕하시오. 정말 오랜만에 오셨군요."

"안녕하세요."

그녀는 싸늘하게 내뱉은 다음 그의 마지막 인사말은 차갑게 무시했다.

하지만 그는 필사적이었다.

"이것 보시오!"

그는 애원하는 듯한 눈길로 그녀의 앞을 막아섰다. 그 모습은 어쩔 수 없이 그녀에게 자신의 충직한 큰 개를 연상시켰다.

"우리 친구가 되지 않겠소? 난 런던에서 혼자요. 아니 이 세상에서 혼자뿐이오. 그리고 내 생각엔 당신도 그런 것 같소. 우리는 친구가 되어야 하오. 게다가 우리의 꼬마 신이 우리를 소개시켜 줬잖소."

그녀는 반쯤 의심스런 눈길로 그를 올려다보았지만 그녀의 입매에는 떨리는 미소가 희미하게 떠올라 있었다.

"그랬나요?"

"물론이오!"

그가 그렇게 극단적인 긍정의 표현을 한 것은 이번이 두 번째였다. 하지만 이번에는 전처럼 그 결과가 실패로 돌아간 것은 아니었다. 왜냐하면 잠시 후 그 여자는 특유의 다소 당당한 태도로 이렇게 대답했던 것이다.

"좋은 일이군요."

"진짜 멋진 일이오."

그가 무뚝뚝하게 대답했다. 하지만 그렇게 말할 때 그의 목소리에는 그 여자로 하여금 충동적으로 그에게 연민의 눈길을 던지게 하는 무엇인가가 깃들어 있었다.

그렇게 해서 기묘한 우정이 시작되었다. 그들은 그 작은 이교도 우상의 사당에서 일주일에 두 차례 만났다. 처음에 그들은 자신들의 대화를 그 신상에 관한 것으로 제한했다. 말하자면 그 신상은 즉각 그들 우정의 구실이자 핑계였다. 그 신상이 어디서 온 것인가 하는 문제가 폭넓게 논의되었다. 남자는 그 신상이 잔인하기 짝이 없는 성격을 지녔을 것이라고 주장했다. 그는 그 신상이 자신의 고향에서는 공포와 외경의 대상으로, 인간의 희생을 끝없이 요구하고 공포에 떠는 백성들로부터 경배를 받는 존재라고 묘사했다. 남자의 말에 따르면, 그 신상이 전에 누린 영광과 지금의 초라함 사이의 엄청난 차이야말로 현상황의 비애를 말해 준다는 것이었다.

외로운 숙녀는 그 추론에 동조하지 않았다. 그 신상은 원래 너그러운 작은 신이었다고 그녀는 주장했다. 그 신상이 한때 무척 강력한 힘을 갖고 있었을 리가 없다는 것이었다. 그랬다면, 지금 저렇게 친구 하나 없이 표류하고 있지는 않으리라고 그녀는 말했다. 어쨌든 그것은 사랑스러운 작은 신상이고, 자신은 그를 좋아하며, 그가 자신을 조롱하는 것이 분명한 저 무섭고 거만한 다른 상들과 더불어 줄곧 저곳에 앉아 있다는 생각을 하면 속이 상했다는 것이었다. 이런 격한 감정을 쏟아낸 다음 꼬마 숙녀는 몹시 숨이 찬 모양이었다.

그 화제가 동나자, 그들은 자연스럽게 자신들에 대한 이야기를 하기 시작했다. 그는 자신의 추측이 옳았음을 알았다. 그녀는 햄스테드에 있는 어떤 집 보모 겸 가정교사였다. 그는 한순간 그 집의 아이들이 미운 생각이 들었다. 하지만 그녀의 말로는 다섯 살짜리 테드는 정말 나쁜 애가 아니라 그저 장난꾸러기일 뿐이었고, 쌍둥이들은 성격이 좀 까다로웠으며, 몰리는 하라는 건 하나도 하지 않앉지만 미워할 수 없는 귀염둥이라는 것이었다.

"그 아이들이 당신을 못살게 구는군요."

그가 다그치듯이 엄하게 말했다.

"그렇지 않아요."

그녀가 재치 있게 받아넘겼다.

"제가 몹시 엄한 선생님이거든요."

"오! 그럴 리가!"

그가 비웃음을 터뜨렸다. 하지만 그의 못 미더워하는 말에 그녀는 그더러 겸손하게 사과하라고 다그쳤다.

그녀는 자신은 고아라고, 이 세상에서 혼자뿐이라고 그에게 말했다.

그는 자기 자신의 삶에 대한 이야기를 조금씩 그녀에게 털어놓았다. 힘껏 애써서 그런 대로 성공을 거둔 자신의 직업적 삶에 대하여, 그리고 화폭깨나 망치고 있는 자신의 취미에 대하여.

"물론 난 그림에 대해 아는 게 없다오."

그가 설명했다.

"하지만 언젠가는 뭔가를 그릴 수 있으리라는 생각이 늘 떠나질 않는다오. 스케치는 그런 대로 할 수 있지. 하지만 진짜 그림을 그리고 싶다오. 그쪽에 대해 좀 아는 친구가 언젠가 말하기를 내 솜씨가 나쁘지 않다고 했소만."

그녀는 흥미를 보이며 자세한 이야기를 해달라고 졸랐다.

"당신은 그림을 굉장히 잘 그리는 게 틀림없어요."

그는 고개를 저었다.

"그렇지 않소. 최근 몇 개를 그리기 시작했지만 낙심해서 내던지고 말았다오. 시간이 나면 그림이 순조롭게 그려지리라고 줄곧 생각했소. 난 여러 해 동안 그런 생각을 품고 있었지만, 다른 모든 것처럼 그 일도 너무 늦게 시작한 것 같소."

"너무 늦은 때란 없어요, 결코."

꼬마 숙녀가 젊은이답게 열정적으로 말했다.

그는 그녀에게 미소를 지어 보였다.

"그렇게 생각하시오, 아가씨? 내게는 어떤 일들이 너무 늦은 것처럼 여겨진다오."

그러자 꼬마 숙녀는 그를 보며 웃음을 터뜨리더니 그에게 '파파 할아버지'라는 별명을 붙여 주었다.

그들에게는 박물관이 이상하게 편안하게 느껴지기 시작했다. 전시실들을 순찰하는 성실하고 인정 많은 경찰은 재치 있는 사내였다. 그 두 사람이 나타나면 그는 대개 아시리아 골동품들이 전시된 옆방에서 긴급히 해야 할 번거로운 일이라도 있는 것처럼 자리를 피해 주었다.

어느 날 남자는 용감하게 한 걸음을 내딛었다. 밖에서 차 한잔 하자고 그녀에게 청했던 것이다!

처음에 그녀는 이의를 제기했다.

"전 시간이 없어요. 매인 몸이거든요. 아이들이 프랑스 어 수업을 받는 날 아침에만 여기 올 수 있답니다."

"그런 소리 말아요."

남자가 말했다.

"하루쯤 시간을 낼 수 있을 거요. 숙모나 육촌 형제 같은 사람이 죽었다고 하고 와요. 여기서 멀지 않은 ABC 카페에 가서 차와 롤빵을 먹읍시다! 당신은 분명 롤빵을 좋아할 거요!"

"그래요, 건포도가 들어간 동전 모양의 빵 말이죠!"

"그리고 그 위에 끼얹어진 맛있는 설탕 시럽……."

"그 맛있는 빵은 얼마나 폭신폭신한지……."

"롤빵에는 뭔가……."

프랭크 올리버는 엄숙하게 말을 이었다.

"사람을 참 편안하게 해주는 게 있다오."

그렇게 약속이 정해졌다. 가정교사는 그 만남을 위해 값비싼 온실 장미를 허리띠에 꽂고 나타났다.

그는 그녀가 긴장되고 걱정스러운 표정을 짓고 있음을 뒤늦게 눈치 챘다. 그런 그녀의 표정은 그날 오후 어느 때보다 두드러졌다. 그녀는 작은 대리석 탁자 위에 놓인 차를 따르고 있었다.

"아이들이 당신을 힘들게 하나 보군요?"

그가 걱정스럽게 물었다.

그녀는 고개를 저었다. 그녀는 최근 아이들에 대해 이야기하는 것을 이상하게 내키지 않아 하는 것 같았다.

"그 애들은 괜찮아요. 그 애들은 전혀 문제가 안 돼요."

"그럼 뭐가 문제요?"

그의 인정 어린 어조가 뜻하지 않게 그녀를 어쩔 줄 모르게 한 것 같았다.

"오, 아니에요. 문제 같은 건 없어요. 다만……, 다만, 정말 전 외로워요. 정말 외롭다고요!"

그녀의 어조는 탄원에 가까웠다.

감동한 그는 재빨리 대답했다.

"그래요, 그래요, 아가씨, 알아요. 안다고요."

잠시 입을 다물었던 그는 쾌활한 어조로 말했다.

"당신이 아직 내 이름도 묻지 않았다는 거 아시오?"

그녀는 반박의 뜻으로 손을 들어 올렸다.

"제발 말하지 마세요. 전 알고 싶지 않아요. 그리고 제 이름도 묻지 마세요. 그저 함께 어울려 친구가 된 외로운 두 사람으로 남기로 해요. 그 편이 훨씬 더 멋지고, 그리고, 그리고 특별하잖아요."

그는 천천히 생각에 잠긴 어조로 말했다.

"좋소. 또다른 외로운 세계에서 우리 두 사람은 서로만을 알고 있게 되는 거요."

그의 말은 그녀의 말뜻과는 조금 다른 것이어서, 그녀로서는 그 대화를 이어 가기가 어려운 듯했다. 그녀는 말 대신 접시 위로 점점 더 고개를 숙였다. 이윽고 챙모자 꼭대기만 눈에 들어왔다.

"멋진 모자군요."

그가 평소의 침착한 모습을 되찾을 생각에서 말을 건넸다.

"제가 직접 장식했어요."

그녀는 자랑하듯 알려 주었다.

"그걸 본 순간 그럴 거라고 생각했소."

그가 유쾌하게 말했다.

또다시 그들 사이에 어색함이 자리잡았다. 프랭크 올리버가 용감하게 그 침묵을 깨뜨렸다.

"꼬마 아가씨, 벌써 이런 말을 할 생각은 아니었지만 어쩔 수가 없군요. 난 당신을 사랑하오. 난 당신을 원하오. 귀여운 검은 옷을 입고 거기 서 있는 당신을 본 순간부터 당신을 사랑했소. 내 사랑, 외로운 두 사람이 함께한다면, 어떻게 되겠소, 그야 물론 더 이상 외로움이 발붙일 수 없게 될 거요. 그리고 난 작업을 할 거요. 오! 정말 작업을 할 거요! 당신을 그릴 거요. 난 할 수 있소. 할 수 있을 거요. 오! 내 귀여운 아가씨, 난 당신 없인 살 수 없소. 정말이지 당신 없이는……"

그의 귀여운 숙녀는 뚫어지게 그를 지켜보고 있었다. 하지만 그녀의 입에서 나온 말은 그가 그녀에게서 가장 듣고 싶지 않은 말이었다. 아주 차분하고 또렷하게 그녀는 말했다.

"그 손수건은 당신이 산 거군요!"

그는 그런 분명한 여자의 직감이 감탄스러웠고, 다름 아닌 그때 자신을 거스르며 그것을 기억해 낸 것이 더 더욱 감탄스러웠다. 이렇게 시간이 흘렀으니 분명 그 일은 용서받을 수 있을 터였다.

"그렇소, 내가 샀소."

그는 솔직하게 인정했다.

"당신한테 말을 걸 구실을 만들고 싶었소. 화났소?"

그는 온순하게 그녀가 할 비난의 말을 기다렸다.

"그렇게 해 주다니 정말 고마워요!"

꼬마 숙녀가 열정적으로 소리쳤다.

"얼마나 고마운지……."

그녀의 말꼬리가 흐려졌다.

프랭크 올리버는 무뚝뚝한 어조로 말을 이었다.

"대답해 주시오, 아가씨, 불가능한 일이오? 나도 알고 있소. 내가 못생기고 거친 늙은이라는 걸……."

외로운 숙녀가 그의 말허리를 잘랐다.

"아뇨, 당신은 그렇지 않아요! 난 당신이 달라지길 원하지 않아요, 어떤 식으로든. 난 있는 그대로의 당신을 사랑해요, 아시겠어요? 당신이 딱해서도 아니고, 내가 너무나도 외로운 나머지 누군가 나를 사랑하고 돌봐줄 사람을 원해서도 아니고, 바로, 바로 당신이기 때문에 사랑하는 거예요. 이제 아시겠어요?"

"정말이오?"

그가 거의 속삭이는 듯한 어조로 물었다.

그러자 그녀는 침착하게 대답했다.

"그래요, 사실이에요."

경이감이 그들을 감동시켰다.

이윽고 그가 생각났다는 듯이 외쳤다.

"그렇다면 우린 천국에 떨어진 거요, 내 사랑!"

"ABC 카페에서 말이죠."

그녀는 눈물과 웃음이 뒤섞인 목소리로 대답했다.

하지만 지상의 천국은 오래가지 않았다. 꼬마 숙녀는 외마디 소리를 내지르며 소스라쳤다.

"이렇게 시간이 지났는지 몰랐어요! 당장 가야겠어요."

"집까지 바래다 주겠소."

"안 돼요, 안 돼요, 안 돼요!"

그는 그녀의 고집에 밀려 그녀를 지하철 역까지 데려다 주는 것으로 만족할 수밖에 없었다.

"안녕, 내 사랑."

그녀가 그의 손을 힘주어 잡았다. 그는 나중에 그 사실을 떠올리게 된다.

"안녕, 하지만 내일까지요."

그가 쾌활하게 대답했다.

"언제나처럼 10시에 만납시다. 그리고 서로의 이름과 지나온 얘기를 나눕시다. 아주 실제적이고 산문적이 되는 거요."

"안녕, 천국이여."

그녀가 속삭였다.

"천국은 언제나 우리와 함께할 거요, 내 사랑!"

그녀는 뒤를 돌아보며 그에게 미소를 지어 보였다. 그녀의 태도에는 그를 불안하게 하는, 그로서는 짐작할 수 없는 서글픈 호소가 깃들어 있었다. 이윽고 흔들리는 승강기에 실린 그녀의 모습이 시야에서 사라졌다.

그녀의 마지막 말에 이상하게 마음이 산란하긴 했지만 그는 단호히 그런 생각을 마음속에서 몰아내고 그 대신 내일에 대한 찬란한 기대로 마음을 채웠다.

정각 10시, 그는 언제나처럼 그 장소에 서 있었다. 처음으로 그는 다른 신상들이 얼마나 심술궂게 자신을 내려다보고 있는지 알 수 있었다. 마치 그에게 나쁜 힘을 미칠 수 있는 어떤 사악하고 은밀한 사실을 알고 그를 내려다보며 고소하다는 듯이 웃고 있는 것 같았다. 그는 불편한 마음으로 그들이 자신에게 반감을 갖고 있음을 의식했다.

꼬마 숙녀는 늦는 모양이었다. 어째서 오지 않는 것일까? 그곳의 분위기가 그의 신경을 거슬리게 했다. 그들의 신인 그의 작은 친구는 오늘 그 어느 때보다도 대책 없이 무기력해 보였다. 자기 자신의 절망을 껴안고 있는 무력한 돌덩이에 지나지 않는 듯했다!

날카로운 얼굴을 한 작은 소년이 그에게로 걸어오는 바람에 그는 그런 생각에서 벗어났다. 소년은 그를 머리끝에서 발끝까지 열심히 훑어보았다. 그의 모습이 기대와 맞아떨어진 듯 소년은 편지 한 장을 내밀었다.

"내게 주는 거니?"

겉봉에는 아무것도 씌어 있지 않았다. 그가 편지를 받아들자, 날카로운 얼굴의 소년은 놀라우리만큼 재빨리 그곳을 떠났다.

프랭크 올리버는 천천히 믿어지지 않는 시선으로 편지를 읽어 내려갔다. 편지의 내용은 아주 짤막했다.

사랑하는 선생님,

전 당신과 결혼할 수 없어요. 제가 당신의 삶에 개입했다는 사실을
부디 잊어 주시고, 상처를 드렸다면 저를 용서해 주세요. 절 찾으려고
하지 마세요. 소용없을 테니까요. 이건 진짜 작별의 편지예요.

— 꼬마 숙녀

거기에는 추신이 있었다. 마지막 순간 휘갈겨 쓴 것이 분명했다.

난 당신을 사랑해요. 정말 사랑해요.

그 충동적으로 씌어진 짤막한 추신만이 이후 여러 주 동안 그의
유일한 위안이었다. 말할 필요도 없이 그는 '자신을 찾지 말라.'는
그녀의 권고를 듣지 않고 사방을 수소문했지만 소용없었다. 그녀는
완전히 증발해 버렸고, 그에게는 그녀의 자취를 더듬을 수 있는 단
서 하나 없었다. 절망한 그는 광고를 내어 은근한 말로 이유라도 알
려 줄 것을 그녀에게 호소했지만 그러한 노력의 결과는 완전한 침
묵뿐이었다. 그녀는 가 버렸고 다시는 돌아오지 않았다.

그리고 그는 평생 처음으로 진짜 그림을 그리기 시작했다. 그의
솜씨는 언제나 훌륭했다. 이제는 솜씨와 영감이 어우러지고 있었다.
그에게 명성을 가져다 준 그 그림은 예술원에 전시되었고, '올해

의 그림'으로 선정되었다. 대가다운 기량과 솜씨 때문이기도 했고
소재를 멋지게 다루었기 때문이기도 했다. 베일에 싸인 어떤 신비
가 일반 대중들의 관심을 더욱 자극한 것도 사실이었다.

그의 영감은 아주 우연히 찾아왔다. 어떤 잡지에 실린 아름다운
이야기가 그의 상상력을 자극했다.

그것은 원하는 것은 무엇이든 줄곧 가져왔던 어떤 복받은 공주에
관한 이야기였다. 그녀가 뭔가를 바란다면? 그것은 즉각 충족되었
다. 뭔가를 원한다면? 역시 채워졌다. 그녀에게는 헌신적이고 돈 많
은 부모와 아름다운 옷과 보석들, 어떤 변덕이라도 받아 줄 태세가
되어 있는 노예들, 원하는 것은 무엇이든 들어주고 친구가 되어주
는 유쾌한 처녀들이 있었다. 잘생기고 돈 많은 왕자들이 그녀의 비
위를 맞추었고 그녀의 손을 잡으려 했으나 헛일이었다. 그들은 자
신들의 헌신을 증명하기 위해 몇 마리의 용이든 죽일 태세가 되어
있었다. 하지만 그 공주는 이 세상에서 가장 헐벗고 굶주린 거지보
다 더 외로웠다.

그는 읽기를 멈추었다. 그 공주가 나중에 어떻게 되었는지에는
전혀 관심이 가지 않았다. 그의 눈앞에는 하나의 그림이 떠올랐다.
없는 것이 없는 궁전에서 굶주리는, 사치에 질식한, 행복에 물린, 서
글프고 외로운 영혼을 지닌, 즐거워야 함에도 즐겁지 않은 공주의
모습이었다.

그는 맹렬한 에너지로 그림을 그리기 시작했다. 창조의 격렬한
즐거움이 그를 사로잡았다.

그는 자신에게 몸을 기울이고 있는 추종자들에게 둘러싸인 채 소파에 앉아 있는 공주의 모습을 그렸다. 동양적인 색감이 흘러넘치는 그림이었다. 공주는 특이한 빛깔의 멋진 자수 가운을 입고 있었다. 풍성한 금발이 얼굴을 감싸며 흘러내리고 머리 위에는 보석이 박힌 묵직한 머리띠가 있었다. 놀이 친구들이 그녀를 둘러싸고, 왕자들은 호화로운 선물을 든 채 그녀의 발치에 무릎을 꿇고 있었다. 호화로움과 풍요로움이 넘치는 장면이었다.

하지만 공주는 얼굴을 돌리고 있었다. 그녀는 자기 주위의 웃음과 환희를 의식하지 못했다. 그녀의 시선은 어둑하고 그늘진 구석에 고정되어 있었는데, 거기에는 주위와는 어울리지 않는 것처럼 보이는 물건이 놓여 있었다. 절망에 겨워 스스로를 방기한 채 두 손에 얼굴을 묻고 있는 자그마한 잿빛 석상이었다.

너무나도 어이없는 일이 아닌가? 젊은 공주의 눈길은 마치 점점 뚜렷해지는 자신의 고립감에 이끌린 듯 기묘한 공감에 차서 그 석상 위에 머물렀다. 그들 둘은 서로 닮아 있었다. 세상이 그녀의 발아래 있었지만 그녀는 외로웠다. 외로운 공주가 외로운 작은 신상을 바라보고 있었던 것이다.

런던 전체가 그 그림에 대한 이야기로 떠들썩했다. 그의 누이 그레타가 요크셔에서 서둘러 짤막한 축하 편지를 보내왔고, 톰 헐리의 아내는 프랭크 올리버에게 주말에 자기 집에 와서 '당신 그림을 몹시 좋아하는' 진짜 유쾌한 아가씨를 만나보라고 권했다. 프랭크 올리버는 냉소를 터뜨린 다음 그 편지를 불 속에 던져 버렸다. 그는 성공했다. 하지만 그것이 무슨 소용이 있단 말인가? 그가 바라는 것은 오직 한 가지, 그의 삶으로부터 영영 사라져 버린 그 외로운 꼬마 숙녀뿐이었다.

6월 셋째 주에 열리는 애스컷 경마 대회 날, 대영박물관의 한 구역을 담당하고 있는 청원 경찰은 눈을 비비며 꿈을 꾸고 있는 것이 아닐까 자문했다. 왜냐하면 레이스 드레스에 멋진 챙모자를 쓴 아름다운 여성을 그곳에서 보게 되리라고는 아무도 기대하지 않았던 것이다. 그녀의 모습은 파리의 한 천재가 상상한 님프 그대로였다.

외로운 신상은 그렇게 놀라지 않은 것 같았다. 그는 나름대로 강력한 힘을 지니고 있었는지도 몰랐다. 어쨌든 그곳에 그의 숭배자 하나가 돌아와 있지 않은가.

외로운 꼬마 숙녀는 그를 응시하고 있었다. 그녀의 입술에서 재빠른 속삭임이 흘러나왔다.

"자비로운 작은 신이여, 오! 자비로운 작은 신이여, 부디 절 도와주세요! 오, 부디 절 도와주세요!"

작은 신상은 흡족해진 모양이었다. 프랭크 올리버가 생각했던 것처럼 그가 진짜 잔인하고 몰인정한 신이었다 하더라도, 오랜 풍상의 세월과 문명의 발전이 차가운 돌덩이 같은 그의 마음을 부드럽게 해 준 모양이었다. 어쩌면 외로운 꼬마 숙녀의 말이 옳았을지도 몰랐다. 그는 정말로 친절한 작은 신이었을지도 몰랐다. 아니 어쩌면 그저 우연의 일치였을지도 몰랐다. 어쨌든 바로 그 순간 프랭크 올리버가 서글픈 모습으로 천천히 아시리아 진열실의 문을 밀고 들어섰던 것이다.

고개를 든 그는 '파리의 님프'를 보았다.

다음 순간 그가 두 팔로 그녀를 얼싸안았다. 그녀의 입에서는 빠르고 알아들을 수 없는 중얼거림이 터져나왔다.

"난 정말이지 외로웠어요. 당신은 제가 쓴 그 글을 읽으셨죠. 그 글을 읽지 않았다면, 그 내용을 이해하지 못했다면, 그런 그림을 그리실 수 없었을 테니까요. 그 공주가 바로 저예요. 전 모든 걸 다 갖고 있었지만 말로 표현할 수 없을 만큼 외로웠어요. 어느 날 저는 점쟁이에게 가려고 하녀의 옷을 빌려 입었죠. 가는 길에 이곳에 들러 저 작은 신상을 바라보고 있는 당신을 본 거예요. 그래서 이 모든 일이 시작됐죠. 전 연극을 했어요. 오! 나 자신이 얼마나 미운지 모르겠어요. 전 줄곧 연극을 했어요. 그래서 나중에는 내가 한 말들이 새빨간 거짓말이었다고 차마 당신에게 털어놓을 수가 없었어요. 내가 그렇게 당신을 속였다는 사실에 역겨워하실 것 같았어요. 당신이 사실을 알아내는 걸 견딜 수가 없었어요. 그래서 도망친 거예요. 그런 다음 그 글을 썼죠. 어제 난 당신 그림을 봤어요. 그건 분명 당신이 그린 거죠, 그렇죠?"

그 말이 얼마나 '배은망덕한 것'인지를 아는 것은 신들뿐이다. 외로운 꼬마 신은 인간의 본성 속에 자리 잡고 있는 그런 음험한 배은망덕에 대해 알고 있었는지도 모른다. 신으로서 그는 그것을 지켜볼 진귀한 기회들을 가질 수 있었다. 하지만 자신에게 바쳐진 수많은 제물을 받아 온 그가 그 시련의 때에 이번에는 자신을 희생했다. 그는 낯선 땅에서 유일하게 자신에게 경배하는 두 명의 숭배자들을 포기했다. 그리고 그 사실은 그에게 그가 나름대로 위대한 작은 신이라는 사실을 드러내는 것이었다. 왜냐하면 그가 희생한 것은 자신이 가진 모든 것이었으므로.

그는 그들이 서로 손을 잡고 뒤도 한번 돌아보지 않고 가 버리는 것을 손가락 사이로 지켜보았다. 천국을 발견해 더 이상 자신을 필요로 하지 않는 행복한 두 사람을.

결국 그는 낯선 땅에 표류한 외롭디외로운 작은 신이 아니겠는가?

덧붙이는 글

「외로운 신」은 1926년 7월《로열 매거진Royal Magazine》에 처음으로 선보였다. 이 작품은 크리스티의 얼마 되지 않는 순수하고 낭만적인 이야기 중 하나로, 그녀 자신은 이 작품을 '딱하도록 감상적'이라고 평한 바 있다.

그럼에도 이 이야기가 흥미로운 것은 크리스티가 평생에 걸쳐 보여 준 고고학에 대한 관심을 예고하고 있기 때문이다. 자선 기금을 위해 출간된 『마이클 파킨슨의 고백록Michael Parkinson's Confessions Album』(1973)에 실린 기고문 속에서 그녀는 고고학을 자신이 좋아하는 연구라고 밝힌 바 있다. 고고학에 대한 이런 일반적인 관심 때문에 그녀는 후에 두 번째 남편이 되는 유명한 고고학자 맥스 맬로윈을 만난다. 2차 세계 대전이 끝나고 여러 해가 흐른 후, 그녀와 맬로윈은 아시리아의 님루드에서 매해 봄을 보내게 된다. 1937년과 1938년 시리아의 텔 브라크에서 했던 발굴에 대한 크리스티 자신의 보고서인 『와서 당신의 삶을 말하라Come Tell Me How You Live』(1946)는 그 유적지에 대한, 재미있고 유용한 안내서로서, 크리스티의 또다른 주요 면모를 알려 준다. 표면적으로 그 원정 중에 그녀는 한 편의 작품도 쓰지 않았다. 하지만 그 경험은 몇 편의 소설에 소재를 제공했다. 푸아로 미스터리인 『메소포타미아 살인 사건Murder in Mesopotamia』(1936), 『나일 강의 죽음Death on the Nile』(1937), 『죽음과의 약속Appointment with Death』(1938)은 물론 기원전 2000여 년의 고대 이집트를 무대로 한 탁월한 소설 『마지막으로 죽음이 오다Death Comes as the End』(1944)가 그런 것들이다.

맨 섬의 황금

들어가는 글

「맨 섬의 황금」은 평범한 탐정 소설이 아니다. 그것은 어쩌면 유례를 찾아볼 수 없는 독특한 것인지도 모른다. 이 작품에 등장하는 탐정들은 진부한 사람들이긴 하지만, 특별히 잔인한 살인의 경우에도 그들의 주된 관심은 살인자를 밝혀내는 데 있지 않다. 그들은 감춰진 보물, 이야기 속에서뿐 아니라 실제로도 존재하는 보물에 대한 일련의 단서들을 풀어내는 데 더 관심이 있는 것이다! 여기에는 분명 이유가 있는데…….

1929년 겨울 앨더맨 아서 B. 크루컬은 기발한 생각을 해냈다. 크루컬은 맨 섬의 관광 진흥을 책임지고 있는 단체인 '준 에퍼트'의 회장이었다. 그의 아이디어란 오랫동안 잊혀져 온 맨 섬의 밀수업자들과 그들의 비장의 전리품에 대한 여러 전설들을 근거로 보물찾기 놀이를 하자는 것이었다. 진짜 보물을 섬 어딘가에 감추어 놓고, 그 위치를 알려 주는 단서들이 추리 소설의 얼개 속에 등장하는 것이다. 처음에 크루컬의 제안은 그 단체의 회원 몇몇의 주저에 부딪혔지만 마침내 승인되었다. 그 단체는, '맨 섬 보물찾기 계획'이 휴가철에 맞추어 개최되어 국제 여행가 자전거 경주 대회와 같은 시기에 진행되어야 하고, 24회째에는 '장미 여왕 선발 대회'와 야간 요트 경주 같은 다른 연례 행사들과 함께 추진되어야 한다고 결정했다.

크루컬은 보물찾기를 골자로 하는 이야기를 써낼 사람을 찾아내야 했다. 그런 일에 애거서 크리스티보다 더 나은 인물이 어디 있겠는가? 놀랍게도 크리스티는 자신의 원고료로서는 드문 수준인 겨우 60파운드의 수고비를 받고 이 일을 수락했다. 그녀는 1930년 4월 말 맨 섬을 방문해 딸의 병 때문에 데번으로 돌아가기 전까지 섬의 총독 대리의 손님으로서 그곳에 묵었다. 크리스티와 크루컬은 그 보물찾기에 대해 여러 날 동안 토론을 했고, 보물이 묻히기에 적당한 장소와 단서들을 만들어 낼 방법을 결정하기 위해 섬 여러 곳을 방문했다.

그렇게 해서 탄생한 「맨 섬의 황금」은 5월 말부터 《데일리 디스패치*Daily*

Dispatch》에 5회에 걸쳐 게재되었다.《디스패치》는 맨체스터에서 간행되는 신문으로, '준 에퍼트' 회에서는 그 섬을 방문할 만한 영국인들이 가장 즐겨 볼 만하다는 이유로《디스패치》를 선택한 것 같다.「맨 섬의 황금」은 소책자 형태로도 인쇄되어, 섬 전역의 여관과 호텔에 25만 부가 배포되었다. 다섯 개의 단서들은 따로 출간되었는데(본문에 †로 표시되었다), 첫 번째 단서가 담긴《디스패치》가 나오는 날이 가까워지자, '준 에퍼트' 회에서는 그 보물찾기가 가능한 한 많이 홍보될 수 있도록 모든 이들에게 협조해 줄 것을 호소했다. 관광객이 많이 오면 올수록 관광 수입도 늘어날 터였다. 또한 그 보물찾기는 그 섬을 떠나 미국으로 이민갔다가 그 단체의 존경받는 손님으로서 돌아오게 된 수백 명의 '귀향자들'의 관심을 끌었다. 당시의 광고 문구에 따르면, 그것은 '모든 아마추어 탐정이 자신들의 기량을 시험해 볼 절호의 기회'였다! 주언과 피넬라와 겨루기 위해서는 그들처럼 '좋은 지도 몇 개와 섬에 대해 알려주는 다양한 안내서들과 섬의 역사에 관한 책과 민속에 관한 책'을 갖추는 것이 좋다고 홍보되었다. 단서가 어떻게 풀리는가는 이야기의 끝에 나와 있다.

마일커레인 노인은 도깨비처럼 살았네,
언덕에서 황야로 경사진 그곳에서.
바늘금작화, 개쑥갓 우거진 황금 농장에서,
눈부시게 아름다운 딸과 함께 살았네.

"오오 아버지, 아버지, 수많은 재산 있지만,
모두 다 꼬옥꼬옥 숨겨져 있다더군요.
금은 안 보여도 가시금작화 위로 금빛이 번쩍번쩍
금을 어떻게 하신 건지 제게 알려 주세요."

"내 금은 잠긴 참나무 궤짝 안에 있단다.
물 속에 빠져 가라앉은 궤짝 안에

희망의 닻처럼 요지부동 궤짝 안에

번쩍번쩍 찬란하게, 은행처럼 안전하게."

"난 그 노래가 좋아."

피넬라가 노래를 마치자 내가 흐뭇한 어조로 말했다.

"당연히 그래야지."

피넬라가 대답했다.

"이 내용은 너와 나, 우리 조상에 관한 거니까 말야. 마일스 삼촌
의 할아버지 말야. 그는 밀수로 번 큰돈을 어딘가에 숨겼는데, 이제
까지 그 위치를 알아낸 사람이 없대."

피넬라는 집안의 역사에 대해 잘 알고 있었다. 그녀는 자신의 모
든 조상에게 관심이 있었다. 하지만 내 성향은 과거에 집착하는 것
이 아니었다. 고단한 현재와 불확실한 미래가 내 모든 에너지를 빼
앗았던 것이다. 하지만 피넬라가 맨 섬의 옛 노래를 부르는 것은 듣
기 좋았다.

피넬라는 무척 매력적이었다. 그녀는 나의 사촌이자 한때 내 약
혼녀였다. 재정적인 전망이 낙관적일 때 우리는 약혼을 했다. 비관
론의 물결이 우리를 휩쓸고 지나가자, 우리는 적어도 10년 안에 결
혼할 수 없다는 것을 깨닫고 파혼했다.

내가 물었다.

"그 보물을 찾으려고 한 사람이 있었어?"

"물론이지. 하지만 아무도 성공하지 못했어."

"과학적 방법을 동원한 사람이 없었나 봐."

"마일스 삼촌 역시 상당한 노력을 하셨지. 마일스 삼촌 말씀에 따르면, 누구라도 머리만 약간 굴리면 그 정도의 문제는 풀 수 있다는 거야."

내게는 그 말이 너무나도 마일스 삼촌다운 것으로 여겨졌다. 맨 섬에 살고 있는 까다롭고 괴팍한 그 늙은 신사는 그런 교훈적인 말에 심취해 있었다.

우편 배달부가 온 것은 바로 그 순간이었다. 편지였다!

"저런!"

피넬라가 소리쳤다.

"악마도 제 말 하면 온다더니, 그러니까 내 말은 천사도 말야. 마일스 삼촌이 돌아가셨대!"

그녀와 나 둘 다 괴팍한 삼촌을 만난 것이 두 번밖에 되지 않았으므로 비탄에 빠진 척할 수가 없었다. 그 편지는 더글라스에 있는 어떤 법률 회사에서 온 것으로, 고 마일스 마일커레인 씨의 유언에 따라 피넬라와 내가 더글러스 근처에 있는 저택과 약간의 수입으로 이루어진 그의 재산의 공동 상속자가 되었다고 씌어 있었다. 동봉된 봉인 편지의 겉봉에는 마일커레인 씨의 글씨로 자신이 죽으면 피넬라에게 전달하라고 씌어 있었다. 우리는 그 편지를 뜯어서 읽었다. 그 내용은 놀라웠다. 그것이 정말로 특이한 내용이었던 만큼 다음에 그 전문을 인용한다.

사랑하는 피넬라와 주언(내가 이렇게 부르는 것은 너희가 그다지 멀리 떨어져 있지 않으리라고 여기기 때문이란다! 소문이 그렇더구나.), 너희들은 머리만 약간 굴리면 누구라도 쉽사리 내 친애하는 깡패 할아버지가 숨겨 놓은 보물을 찾을 수 있으리라고 했던 내 말을 기억하고 있을 줄 안다. 난 그렇게 머리를 굴렸단다. 그리고 내가 받은 보답은 황금으로 가득 찬 네 개의 궤짝이었단다. 정말 멋진 이야기 아니냐?

내게 살아 있는 친척이라고는 네 사람뿐이다. 너희 둘, 들려오는 소식이라고는 온통 고약한 것뿐인 내 조카 이원 코직, 그리고 거의 소식을 듣지 못했지만 그 약간의 소식조차 항상 좋은 것은 아니었던 사촌 닥터 페일이 그들이다.

내 개인적인 재산은 너와 피넬라에게 남기지만, 오직 나 자신의 지혜를 통해 내 몫이 된 그 '보물'에 대해서는 어떤 의무감을 느낀다. 내가 그것을 상속을 통해 싱겁게 넘겨 버리면, 내 친애하는 할아버지께서 흡족해하실 것 같지가 않다. 그래서 이번에는 내가 문제를 내기로 했다.

네 개의 보물 '궤짝들'(금괴나 금화보다는 현대적인 형태이긴 하지만)은 여전히 건재하고, 참가자들 역시 넷이다. 살아 있는 나의 네 친척이 그들이다. 각자에게 하나의 '궤짝'을 배당하는 것이 가장 공평하겠지만, 얘들아, 세상은 공평한 것이 아니란다. 승리는 가장 약삭빠른 자, 때로는 가장 파렴치한 자의 것이지!

파렴치한 자가 누구라고 생각하느냐고? 너희는 다른 두 사람에 맞서 슬기롭게 대처해야 한다. 안타깝게도 너희 둘이 이길 가능성은 거의 없는 것 같다. 이 세상에서 선량함과 순진함이 보답을 받는 경우는 거의 없거든. 그래서 일부러 속임수를 써야 할 필요를 더욱 강하게 느꼈단다.(약삭빨라야 한다는 걸 다시 한 번 느꼈겠지!) 이 편지는 다른 두 사람에게보다 너희들에게 24시간 먼저 도착할 거다. 너희들이 머리를 굴릴 줄 안다면 첫 번째 '보물'을 찾는 데 24시간 일찍 출발하는 것으로 충분할 거야.

보물을 찾기 위한 단서들은 더글라스의 내 집에 있다. 두 번째 '보물'을 찾기 위한 단서들은 첫 번째 보물이 발견된 후에야 드러날 거다. 두 번째부터는 모두 똑같은 조건에서 시작하게 된다. 부디 너희가 성공하길 빈다. 너희가 네 개의 '궤짝'을 모두 가지는 것 이상으로 나를 기쁘게 하는 일도 없을 테지만, 앞서 내가 말한 이유에서 그런 일은 거의 가능성이 없을 것 같다. 이원에게는 양심의 가책이란 게 없다는 사실을 명심해라. 어떤 면에서든 그를 믿는 실수를 저질러선 안 된다. 닥터 리처드 페일에 대해서는 나도 아는 게 거의 없다만, 뜻밖으로 유력한 경쟁 상대가 될지도 모르겠다.

너희 둘 모두에게 행운을 빈다. 하지만 너희가 성공할 가능성은 거의 없는 것 같다.

사랑을 보내며

— 마일스 마일커레인 삼촌

편지를 끝까지 읽고 나자 곁에 있던 피넬라가 갑자기 몸을 일으켰다.

"뭐하는 거야?"

내가 소리쳤다.

피넬라는 철도 여행 안내서의 책장을 빠르게 넘기고 있었다.

"가능한 한 빨리 맨 섬으로 가야 해."

그녀가 소리쳤다.

"삼촌은 어떻게 우리를 착하고 순진하고 어리석다고 하실 수가 있지? 삼촌한테 보여 주겠어! 주언, 우리는 그 '궤짝들' 네 개를 모두 찾아내 결혼해서 영원히 행복하게 살 거야. 롤스로이스와 하인들과 대리석 욕조에 둘러싸인 채 말야. 하지만 우선 맨 섬에 가야 해."

그로부터 24시간이 흘렀다. 더글라스에 도착한 우리는 변호사들을 만나본 다음 몰드 하우스로 가서 죽은 삼촌의 집안 관리인인 스컬리콘 부인 앞에 서 있었다. 만만찮은 부인이었지만 피넬라의 절박한 태도 앞에서 태도가 조금 누그러졌다. 그녀가 말했다.

"그런 괴상한 방법을 쓰시다니. 모든 사람들을 당황하고 골치 아프게 하고 싶으셨던 모양이군요."

"하지만 단서가 있다던데요."

피넬라가 소리쳤다.

"단서가 뭘까요?"

피넬라가 모든 이야기를 다 들려주자, 스컬리콘 부인은 침착하게 방에서 나갔다. 잠시 후 돌아온 그녀는 접힌 종이 한 장을 내밀었다.

우리는 허겁지겁 종이를 펼쳤다. 거기에는 삼촌의 비스듬하게 누

운 글씨체로 운이 잘 맞지 않는 시 한 편이 적혀 있었다. †

나침반의 네 점은
S와 W, N과 E.
동풍은 사람과 짐승에게 나쁘다.
가라, 남쪽과 서쪽으로
동쪽이 아니라 북쪽으로.

"오!"
피넬라가 영문을 모르겠다는 듯이 외쳤다.
"오!"
나 역시 같은 억양으로 외쳤다.
스컬리콘 부인이 침울한 기색으로 우리에게 미소를 지어 보였다.
"별달리 의미가 있는 것 같지 않죠?"
그녀가 도움이 되었으면 좋겠다는 듯이 물었다.
"이건……. 어떻게 시작해야 할지 모르겠네요."
피넬라가 처량하게 대답했다.
나는 억지로 쾌활해지려고 애쓰며 말했다.
"시작이란 언제나 어렵게 마련이야. 일단 시작만 하면……."
스컬리콘 여사가 평소보다 더욱 엄한 모습으로 미소를 지었다.
그녀는 사람의 마음을 울적하게 하는 여자였다.
"우리를 도와주실 수 없을까요?"

피넬라가 달래는 듯한 어조로 물었다.

"이 터무니없는 일에 대해 난 아무것도 모릅니다. 내게는 아무 말 없으셨어요. 당신 삼촌께서 내게 말하지 않았다고요. 전 그분께 돈을 은행에 넣으시라고 말씀드리러 왔죠. 시시한 짓은 하시지 말라고요. 그분이 무슨 일을 하고 있는지 전혀 몰랐답니다."

"삼촌이 궤짝이나 뭐 그런 종류의 것을 가지고 나간 적은 없나요?"

"그런 적 없습니다."

"삼촌이 그 물건을 언제 숨겼는지, 최근인지 오래전인지 모르시나요?"

스컬리콘 부인은 고개를 저었다.

내가 원기를 회복하려 애쓰며 말했다.

"그렇다면 두 가지 가능성이 있군. 그 보물은 이곳 뜰에 묻혀 있든가, 그렇지 않다면 이 섬 어딘가에 숨겨져 있을 거야. 그건 물론 보물의 부피에 달렸지."

피넬라의 머리에 문득 영감이 떠오른 모양이었다.

"뭔가 없어진 것 없나요?"

그녀가 물었다.

"삼촌의 물건 중에서 말이에요."

"이런, 아가씨 이야기를 듣고 보니 이상한 점이······."

"그런 게 있단 말인가요?"

"아가씨 이야기를 듣고 보니 이상하네요. 코담뱃갑이······ 적어도 네 개 있었는데, 어디 있는지 모르겠군요."

"네 개라고요!"

피넬라가 소리쳤다.

"바로 그거예요! 이제 그 흔적이 드러나기 시작했어요. 정원에 나가서 둘러보자고요."

"거긴 아무것도 없어요."

스컬리콘 부인이 말했다.

"거기 있었다면 내가 알았을 거예요. 그분이 나 모르게 정원에 뭘 묻을 수는 없었을 거예요."

"나침반의 방향들은 밝혀져 있어."

내가 말했다.

"우리에게 제일 먼저 필요한 건 이 섬의 지도야."

"저 탁자 위에 하나 있어요."

스컬리콘 부인이 말했다.

피넬라가 급하게 지도를 펼쳤다. 그 서슬에 뭔가가 떨어져 내렸다. 내가 그것을 잡았다.

"이것 봐."

내가 말했다.

"이건 좀 더 진전된 단서 같은걸."

우리는 허겁지겁 그 종이를 들여다보았다.

그것은 대충 그려진 지도였다. 십자가 하나와 원 하나와 화살표 하나가 그려져 있었고 방향이 대충 표시되어 있었지만, 의미를 거의 알 수가 없었다. 우리는 말없이 그 지도를 살펴보았다. †

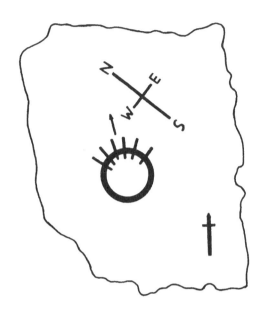

"무슨 뜻인지 모르겠는데, 안 그래?"

피넬라가 물었다.

"당연히 우리를 어리둥절하게 만들려는 거겠지."

내가 말했다.

"금방 눈에 띄기를 기대할 순 없잖아."

스컬리콘 부인이 끼어들더니 저녁을 들겠느냐고 물었고, 우리는
고맙게 그러겠다고 대답했다.

"그런 다음 커피를 좀 마실 수 있을까요?"

피넬라가 물었다.

"많이요, 그것도 아주 진하게요."

스컬리콘 부인은 우리에게 훌륭한 식사를 차려주었고, 식사가 끝나자 커피가 담긴 커다란 주전자가 등장했다.

피넬라가 말했다.

"이제 일에 착수해야 해."

내가 말했다.

"먼저 할 일은 방향을 잡는 일이야. 이건 분명 이 섬의 북동쪽을 가리키는 것 같아."

"그런 것 같네. 지도를 살펴보자."

우리는 주의 깊게 지도를 들여다보았다.

"이 모든 게 이 그림을 어떻게 받아들이느냐에 달려 있어."

피넬라가 말했다.

"이 십자가가 보물을 의미하는 걸까? 아니면 교회 같은 걸 뜻하는 걸까? 규칙이 있어야 하잖아!"

"그러면 참 쉬워질 텐데."

"그렇게 되어야 할 것 같아. 이 짧은 선들은 왜 원의 한쪽에만 그려져 있는 걸까?"

"모르겠어."

"어딘가 지도가 더 없을까?"

우리는 서재에 앉아 있었다. 그곳에는 훌륭한 지도들이 몇 개 있었다. 또한 그 섬에 대해 알려 주는 여러 가지 안내서들과 민속에 관한 책, 그리고 섬의 역사에 대한 책도 있었다. 우리는 그것들을 모두 읽었다.

마침내 우리는 하나의 가설을 세웠다.

"맞아떨어지는 것 같아."

피넬라가 마침내 말했다.

"내 말은 두 가지 단서가 맞아떨어지는 지점이 있는 것 같다는 얘기야."

"어쨌든 해볼 만한 일이야."

내가 말했다.

"오늘 밤엔 더 이상 할 수 있는 일이 없는 것 같군. 내일 제일 먼저 차를 한 대 빌린 다음 나가서 우리의 운을 시험해 보자고."

"벌써 날이 밝았는걸."

피넬라가 말했다.

"2시 30분이잖아! 기가 막혀서!"

우리는 이른 아침 집을 나섰다. 자동차 한 대를 일주일 기한으로 빌려 그럭저럭 직접 몰 수 있었다. 차가 잘 닦인 도로를 따라 속도를 높여가자 피넬라는 기운이 나는 모양이었다.

"다른 두 사람만 없다면 이 일이 얼마나 신날까."

그녀가 말했다.

"여긴 원래 더비 경마가 열렸던 곳이지, 안 그래? 엡 섬으로 옮겨가기 전에 말야. 그 생각을 하니까 정말 기묘한걸!"

나는 그녀로 하여금 어떤 농가로 관심을 돌리게 했다.

"저 집이 바다 밑으로 그 섬과 통하는 비밀 통로가 있다는 농가일 거야."

"정말 재미있네! 난 비밀 통로 같은 게 정말 좋아, 넌 안 그래? 오! 주언, 이제 거의 다 왔어. 정말 흥분되는걸. 우리의 생각이 맞는다면 얼마나 좋을까!"

5분 후 우리는 차에서 내렸다.

"모든 게 지도와 똑같아."

피넬라가 떨리는 목소리로 말했다.

우리는 걸음을 계속했다.

"그 여섯 개는……, 맞아. 이제 이 두 개 사이야. 지금 나침반 갖고 있지?"

5분 후 우리는 믿기지 않는 기쁨의 표정을 얼굴에 띤 채 마주 보며 서 있었다. 펼쳐진 내 손바닥 위에는 오래된 코담뱃갑이 놓여 있었다.

우리가 성공한 것이었다!

몰드 하우스로 돌아오자, 스컬리콘 부인이 두 신사가 도착했다는 소식을 우리에게 들려주었다. 한 사람은 다시 떠났지만 또 한 사람은 서재에 있다는 것이다.

우리가 서재로 들어서자, 큰 키에 혈색 좋은 얼굴을 한 잘생긴 사내가 웃으면서 팔걸이 의자에서 일어섰다.

"퍼레이커 씨와 마일커레인 양이시죠? 만나게 돼서 반갑습니다. 난 두 분의 먼 친척인 닥터 페일입니다. 이 모든 게임이 재미있지 않습니까?"

그의 태도는 세련되고 상냥했지만 나는 그에게 즉각 혐오감을 느꼈다. 그 사내가 왠지 위험하다는 걸 느낄 수 있었다. 그의 태도는 어쩐지 지나치게 상냥했고, 그의 눈길은 상대방의 눈을 제대로 쳐다보는 적이 없었다. 내가 말했다.

"당신에게 나쁜 소식을 전해야 할 것 같군요. 마일커레인 양과 저는 이미 첫 번째 보물을 찾았답니다."

그는 그 사실을 의연하게 받아들였다.

"이럴 수가……, 이럴 수가. 이곳의 우편 업무에 문제가 있는 모양이군요. 배포드와 전 편지를 받자마자 출발했는데."

우리는 마일스 삼촌의 정당치 못한 행동을 차마 털어놓을 수가 없었다.

"어쨌든 2회전은 우리 모두 똑같은 지점에서 출발하게 되는 거죠."

피넬라가 말했다.

"잘됐군요. 즉시 단서를 찾기 시작하는 게 어떨까요? 훌륭한 관리인, 그러니까, 스컬리콘 부인이 단서들을 갖고 있는 것 같던데요?"

"그렇게 하면 코직 씨께 불리하죠."

피넬라가 재빨리 말했다.

"그분을 기다려야 할 것 같은데요."

"맞아요, 맞아요. 깜박 잊었어요. 가능한 한 빨리 그와 연락을 취해야겠군요. 제가 알아보죠. 두 분은 피곤해서 쉬고 싶을 테니까요."

그는 즉시 출발했다. 이원 코직을 찾는 일이 뜻밖에 어려운 모양이었다. 왜냐하면 닥터 페일은 그날 밤 열한시가 다 되어서야 전화를 걸어왔던 것이다. 그는 자신과 이원이 다음 날 아침 10시에 이곳 몰드 하우스로 오는 것이 어떻겠느냐고 물었다. 그때 스컬리콘 부인이 모두에게 단서들을 주면 되지 않겠느냐는 것이었다. 피넬라가 대답했다.

"그게 좋겠군요. 내일 아침 10시에 뵙죠."

우리는 피곤했지만 행복하게 침대 속으로 들어갔다.

다음 날 아침 우리는 스컬리콘 부인이 깨우는 바람에 잠에서 깼다. 그녀는 평소의 음울한 냉정함을 완전히 잃어버린 모습이었다.

"도대체 무슨 생각들을 하고 있는 거죠?"

그녀가 숨을 헐떡이며 말했다.

"누군가 집 안에 침입했다고요."

"도둑인가요?"

내가 믿어지지 않는다는 듯이 소리쳤다.

"없어진 게 있나요?"

"아무것도 없어지지 않았어요. 바로 그 점이 이상하다는 거예요! 은식기들을 훔쳐내려던 게 틀림없어요. 하지만 문이 밖에서 잠겨 있었으니 더 이상 어쩔 수 없었겠죠."

피넬라와 나는 그녀를 따라 도둑이 든 현장인 그녀의 방으로 갔다. 누군가 창문을 억지로 연 것은 분명했지만, 없어진 것은 아무것도 없는 것 같았다. 정말이지 이상한 일이었다.

"도둑이 도대체 뭘 찾으러 들어왔을까?"

피넬라가 말했다.

"'보물 궤짝'이 집 안에 숨겨져 있는 것 같지도 않은데 말야."

내가 농담처럼 그녀의 말을 받았다. 그 순간 문득 한 가지 생각이 내 머릿속을 스쳐 갔다. 나는 스컬리콘 부인 쪽으로 몸을 돌렸다.

"단서들은 어딨죠? 당신이 오늘 아침 우리에게 주기로 되어 있는 단서들 말입니다."

"뭐라고요, 그야 물론……, 첫 번째 서랍에 들어 있죠."

그녀는 방을 가로질러 서랍으로 다가갔다.

"이런, 설마, 여긴 아무것도 없군요! 단서들이 없어졌어요!"

"도둑이 든 게 아니군."

내가 말했다.

"우리의 잘난 친척들이 왔다 간 거야!"

그러자 양심 없는 거래에 대한 마일스 삼촌의 경고가 생각났다. 삼촌은 뭔가 뜻이 있어서 그런 말을 했던 것이 분명했다. 이런 치사한 속임수를 쓰다니!

"쉿."

피넬라가 갑자기 손가락 하나를 들어올리며 말했다.

"이게 무슨 소리지?"

그 소리는 우리의 귀에도 뚜렷이 들려왔다. 그것은 신음소리였고, 밖에서 들려오고 있었다. 우리는 창가로 가서 밖을 내다보았다. 건물의 같은 면에 인접해 관목이 자라고 있었으므로 우리 눈에는 아무엇도 보이지 않았다. 다시 신음소리가 들려왔다. 우리는 덤불이 밟혀 뭉개져 있는 것을 볼 수 있었다.

우리는 서둘러 아래층으로 내려가 건물 밖으로 나갔다. 제일 처음 눈에 띈 것은 무너진 사다리였다. 그것은 도둑들이 어떻게 창문으로 접근했는지 보여 주고 있었다. 몇 걸음 더 나아간 우리는 어떤 사내가 땅에 누워 있는 것을 보았다.

그는 살빛이 검은 젊은 청년이었는데, 치명상을 입은 게 틀림없었다. 그의 머리를 중심으로 피웅덩이가 있었기 때문이다. 나는 그의 곁에 무릎을 꿇고 앉았다.

"당장 의사를 불러와야겠어. 생명이 위험한 것 같아."

정원사가 서둘러 의사를 부르러 갔다. 나는 그의 안주머니에 손을 넣어 지갑을 꺼냈다. 거기에는 E. C.이라는 머리글자가 새겨져 있었다.

"이원 코직이야."

피넬라가 말했다.

사내가 눈을 떴다. 그는 꺼져들어 가는 목소리로 말했다.

"사다리에서 떨어져서……."

그런 다음 그는 다시 의식을 잃었다.

그의 머리 바로 옆에는 삐쭉삐쭉한 커다란 돌이 하나 있었고, 거기에는 피가 묻어 있었다.

"사태는 명확하군."

내가 말했다.

"사다리가 미끄러져 넘어지는 바람에 저 친구가 떨어지면서 이 돌에 머리를 부딪힌 거야. 이 돌이 저 딱한 친구를 끝장낸 것 같은데."

"그렇게 생각해?"

피넬라가 기묘한 어조로 반문했다.

그 순간 의사가 도착했다. 그는 이원이 회복할 가능성은 거의 없다고 말했다. 이원 코직은 집 안으로 옮겨졌다. 간호사 하나가 남아 그를 돌봐주기로 했다. 할 수 있는 일이 아무것도 없었다. 그는 몇 시간 후면 숨을 거둘 터였다.

우리는 그의 침대 곁에 서 있었다. 그런데 그의 눈이 떠지더니 희미하게 반짝거렸다.

"우린 당신의 사촌들인 주언과 피넬라입니다."

내가 말했다.

"우리가 해 줄 일이 있을까요?"

그는 맥없이 고개를 저었다. 그의 입술 사이에서 희미한 속삭임이 흘러나왔다. 나는 그의 말을 듣기 위해 몸을 숙였다.

"단서를 알고 싶소? 난 끝났소, 페일에게 지지 마시오."

"알았어요."

피넬라가 대답했다.

"말해 주세요."

씩 하는 웃음 같은 것이 그의 얼굴에 떠올랐다.

"다이 켄······." 하고 그는 말을 시작했다.

다음 순간 고개가 옆으로 늘어지면서 그는 숨을 거두었다.

"마음에 안 들어."

피넬라가 뜬금없이 말했다.

"뭐가 마음에 안 든다는 거지?"

"내 말 들어 봐, 주언. 이원은 그 단서들을 훔쳤어. 그는 자신이 사다리에서 떨어졌다고 털어놨어. 그런데 그 단서들은 어디 있는 거지? 우리는 그의 주머니 속을 전부 찾아봤잖아. 스컬리콘 부인의 말에 따르면 봉해진 봉투 세 개가 있었다고 했어. 하지만 그 봉투들이 온데간데없잖아."

"그래서 넌 무슨 생각을 하는 건데?"

"누군가 다른 사람이 있었던 것 같아. 그 사람이 사다리를 홱 비틀어서 이원이 떨어진 거야. 그리고 그 돌 말야. 이원은 그 돌 위에 떨어진 게 아냐. 그 돌은 조금 떨어진 곳에서 가져온 거야. 내가 흔적을 봤어. 이원은 그 돌로 머리를 세게 맞은 게 분명해."

"하지만 피넬라, 그건 살인이잖아!"

"그래."

피넬라는 새하얘진 얼굴로 대답했다.

"이건 살인이야. 닥터 페일이 오늘 아침 열시에 나타나지 않았다는 걸 생각해 봐. 그는 지금 어디 있을까?"

"그가 살인범이라고 생각하는 거야?"

"그래. 알다시피 이 보물은 막대한 금액이야, 주언."

"그리고 우린 어디서 그를 찾아내야 할지 전혀 모르고 있는 거지."

내가 말했다.

"가엾은 코직이 하려던 말을 끝내지 못했으니 말야."

"도움이 될지도 모르는 게 한 가지 있어. 이게 그의 손에 쥐어져 있었어."

그녀는 내게 찢어진 스냅 사진 한 장을 내밀었다. †

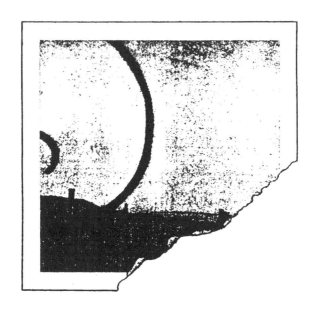

"이게 단서일 거야. 살인범은 이걸 잡아채 갔어. 찢어진 반쪽이 남아 있다는 걸 눈치 채지 못했을 거야. 우리가 나머지 반쪽을 찾을 수만 있다면……."

"그러기 위해서는 두 번째 보물을 찾아내야 해. 이 사진을 살펴보 자고."

내가 말했다.

"흐음, 참고할 게 별로 없는걸. 원 한가운데 탑 같은 게 있는 것 같지만, 어딘지 알아내기가 무척 힘들겠어."

"지금 이 시각 그는 섬 어딘가에 있을 것 같은데. 그것만 알 수 있다면……."

내 관심은 다시 죽은 사내에게로 돌아갔다. 문득 나는 흥분해서 앉은 채로 몸을 바로 세웠다. 내가 말했다.

"피넬라, 코직이 스코틀랜드 사람은 아니었지?"

"그럼, 물론 아니지."

"그렇다면, 모르겠어? 그가 무슨 말을 하려고 했는지 말야?"

"무슨 말이야?"

나는 종이 쪽지 위에 몇 자 휘갈겨 쓴 다음 그녀에게 던졌다.

"이게 뭐야?"

"우리를 도와줄 회사 이름이야."

"벨맨과 트루라니. 뭐 하는 사람들인데? 변호사들이야?"

"아니, 우리보다 더 전문가들이지. 사설 탐정들이거든."

그런 다음 나는 설명을 시작했다.

"닥터 페일이 두 분을 기다리고 있어요."

스컬리콘 부인이 말했다.

피넬라와 나는 얼굴을 마주보았다. 24시간이 흐른 후였다. 우리는 두 번째 탐색을 성공적으로 마치고 돌아온 참이었다. 사람들의 이목을 끌고 싶지 않았으므로 우리는 관광 버스인 스니펠을 이용했다.

"우리가 멀리서 자신을 봤다는 걸 그가 알고 있을까?"

피넬라가 물었다.

"그럴 리가 없어. 우리가 그 사진에서 받은 힌트가 없었다면……."

"쉿……, 조심해, 주언. 이 모든 일에도 불구하고 우리가 자신을 따돌리고 보물을 찾았다는 사실에 그는 화가 나 있을 거야."

하지만 닥터의 태도에서는 그런 기미를 찾아볼 수 없었다. 그가 특유의 세련되고 매력적인 모습으로 방 안으로 들어오자, 나는 피넬라의 추론에 대한 믿음이 약해지는 것을 느꼈다.

"이런 끔찍한 비극이 벌어지다니!"

그가 소리쳤다.

"가엾은 코직. 그러니까 그는 우리를 앞지르려 했던 것 같소. 즉각 벌을 받았지만. 원, 이거야, 우리는 그 딱한 친구에 대해 거의 아무것도 몰랐소. 내가 왜 오늘 아침 약속대로 나타나지 않는지 이상했을 거요. 가짜 전갈을 받았다오. 코직의 짓인 것 같소. 섬 정반대편에 있는 야생 거위 사냥터로 오라는 거였소. 그러니 이제 당신들 둘이 또다시 크게 앞선 셈이오. 어떻게 찾았소?"

그의 목소리에서 나는 정말로 절박하게 알고 싶어하는 듯한 기색을 읽을 수 있었다.

"이원이 다행히 죽기 직전 한마디를 들려줬어요."

피넬라가 말했다.

그 사내를 지켜보고 있던 나는 피넬라의 말에 그의 눈빛에 경계의 표정이 떠오르는 것을 분명히 볼 수 있었다.

"어, 그래요? 그게 뭡니까?"

그가 물었다.

"보물이 묻혀 있는 장소에 대한 단서를 주었을 뿐이에요."

피넬라가 설명했다.

"오! 알겠소. 알겠소. 난 완전히 밀려나고 말았군. 하지만 이상하겠지만, 나 역시 그 지점에 갔었답니다. 두 분은 내가 어슬렁거리는 걸 보셨을지도 모르겠군요."

"우린 무척 바빴답니다."

피넬라가 미안하다는 듯이 말했다.

"물론, 물론 그러셨겠죠. 두 분은 분명 어느 정도는 우연으로 그걸 찾아내셨겠죠. 두 분은 정말 운이 좋으시네요, 그렇지 않습니까? 그럼, 다음 프로그램은 어떻게 되죠? 스컬리콘 부인이 우리에게 새로운 단서를 주게 되어 있나요?"

하지만 이 세 번째 단서는 변호사들에게 맡겨져 있는 모양이었으므로, 우리 셋은 모두 변호사 사무실로 가야 했다. 그곳에서 우리는 봉인된 봉투들을 넘겨받았다.

내용은 간단했다. 위에 표시가 된 어떤 지역의 지도 하나와 설명서 하나가 첨부되어 있었다. ✝

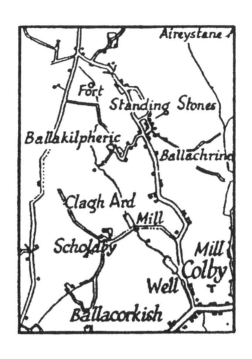

그해 '85, 이곳에서 역사가 만들어졌다.

열 걸음 가라, 그 획기적인 지점에서

방향은 동쪽으로, 그런 다음 똑같이 열

걸음 북쪽으로. 거기 서서

보라, 동쪽으로. 두 그루 나무가

환상 그 자체. 그중 하나는

거기에서 성스러운 것. 당기라

하나의 원, 5피트 정도

그 스페인 밤나무로부터

이어 머리 숙이고 돌아다니라. 살펴보라. 찾으리라.

"오늘은 우리가 계속 서로의 뒤를 쫓아다니게 될 것 같군요."

닥터가 말했다.

표면적으로는 우호적으로 처신한다는 정책에 충실해 내가 우리 차로 같이 갈 것을 권하자, 그는 그 제안을 받아들였다. 우리는 포트 에린에서 점심을 먹은 다음 수색을 시작했다.

나는 마음속으로 삼촌이 이 단서를 특별히 변호사들에게 맡긴 이유를 곰곰 생각하고 있었다. 그는 단서가 탈취당하리라는 것을 예견했던 것일까? 그래서 더 이상은 도둑의 손에 단서를 넘겨주지 않기로 마음먹은 것일까?

그날 오후 보물찾기는 익살스러운 점이 없지 않았다. 수색 지역이 제한되어 있었으므로, 우리는 줄곧 서로의 모습을 볼 수 있었다. 우리는 상대가 앞서는 것이 아닐까, 상대에게 영감이 떠오른 것은 아닐까 알아내려 애쓰며 서로를 의심의 눈길로 훔쳐보았다.

"이것 모두가 마일스 삼촌의 계획 안에 들어 있어요."

피넬라가 말했다.

"삼촌은 우리가 서로를 지켜보고, 상대가 보물을 찾아내고 있다고 생각함으로써 고통스러워 하기를 바라신 거예요."

"이리 와 봐."

내가 말했다.

"과학적으로 차분히 살펴보자고. 우리에겐 수색을 시작할 수 있는 결정적인 단서가 하나 있어. '그해 '85, 이곳에서 역사가 만들어졌다.'는 거 말야. 가져온 참고 서적을 펼쳐서 우리가 그걸 추적해 낼 수 없겠는지 봐 줘. 일단 거기에 다다르기만 하면……."

"저 사람은 저 울타리 속을 들여다보고 있어."

피넬라가 내 말허리를 잘랐다.

"오! 견딜 수가 없어. 만약 저 사람이 찾아냈다면……."

"내 말에 집중해."

내가 단호하게 말했다.

"길은 오직 하나뿐이야. 정도를 걸어야 해."

"이 섬에는 나무들이 많지 않아. 그러니까 밤나무를 찾아보는 게 훨씬 간단할 거라고!"

피넬라가 말했다.

나는 또 한 시간을 소득 없이 보냈다. 우리는 점점 더워지고 기운이 빠져갔다. 아울러 우리가 헤매고 있는 동안 페일이 보물을 찾아내고 있을지도 모른다는 두려움에 줄곧 시달렸다. 내가 말했다.

"어떤 추리 소설에서 읽은 게 생각나. 어떤 친구가 종이를 산 용액에 담갔거든. 그랬더니 그때까지 보이지 않던 다른 글자들이 나타난 거야."

"그렇다면……, 하지만 우리한텐 산 용액이 없잖아!"

"마일스 삼촌이 전문적인 화학 지식을 기대했을 것 같진 않아. 하지만 흔한 열이라면……."

우리는 울타리 모퉁이를 돌아갔다. 잠시 만에 나는 잔가지들에 불을 붙일 수 있었다. 나는 불이 붙을 정도로 그 종이를 불에 가까이 갖다댔다. 내 노력은 거의 즉각 보답을 받았다. 아래쪽에 글자들이 나타나기 시작한 것이다. 두 단어뿐이었다.

"커크힐 역." 하고 피넬라가 소리내어 읽었다.

그 순간 페일이 모퉁이를 돌아 모습을 나타냈다. 그가 피넬라의 말소리를 들었는지 우리로서는 알 수 없었다. 그의 표정에는 아무것도 떠올라 있지 않았다.

그의 모습이 사라지자 피넬라가 말했다.

"하지만 주언, 커크힐 역이란 존재하지 않는걸!"

그렇게 말하며 그녀는 지도를 내밀었다.

내가 지도를 살펴보며 말했다.

"없지, 하지만 여길 봐."

그런 다음 나는 연필로 지도 위에 선을 그었다.

"그렇구나! 그러니까 이 선 어딘가에……."

"맞아."

"하지만 정확한 지점을 알았으면 싶은데."

그 순간 내 머릿속에 두 번째 영감이 떠올랐다.

"알 수 있어!"

내가 소리쳤다. 그런 다음 다시 연필을 쥐고 외쳤다.

"보라고!"

피넬라가 외마디 소리를 내질렀다.

"어떻게 이걸 몰랐을까!"

그녀가 소리쳤다.

"정말 대단한걸! 완전히 속았잖아! 마일스 삼촌은 정말이지 천재였는걸!"

마지막 단서를 열어 볼 시간이 왔다. 변호사가 알려 준 바에 따르면, 이번 것은 그가 갖고 있지 않았다. 그것은 그가 보내는 엽서를 받는 즉시 우리에게 우편으로 도착하게 되어 있었다. 그는 더 이상의 정보를 주려 하지 않았다.

하지만 당연히 도착해야 할 날 아침까지도 아무것도 오지 않았으므로, 피넬라와 나는 페일이 우리의 편지를 도중에서 가로챈 것이 아닐까 전전긍긍했다. 하지만 다음 날 우리의 불안은 가라앉았다. 알아보기 어려울 정도로 흘려쓴 다음과 같은 내용의 편지를 받고 의문이 풀렸던 것이다.

친애하는 두 분께,

늦어서 죄송합니다. 어떻게 설명해야 할지 몰라 편지를 예닐곱 차례 망친 다음에야, 마일커레인 씨가 제게 신신당부하신 대로 두 분께 우리 집안에서 오랜 세월 동안 내려온 의식용 시 한 편을 보낼 수 있게 되었습니다. 그분이 왜 이 시를 보내라고 했는지는 모릅니다.

감사를 보냅니다.

— 메리 케루이시

"소인을 보니 브라이드에서 온 거군."

내가 말했다.

"이제 '우리 집안에서 내려오는 의식용 시'란 걸 좀 볼까!"†

그대, 전원형 공중 정원 바위 표시 보리

오, 부디 내게 말해 주세요, 거기가 어디인지

바로 그곳이 맞나요? 그렇다면 먼저 A 포인트

근처에서 찾게 되리, 아주 갑자기 불빛 강렬한

그것을 마침내 찾았네. 이제는 B라네. 등대 근처

초가 지붕을 인 오두막 속에서, 벽 속에서.

그 근처에는 꼬불거리는 작은 오솔길. 그게 다라네.

"바위에서 시작하다니 정말 공정치 못한걸."

피넬라가 말했다.

"사방에 바위투성이잖아. 그중에서 어떻게 표시된 걸 찾아내지?"

"어느 지역인지만 알아낼 수 있다면 그 바위를 찾는 건 그다지 어렵지 않을 거야. 그 바위 위의 표시는 어떤 방향을 가리키고 있을 테고, 그 방향을 따라가면 뭔가 묻혀 있을 테고 그것이 보물이 어디 있는지를 알려 주겠지."

"네 말이 맞는 것 같아."

피넬라가 말했다.

"그게 A야. 그걸 찾으면 새로운 단서는 우리에게 B, 그러니까 오두막이 어디 있는지에 대해 힌트를 줄 거야. 보물은 그 오두막 옆의 오솔길 아래 묻혀 있어. 당연히 A부터 찾아야 해."

첫 단계가 워낙 어려웠던 만큼 마일스 삼촌의 마지막 문제는 진짜 어려운 문제였다. 그 문제를 푸는 과업을 피넬라가 맡았다. 하지만 그녀는 거의 1주일이 지나도록 그 일을 해내지 못했다. 바위 많은 지역을 탐사하면서 우리는 이따금 페일과 부딪히기도 했지만 그 지역은 넓었다.

우리가 마침내 그 지점을 알아낸 것은 어느 날 한밤중이었다. 그 장소로 출발하기엔 너무 늦은 시각이라고 내가 말했다. 피넬라는 내 말에 동의하지 않았다. 그녀가 말했다.

"페일 역시 그곳을 알아냈다고 가정해 봐. 그런데 우리는 내일까지 기다리고 그는 오늘 밤 출발한다고 말야. 그렇다면 우리 자신을 용서할 수 있겠어!"

그 순간 내게 멋진 생각이 떠올랐다.

"피넬라, 너 아직도 페일이 이원 코직을 죽였다고 믿고 있니?"

"그래."

"그렇다면 이제 우리에겐 그에게 그 죄를 깊이 깨닫게 할 수 있는 기회가 온 것 같아."

"그 사람 생각만 하면 으스스해. 그는 속속들이 사악한 인간이야. 말해 봐."

"우리가 A를 찾아냈다고 떠벌리는 거야. 그런 다음 출발하자고. 십중팔구 그는 우리를 쫓아올 거야. 그곳은 인적 없는 곳이잖아. 그의 구미에 딱 맞잖아. 우리가 보물을 찾아낸 척하면 그는 본색을 드러낼 거야."

"그러면?"

"그러면……."

내가 대답했다.

"그 사람, 좀 놀라지 않을 수 없을걸."

자정이 다 된 시각이었다. 우리는 조금 떨어진 곳에 차를 세우고 벽의 한쪽 면을 따라 발소리를 죽이며 걷고 있었다. 피넬라는 성능 좋은 회중 전등을 들고 있었다. 나는 권총을 지니고 있었다. 요행을 바랄 수는 없었던 것이다.

갑자기 나지막한 외마디 소리를 내지르며 피넬라가 걸음을 멈추었다.

"저길 봐, 주언."

그녀가 조그맣게 소리쳤다.

"우리 짐작이 맞았어. 드디어 나타난 거야."

내가 잠시 방심한 모양이었다. 나는 본능적으로 몸을 돌렸다. 하지만 너무 늦은 것 같았다. 여섯 걸음쯤 떨어진 곳에 페일이 서 있었다. 그의 권총은 우리 둘을 겨누고 있었다. 그가 말했다.

"안녕하신가. 이번 판은 내 거야. 보물을 넘겨주시지."

"또다른 것도 넘겨받고 싶지 않소?"

내가 물었다.

"죽어 가는 사람의 손에 쥐어져 있던 찢어진 스냅 사진 반쪽 말이오. 나머지 반쪽은 당신이 갖고 있을 텐데."

그의 한쪽 손이 흔들렸다.

"무슨 말을 하고 있는 거야?"

그가 윽박질렀다.

"다 알고 있소."

내가 말했다.

"당신과 코직은 거기 같이 있었소. 당신이 사다리를 치워 버리고 그의 머리를 돌로 친 거요. 경찰은 당신이 생각하는 것보다 훨씬 똑똑하다오, 닥터 페일."

"경찰이 안다고? 그렇다면, 맹세코, 한 사람을 죽인 죄 대신 세 사람을 죽인 죄로 교수형을 당하는 게 낫겠는걸!"

"뛰어내려, 피넬라."†

내가 소리쳤다. 그 순간 그의 권총이 큰 소리로 불을 뿜었다.

우리 둘은 히스 덤불 속으로 뛰어들었다. 그가 다시 총을 쏘기 전 정복 경찰들이 잠복해 있던 벽 뒤에서 달려나왔다. 다음 순간 페일은 손에 수갑이 채워져 끌려갔다.

나는 피넬라를 품에 안았다.

"내 생각이 맞을 줄 알았어."

그녀가 몸을 떨며 말했다.

"내 사랑!"

내가 소리쳤다.

"너무 위험했어. 하마터면 네가 맞을 뻔했잖아."

"안 맞았잖아."

피넬라가 대답했다.

"그리고 우린 보물이 있는 곳을 알고 있고 말야."

"우리가?"

"내가. 자, 봐."

그녀는 단어 하나를 갈겨썼다.

"내일 여길 찾아보는 거야. 거기에는 분명 보물을 숨길 만한 곳이 많지 않을 거야."

낮 12시 정각이었다.

"찾았다!"

이윽고 피넬라가 나지막하게 소리쳤다.

"네번째 코담뱃갑이야. 우리가 모두 찾았군. 마일스 삼촌이 기뻐하실 거야. 그럼 이제……."

내가 대답했다.

"이제 결혼해서 영원히 행복하게 살아야지."

"우리는 맨 섬에서 살 거야."

피넬라가 말했다.

"맨 섬의 황금을 깔고 앉아서 말이지."

그렇게 말한 다음 나는 행복에 찬 웃음을 터뜨렸다.

덧붙이는 글

주언과 피넬라는 사촌간으로, 『부부 탐정*Partners in Crime*』(1929) 및 크리스티의 후기 작품들에 나오는 탐정들인 토미와 터펜스 베러스퍼드와 아주 흡사하다. 그들은 또한 『침니스의 비밀*The Secret of Chimneys*』(1925)이나 『왜 에번스를 부르지 않았지?*Why Didn't They Ask Evans?*』(1934) 같은 크리스티의 초기 추리 소설들에 어김없이 등장하는 젊은 '탐정들'과도 밀접한 관련이 있다. 이 이야기에서처럼 실제로 '보물'은 성냥갑만 한 크기의 코담뱃갑 네 개로 이루어졌다. 각 코담뱃갑 안에는 18세기 맨 섬에서 사용되던 반 페니짜리 동전이, 구멍이 뚫리고 색 리본에 묶여 들어 있었다. 깔끔하게 접힌 동봉된 서류에는 먹으로 그려진 화려한 무늬와 함께 앨더맨 크루컬의 서명이 들어 있었고, 그것을 발견한 사람은 즉시 맨 섬의 주도인 더글라스에 있는 시청의 담당자에게 그 사실을 알리라고 씌어 있었다. 그 코담뱃갑과 그 안의 내용물을 가지고 오면 백 파운드(오늘날의 가치로는 약 3천 파운드)의 상금을 받을 수 있었다. 아울러 신분을 증명할 만한 서류도 제시해야 했다. 왜냐하면 그 섬을 방문한 사람만이 보물찾기를 할 수 있었기 때문이었다. 맨 섬의 주민들은 행사에 참여할 수 없었다.

머리만 약간 굴리면 쉽사리 보물을 찾을 수 있다

「맨 섬의 황금」에 대한 첫 번째 단서, 곧 5월 31일 토요일《데일리 디스패치》에 실린, '나침반의 네 점은' 하고 시작하는 시의 유일한 목적은 네 개의 보물이 섬의 동쪽을 제외한 북쪽과 남쪽과 서쪽에서 발견될 것임을 알려 주려는 것이었다. 첫 번째 코담뱃갑의 위치에 대한 단서는 실제로 두 번째 단서, 곧 6월 7일자에 실린 지도에서 찾아야 했다. 하지만 그 무렵에는 보물이 이미 발견된 다음이었다. 왜냐하면 그 이야기 속에 이미 그 위치에 대한 충분한 단서들이 들어 있었기 때문이다. 그것을 발견한 사람은 인버네스에서 온 양복쟁이인 윌리엄 쇼라는 사람이었다. 현지 신문들은 그가 어떤 순환도로에서 그 코담뱃갑을 흔들어 대면서 달려가는 것으로 그 발견을 축하했노라고 보도하며 그동안 '그의 착한 아내는 흥분한 나머지 몇 분 동안 말을 하지 못했다.'고 했다!

가장 중요한 단서는, 숨겨진 장소가 더비 경마가 엡섬으로 옮겨가기 전에 원래 열리던 곳 근처라는 피넬라의 말이었다. 더비 경마란 영국의 유명한 경마 대회로 맨 섬의 남동쪽에 있는 더비헤이븐에서 처음 열렸다. 소문에 의하면 한 농가에 있다는 '비밀 통로'를 통해 갈 수 있는 꽤 가까운 섬은 세인트 마이클 섬임을 쉽게 확인할 수 있다. 그 섬에는 세인트 마이클이라는 12세기에 세워진 성당과 함께 더비 포트라는 이름으로 알려진 원형 석탑이 있는데, 세인트 마이클 섬의 또다른 이름인 포트 섬은 그것에서 연유한 것이다.(두 가지 단서가 맞아떨어지는 지점이 있다.) 더비 포트는 지도에서 여섯 개의 튀어나온 선이 그려진 원으로 표시되는데, 이 선들은 그 안에 있는 여섯 개의 역사적인 대포('그 여섯 개')를 나타낸다. 그 성당은 십자가로 표시되었다.

작은 백랍 코담뱃갑은 가운데 두 개의 대포 가운데('이 두 개 사이야. 지금 나침반 갖고 있지?')에서 북동쪽으로 향해 있는 바위 위에 숨겨져 있었다. 처음에 그 단서가 섬의 북동쪽을 가리키는 것 같다고 한 주언의 말은 독자를 혼란시키려는 장치였다.

참 쉽다

뿔로 만들어진 두 번째 코담뱃갑은 랭커셔의 건축업자인 리처드 하이튼이 6월 9일 발견했다. 피넬라가 닥터 페일이 살인자임을 밝히는 가운데 이원 코직이 죽어가면서 한 말 "다이 켄."은 보물의 위치를 알려 주는 하나의 단서다. 실제로 이 말은 잉글랜드 북서부의 컴브리아 주에 전해지는 사냥꾼에 관한 민요「존 필 *John Peel*」의 첫 구절이다. 따라서 주언이 '벨맨과 트루'가 자신들을 도와줄 회사의 이름이라고 했을 때, 그는 이 이야기의 처음에 나오는 '더글라스에 있는 법률 회사'를 말한 것이 아니라, 그 노래에 나오는 존 필의 사냥개 중 두 마리를 말한 것이다. 이런 단서들을 종합해 보면, 6월 9일 세 번째 단서로서 신문에 실린

'그 찢어진 사진 조각.'이 어디를 찍은 것인지 '알아내기가 무척 힘든' 것은 아닐 것이다. 그것은 세인트 패트릭 섬에 있는 14세기에 지어진 필 성의 잔해로, 사진의 왼쪽 끝을 따라 굽은 선은 필 언덕 위에 있는 벤치의 팔걸이 장식이었다. 그 언덕에서 필 성이 내려다보였고, 그 성 아래 그 코담뱃갑이 묻혀 있었다. 스니펠은 실제로는 맨 섬에서 가장 높은 봉우리로, 관광 버스 스니펠을 이용했다는 말은 독자의 주의를 흩어놓으려는 거짓 정보였다.

어느 정도는 우연으로

세 번째 '보물'은 맨 섬 출신으로 리버풀에 살고 있는 선박 기술자인 허버트 엘리엇이 발견했다. 후에 그가 주장한 바에 따르면 그는 「맨 섬의 보물」 이야기를 읽지도 않았고, 단서들을 연구하지도 않았다. 다만 적당한 장소를 찍었는데, 7월 8일 이른 아침 운좋게도 그곳의 골짜기에 묻혀 있던 담뱃갑을 찾아냈다는 것이다.

보물의 위치에 대한 가장 중요한 단서는 6월 14일자에 실린 네 번째 단서('그해 '85, 이곳에서 역사가 만들어졌다.'로 시작되는 시) 안에 감추어져 있는데, 각 행의 두 번째 어절을 모으면 다음과 같은 문장이 만들어진다.

'85걸음 동쪽으로 북쪽으로 동쪽으로 그 성스러운 원 스페인 머리

'성스러운 원'이란 섬의 최남단인 '스페인 머리', 곧 스페인 갑(岬, Head)에서 1.5킬로미터쯤 떨어져 있는 거석 유적지인 멀 힐 위를 지나는 미에일 순환도로를 말한다. '그해 '85'에 일어난 중요한 사건과 스페인 밤나무는 가짜 단서로, 많은 이들이 그에 관한 떠도는 소문들 때문에 혼란을 겪었다. 주언이 밝혀낸 단서인 '커크힐 역'에 대해, 그런 곳은 존재하지 않는다고 한 피넬라의 말은 맞다. 하지만 커크힐이라는 마을은 있고, 주언과 피넬라가 수색을 시작하기 전에 점심을 먹었던 포트 에린에는 열차역도 있다. 커크힐에서 포트 에린까지 가는 노선을 남쪽으로 연장하면, 주언이 말한 '정확한 지점'인 미에일 순환선과 만나게 되는 것

이다.

진짜 어려운 문제

네번째 보물을 위한 단서들은 불행히도 세 번째 코담뱃갑의 위치에 대한 단서들처럼 풀리지 않았다. 네번째이자 마지막 단서, 곧 '그대, 전원형 공중 정원 바위 표시 보리.'로 시작되는 시가 6월 21일자 신문에 게재되었지만, 그 마지막 보물은 행사 기간(원래는 6월 말로 끝날 예정이었으나 연장되었다.)이 끝난 후인 7월 10일 더글라스 시의 시장이 파냈다. 이틀 후 그 이야기의 속편으로 《데일리 디스패치》에는 그 장면을 담은 사진과 마지막 단서에 대한 다음과 같은 크리스티의 설명이 게재되었다.

표시된 바위를 찾기 위해 사람들이 낭비한 시간을 생각하면, 그 마지막 단서에 나는 아직도 웃음이 나온다. 진짜 단서는 아주 간단했다. 편지에 있는 '예닐곱 차례.'라는 말이었다.

그 각행의 여섯 번째 단어와 일곱 번째 어절을 취하면 이렇게 된다. '표시 보리 거기가 어디인지 A 포인트 불빛 강렬한 등대 근처 벽 속에서.' 다음엔 A 포인트를 찾으면 된다. A 포인트란 '포인트 오브 에어', 곧 에어 갑을 말한다. 그 다음 사람들은 얼마간의 시간을 들여 단서에 부합하는 벽을 찾았지만 보물은 그 자리에 있지 않았다. 그 대신 그곳에는 네 개의 숫자, 곧 2, 5, 6, 9가 돌 위에 휘갈겨져 있었다.

그것을 이 시의 첫 줄들에 적용시키면, '대형공원'이란 단어가 나온다. 맨 섬에 있는 대형공원은 램시에 있는 것 하나뿐이다. 그 공원을 뒤지면, 마침내 찾던 것을 발견할 수 있을 것이다.

문제의 초가 지붕 오두막은 자그마한 음료수 가판대였고, 그곳을 지나가는 오솔길은 담쟁이로 뒤덮인 벽까지 오르막으로 뻗어 있는데, 그 벽 속에 바로 그토록 애를 태우던 코담뱃갑이 숨겨져 있었다. 그 편지가 브라이드에서 부쳐졌다는 사실은 또다른 단서였다. 왜냐하면 그 마을은 섬의 최북단인 에어 갑에 있는 등대에서 가깝기 때문이다.

「맨 섬의 황금」이 실제로 맨 섬의 관광 증진에 성공적인 수단이었는지를 판단하기란 불가능하다. 물론 1930년 그곳의 관광객이 예년에 비해 늘어난 것은 분명하지만, 그 보물찾기가 그 증가에 얼마나 기여했는지는 분명치 않다. 당시의 언론 보도는, 그 보물찾기 행사가 과연 할 만한 일이었는지에 대해 회의적이었던 이들이 많았고, 그 행사가 끝나는 것을 기념하는 어떤 점심 식사 자리에서 앨더맨 크루컬이 감사의 박수에 대한 답례로써 그 행사에 찬사를 보내지 않는 이들에게 비난('그들은 험담밖에는 할 줄 모르는 불평분자나 게으름뱅이들이다.') — 을 퍼부었다고 전하고 있다.

《데일리 디스패치》에서 보물을 발견한 사람이 묵고 있는 숙소의 주인에게 5기니, 그러니까 현재의 시세로 150파운드에 해당하는 상금을 주긴 했지만, 섬의 주민들이 보물찾기에 참여할 수 없었던 것은 주민들이 그 행사에 냉담하게 되는 결과를 낳았다. 이러한 사실은 또한 가짜 코담뱃갑이나 가짜 단서를 만들어놓는 일 같은 다양한 '방해' 공작을 낳기도 했다. 그중에는 바위에 '들어올리라.'는 글자가 씌어 있는 경우도 있는데, 그 밑에 있는 것이라고는 과일 껍질뿐이었다.

맨 섬의 보물찾기와 비슷한 행사는 그 후 다시는 열리지 않았다. 하지만 애거서 크리스티는 이와 유사한 주제를 가진 추리 소설을 계속 썼다. 그중 가장 눈에 띄는 것은 「이상한 농담Strange Jest」에서 차미언 스트루드와 에드워드 로시터가 괴팍한 삼촌 매튜에게 받는 도전이다. 이 작품은 1941년 「보물찾기 사건A Case of Buried Treasure」이라는 제목으로 처음 선보였다가 『미스 마플의 마지막 사건들Miss Marple's Final Cases』(1979) 속에 수록되는 미스 마플 이야기다. 또한 푸아로가 나오는 소설인 『죽은 자의 어리석음Dead Man's Folly』(1956)에 나오는 '살인 추적Murder Hunt'도 비슷한 얼개를 갖고 있다.

벽 속에서

제인 하워드라는 존재를 발견한 것은 랑프리에르 여사였다. 언젠가 누군가 랑프리에르 여사를 두고 런던에서 가장 미움받는 여자일 것이라고 말한 바 있지만, 내 생각에 그건 과장인 것 같다. 그녀는 당사자가 말하고 싶어하지 않는 문제를 물고늘어지는 재주가 있는 게 분명했다. 그녀는 그 일을 정말이지 천재적으로 해냈다. 그리고 그건 언제나 사고로 발전했다.

그 일은 우리가 앨런 에버러드의 작업실에서 차를 마시고 있을 때 일어났다. 앨런은 이따금 그런 식으로 티파티를 열곤 했다. 아주 낡은 옷을 입고 바지 주머니 속에서 동전을 짤랑거리는, 딱하기 이를 데 없는 모습으로 구석에 서 있곤 했다.

오늘날 에버러드의 천재성을 문제삼으려는 사람은 없는 것 같다. 그가 사교계의 초상화가가 되기 전에 그린 그의 초기작 「컬러」와

「감식가」라는 두 개의 유명한 그림은 지난해 국가에서 구매했고, 그 선택에 이의를 제기하는 사람은 없었다. 하지만 이 사건이 일어났을 당시 에버러드는 막 인정을 받기 시작했을 뿐이다. 그래서 우리는 우리가 그를 발굴했노라고 멋대로 생각하고 있었다.

그런 파티를 주최하는 사람은 에버러드의 아내였다. 그녀에 대한 에버러드의 태도는 특이했다. 그가 그녀를 숭배하고 있다는 것은 분명했고 당연히 그럴 만했다. 이소벨은 숭배를 받아 마땅했다. 하지만 그는 언제나 그녀에게 빚을 진 사람처럼 보였다. 그는 애정에서라기보다는 그녀에게 마땅히 그럴 권리가 있다는 불굴의 신념에서 그녀가 원하는 모든 것에 동의했다. 일단 그렇게 생각하게 되면 당연하게 여겨지는 것 같다.

왜냐하면 이소벨 로링은 과거에 정말 유명 인사였던 것이다. 사교계에 데뷔하자마자 그녀는 인기를 모았다. 그녀에게는 돈을 제외한 모든 것, 곧 아름다움과 지위와 교양과 영리함이 있었다. 그녀가 사랑을 쫓아 결혼하리라고 기대하는 사람은 아무도 없었다. 그녀는 그런 종류의 여자가 아니었다. 두 번째 시즌에 접어들자, 그녀는 세 사람 중의 하나를 선택할 수 있었다. 공작의 지위와 재산을 물려받을 상속자와 잘나가는 정치가, 그리고 남아프리카의 부호가 그들이었다. 그런데 모든 이들이 경악하는 가운데 그녀는 누구도 그 이름을 들어본 적이 없는 가난한 젊은 화가인 앨런 에버러드와 결혼했다.

모든 이들이 그녀를 계속해서 이소벨 로링으로 부르는 것은 그녀의 개성을 말해 주는 증거였다. 그 누구도 그녀를 이소벨 에버러드로 부르려 하지 않았다. 그러니까 이런 식이었다. '오늘 아침 이소벨 로링을 만났어. 그래, 그녀의 남편이고 화가라는 에버러드 청년과 함께 말야.'

사람들의 말에 따르면 이소벨은 그녀 자신만으로 충분했다. 대부분의 남자들에게는 '이소벨 로링'의 남편으로 알려진다는 것만으로도 충분할 터였다. 하지만 에버러드는 달랐다. 성공에 대한 이소벨의 재능은 결국 그녀를 저버리지 않았다. 앨런 에버러드가 「컬러」를 그려냈던 것이다.

그 그림을 모르는 사람은 없을 것이다. 쭉 뻗은 도로에 파헤쳐진 도랑, 시뻘겋게 드러난 흙, 갈색으로 칠해진 반짝이는 긴 배수관과 거대한 굴착기, 얼룩진 코르덴 옷에 진홍색 스카프를 두르고 삽에 기대 잠시 쉬고 있는 힘센 사내를 그린 그림이었다. 사내의 두 눈은 캔버스에서 관객을 쏘아보고 있었다. 지성도 희망도 없는 눈빛, 하지만 의식하지 못하는 가운데 말없이 무엇인가 호소하고 있는 듯한, 위용을 자랑하는 야수의 눈빛이었다. 그 그림은 오렌짓빛과 붉은색이 어우러져 타는 듯이 강렬했다. 그 그림의 상징성에 대해, 그 그림이 표현하고자 하는 바에 대해 수많은 글이 씌어졌다. 하지만 앨런 에버러드 자신은 뭔가 표현하려던 것이 아니었노라고 말했다. 그의 말에 따르면, 자신은 베네치아의 낙조 그림을 보는 데 염증이 나 있었고, 순수하게 영국적인 격정에 대한 동경에 갑자기 사로잡혔다는 것이다.

그 후 에버러드는 어떤 술집을 그린 장중한 그림 「로맨스」를 세상에 내놓았다. 비 내리는 캄캄한 거리, 반쯤 열린 문, 불빛과 반짝이는 잔들, 입을 벌리고 절박한 눈빛으로 잊기 위해 그 문으로 들어가는, 작고 비루하고 평범한 여우 같은 얼굴을 한 사내를 그린 그림이었다.

그 강렬한 두 개의 그림에 힘입어 에버러드는 「노동자」의 화가로 갈채를 받았다. 그는 자신에게 맞는 분야를 찾아냈다. 하지만 그는 거기에 안주하지 않았다. 그의 세 번째 작품이자 가장 훌륭한 작품은 루퍼스 허시맨 경의 전신 초상화였다. 그 유명한 과학자는 증류기와 도가니와 실험실 선반을 배경으로 그려져 있었다. 전체적인 효과는 이른바 입체파적 이었지만 원근법에 기초해 뻗어 나간 선들이 기묘한 느낌을 주었다.

그리고 이제 그는 네 번째 작품인 아내의 초상화를 완성한 참이었다. 와서 비평을 해 달라는 뜻에서 우리를 초대한 것이다. 하지만 에버러드는 얼굴을 찌푸린 채 창밖을 내다보고 있었다. 이소벨 로링은 한 치의 오차도 없는 정밀한 솜씨 운운 하면서 손님들 사이를 돌아다녔다.

우리는 이런저런 평을 했다. 그러지 않을 수 없었다. 우리는 분홍색 공단을 그려낸 솜씨를 칭찬했다. 그리고 그려낸 방식이 정말이지 훌륭하다고 말했다. 이제까지 공단을 그런 식으로 그려낸 사람은 없었다.

내가 아는 한 가장 탁월한 미술 비평가인 랑프리에르 여사는 그 그림을 보자마자 나를 한쪽으로 데려갔다. 그녀가 말을 꺼냈다.

"조지, 저 사람, 자신한테 무슨 일을 저지른 거죠? 저건 죽은 그림이에요. 번드르르하지만. 저건……, 오! 저건 끔찍해요."

"분홍 공단 드레스를 입은 숙녀의 초상이 말이오?"

내가 물었다.

"그렇다니까요. 하지만 기술적으론 완벽해요. 그리고 신경은 또 얼마나 썼는지! 저런 건 16세기 그림에서 충분히 봤잖아요."

"너무 열심을 보인 게 아닐까요?"

"그래서인지도 모르죠. 저 그림에 원래 뭔가 있었다 하더라도 그가 없애버린 거예요. 분홍색 공단 드레스를 입은 너무나 아름다운 여자라. 저럴 바엔 컬러 사진이 낫지 않아요?"

"왜 안 그렇겠소?"

내가 동의했다.

"그도 알까?"

"물론 알죠."

랑프리에르 여사가 경멸에 찬 어조로 말했다.

"그가 안절부절못하는 거 못 봤어요? 감히 말하건대, 감정과 일을 뒤섞어 버린 거예요. 그는 이소벨을 그리는 데 혼신의 노력을 기울였어요. 왜냐하면 모델이 다름아닌 이소벨이었으니까요. 그녀를 소중히 다룸으로써 그녀를 놓쳐 버린 거예요. 그는 너무 친절했어요. 때로는 육체를 파괴하고 나서야 영혼에 이를 수 있는 법인데 말이죠."

나는 생각에 잠긴 채 고개를 끄덕였다. 루퍼스 허시맨 경의 경우,

보기좋게 그려지지는 않았지만 에버러드는 잊을 수 없는 개성을 지닌 한 인물을 화폭에 옮겨 놓는 데 성공했던 것이다.

"그리고 이소벨은 그럴 만한 강한 개성을 지니고 있어요."

랑프리에르 여사가 말을 이었다.

"어쩌면 에버러드가 여자를 그리는 데 서툰지도 모르겠소."

내가 대답했다.

"아닐 수도 있고요."

랑프리에르 여사가 생각에 잠긴 어조로 대답했다.

"그래요, 그게 설명이 될 수 있겠네요."

그녀가 평소의 천재적인 날카로움으로, 앞면이 벽을 향하도록 기대어 있는 그림 하나를 끌어낸 것은 바로 그때였다. 여덟 개의 그림들이 아무렇게나 세워져 있었다. 랑프리에르 여사가 그 그림을 고른 것은 순수한 우연이었다. 하지만 앞에서도 말했지만 랑프리에르 여사에겐 그런 우연이 겹쳐 일어나곤 한다.

"아!"

그 그림을 불빛에 비춰 본 랑프리에르 여사가 감탄했다.

그건 아직 완성되지 않은, 거친 스케치일 뿐이었다. 그 여인, 아니 그 처녀는 한 손으로 턱을 받치고 몸을 앞으로 기울이고 있었다. 내 생각에 스물다섯이나 여섯 살을 넘지 않은 것 같았다. 그 그림을 보는 순간 나는 두 가지 점에서 충격을 받았다. 그 그림의 놀라운 생명력과 감탄할 만한 무자비함이 바로 그것이었다. 에버러드는 원한을 품은 듯한 붓놀림으로 그 그림을 그려냈다. 그런 태도는 잔인하다고까지 할 만했다. 그 그림은 온갖 서투름, 온갖 첨예한 국면, 온갖 생경함을 빠짐없이 드러내고 있었다. 그것은 갈색 주조의 습작이었다. 갈색 드레스, 갈색 배경, 갈색 눈동자……, 동경하는 듯한, 갈망에 찬 눈이었다. 물론 갈망이 더 우세했다.

랑프리에르 여사는 한동안 말없이 그 그림을 바라보았다. 이윽고 그녀는 에버러드를 불렀다.

"앨런, 이리 와 봐요. 이게 누구죠?"

에버러드는 순순히 다가왔다. 나는 그의 얼굴에 갑자기 짜증스러운 표정이 스쳐가는 것을 보았다. 그가 표정을 제대로 감추지 못했던 것이다. 그가 대답했다.

"그건 서툰 습작일 뿐이오. 앞으로도 끝내게 될 것 같지 않소."

"이 여잔 누구죠?"

랑프리에르 여사가 물었다.

에버러드는 대답하고 싶지 않은 게 분명했다. 하지만 그의 내켜하지 않는 태도야말로 언제나 최악의 것을 믿는다는 신조를 갖고 있는 랑프리에르 여사에게는 좋은 먹잇감이었다.

"친구 중의 하나요. 제인 하워드 양이라오."

"여기서 한 번도 만난 적이 없는데요."

랑프리에르 여사가 말했다.

"이런 행사에는 오지 않는다오."

그는 잠시 말을 끊었다가 덧붙였다.

"그녀는 위니의 대모라오."

위니는 앨런의 다섯 살짜리 딸이었다.

"정말인가요?"

랑프리에르 여사가 물었다.

"그 여잔 어디 살죠?"

"배터시의 아파트에."

"그랬군요."

랑프리에르 여사가 다시 말한 다음 이렇게 덧붙였다.

"그런데 그녀가 당신에게 무슨 짓을 한 거죠?"

"나한테?"

"당신한테요. 왜 당신을 그렇게……, 잔인하게 만들었냐고요."

"오, 그 얘기군!"

그가 웃음을 터뜨렸다.

"보시다시피 그 여잔 미인이 아니라오. 친구라고 해서 그 여잘 예쁘게 그릴 순 없잖소?"

"당신은 그 반대의 일을 했어요."

랑프리에르 여사가 말했다.

"당신은 그 여자의 온갖 단점을 포착해 그것을 과장하고 비틀어 표현했어요. 당신은 그 여자를 우스꽝스럽게 그리려 애썼어요. 하지만 성공하지 못했죠, 화가 양반. 이 초상화는, 일단 완성되고 나면 생명력을 갖게 될 거예요."

에버러드는 성가셔하는 것 같았다.

"그렇게 나쁜 그림은 아니오."

그는 가벼운 어조로 말했다.

"스케치로는 그렇단 말이오. 하지만 이소벨의 초상화와는 비교도 안 될 거요. 일찍이 내가 그린 것 중 가장 뛰어난 걸작인 그 그림과 는 딴판이란 말이오."

그는 도전적이고 공격적으로 마지막 말을 던졌다. 우리 둘 다 그 의 말에 대답하지 않았다.

"내 최고의 작품과는 정반대라오."

그가 조금 전에 했던 말을 되풀이했다.

몇몇 사람이 우리에게 가까이 다가왔다. 그들 역시 그 스케치에 서 눈을 떼지 못했다. 감탄과 품평이 있었다. 분위기가 다시 밝아지 기 시작했다.

나는 그런 식으로 제인 하워드에 대한 이야기를 처음 들었다. 나 중에 나는 그녀를 두 차례 만났다. 나는 그녀의 가장 절친한 친구에 게서 그녀가 어떻게 살아왔는지 자세히 들을 수 있었다. 앨런 에버 러드로부터도 그녀에 관한 많은 것을 알 수 있었다. 그들 두 사람이 세상을 뜨고 없는 지금이야말로 랑프리에르 여사가 서둘러 퍼뜨린 소문 중의 일부를 반박하기에 적당한 때인 것 같다. 내 이야기 중 일부를 두고 꾸며 낸 이야기라고 해도 좋다. 하지만 그렇더라도 진 실에서 크게 벗어나지는 않으리라.

손님들이 가고 나자, 앨런 에버러드는 제인 하워드의 초상화 앞 면을 다시 벽을 향해 돌려놓았다. 이소벨이 방 안으로 들어와 그의 곁에 섰다.

"성공한 셈이죠?"

그녀가 생각에 잠긴 채 물었다.

"성공이라기엔 좀 부족한가요?"

"초상화 말이오?"

그가 재빨리 반문했다.

"아뇨, 엉뚱한 소리 마세요, 파티 말예요. 물론 초상화도 성공이었어요."

"내가 그린 것 중 가장 잘된 그림이오."

에버러드가 공격적인 어조로 단정했다.

"우리 의도가 성공한 것 같아요. 차밍턴 부인이 당신한테 초상화를 그려 달라더군요."

"오, 맙소사!"

그가 얼굴을 찌푸렸다.

"난 알다시피 사교계의 초상화가가 아니오."

"그렇게 될 거예요. 당신은 그 나무 꼭대기에 오르게 될 거예요."

"내가 오르고 싶은 건 그 나무가 아니라오."

"하지만, 여보, 그 일을 하면 큰돈을 벌 수 있어요."

"누가 큰돈을 갖고 싶댔소?"

"제가 원할지도 모르죠."

그녀가 웃으며 대답했다.

그는 즉각 미안함을 느꼈고 스스로가 부끄러웠다. 자신과 결혼하지 않았다면 그녀는 큰돈을 가질 수 있었을 터였다. 그리고 그녀에겐 큰돈이 필요했다. 그녀의 배경으로는 어느 정도의 사치가 어울렸다.

"얼마 전부터는 상황이 그렇게 나쁜 것도 아니잖소?"

그가 희망을 포기하지 않고 물었다.

"물론 그래요. 하지만 청구서들이 속속 들어오는걸요."

청구서……, 언제나 청구서가 문제였다!

그는 방 안을 왔다갔다하기 시작했다.

"오, 빌어먹을! 난 차밍턴 부인을 그리고 싶지 않단 말이오."

그는 떼쓰는 어린애처럼 갑자기 소리쳤다.

이소벨은 약간 미소를 지었다. 그녀는 꼼짝도 하지 않은 채 벽난로 곁에 서 있었다. 앨런은 안절부절못하며 걸음을 멈추고 그녀에게 다가갔다. 그녀, 그 차분함과 조용함 안의 무엇이 자석처럼 그를 끌어당기는 것일까? 그녀는 얼마나 아름다운가! 두 팔은 하얀 대리석을 조각해 놓은 것 같고, 머리카락은 순수한 황금빛이며, 입술은 육감적이고 붉었다.

그 입술에 입을 맞춘 그는 그 입술이 자신의 입술에 매달리는 것을 느꼈다. 다른 무엇이 중요하단 말인가? 이소벨에게는 사람을 달래주고 걱정거리를 모두 거둬가 버리는 그 무엇이 있는 것이 아닐까? 그녀는 자신의 차분한 미모 속으로 사람을 끌어들여 그 안에 조용하고 편안하게 머물게 했다. 양귀비꽃이자 흰독말풀이랄까. 이끌린 사람은 그 어둑한 호수 위에서 졸면서 떠돌게 되는 것이다.

"차밍턴 부인을 그리리다."

이제 그는 이렇게 말하고 있었다.

"그게 무슨 문제겠소? 지루하긴 할 거요. 하지만 결국 화가도 먹고 살아야 하니까. 화가 포츠 씨와 그의 아내 포츠 부인, 그리고 그의 딸 포츠 양 모두가 먹고살아야 하니까 말이오."

"그런 얼빠진 소리가 어디 있어요!"

이소벨이 말했다.

"딸애에 대한 말이 나왔으니 말인데, 당신 언제 제인한테 좀 가봐야 해요. 그녀가 어제 여기 왔었는데 여러 달 동안 당신을 못 봤다고 하더군요."

"제인이 여기 왔었다고?"

"그래요. 위니를 보러요."

앨런은 위니에 대한 이야기를 무시했다.

"그녀가 당신 초상화를 봤소?"

"그래요."

"어떻게 생각한답디까?"

"아주 멋지다더군요."

"오!"

그는 생각에 잠긴 채 얼굴을 찌푸렸다.

"랑프리에르 여사는 당신이 제인에 대해 죄책감 비슷한 열정을 품고 있는 게 아닐까 하고 생각하는 것 같더군요."

이소벨이 말했다.

"그녀의 코가 꽤 뒤틀리게 그려진 건 사실이에요."

"그 여자 참!"

앨런이 정말 역겹다는 듯이 소리쳤다.

"심술궂은 여자 같으니라고! 그녀가 앞으로 무슨 생각인들 안 하려 들겠소? 또 지금 무슨 생각인들 안 하겠소?"

"그래요, 나도 그렇게 생각해요."

이소벨이 미소를 띠면서 대답했다.

"어쨌든 조만간 제인을 만나 보세요."

앨런은 그녀를 건너다보았다. 그녀는 이제 벽난로 옆의 나지막한 긴 의자에 앉아 있었다. 그녀는 반쯤 고개를 돌리고 있었고, 입술에는 미소가 아직 머물러 있었다. 그 순간 그는 안개가 자신을 감싸고 있다가 갑자기 사라지면서 자신에게 낯선 나라를 잠깐 보여 주기라도 한 것처럼 혼돈되고 어리둥절해지는 것을 느꼈다.

뭔가가 그에게 이렇게 말하고 있었다. '어째서 그녀는 네가 제인을 만나 보기를 원하고 있는 걸까? 거기에는 이유가 있을 거야.' 왜냐하면 이소벨이 하는 일에는 언제나 이유가 있어야 했던 것이다. 이소벨에게는 충동이란 게 없었다. 오직 계산에 따라 움직일 뿐이었다.

"당신은 제인을 좋아하오?"

그가 문득 물었다.

"그녀는 좋은 사람이에요."

이소벨이 대답했다.

"그렇소. 그런데 당신은 진짜 그녀를 좋아하오?"

"물론이죠. 제인이 위니에게 얼마나 헌신적인데요. 말이 나왔으니 말인데, 그녀가 다음주에 위니를 바닷가에 데리고 가고 싶다더군요. 당신도 찬성이죠? 그렇게 되면 우리는 자유롭게 스코틀랜드에 갈 수 있을 거예요."

"그러면 정말 편하겠군."

물론 그러했다. 정말 편할 것이다. 그는 문득 의혹에 찬 시선으로 이소벨을 건너다보았다. 그녀가 제인에게 그렇게 해 달라고 요구한 것이 아닐까? 제인은 남의 부탁을 거절하지 못하는 사람이었다.

이소벨은 자리에서 일어나 콧노래를 부르며 방에서 나갔다. 오, 그래, 중요한 일이 아니지. 어쨌든 그는 가서 제인을 만나 볼 참이었다.

제인 하워드는 배터시 공원이 내려다보고 있는 아파트 건물의 꼭대기에 살고 있었다. 네 개 층을 올라가 벨을 누르면서 에버러드는 제인에 대해 짜증이 났다. 어째서 그녀는 좀 더 방문하기 쉬운 곳에 살지 않는단 말인가? 응답이 없어 세 번째로 벨을 누를 즈음 그의 짜증은 더욱 커져 있었다. 왜 문 열어 줄 사람도 두지 못한단 말인가.

갑자기 문이 열리더니, 제인 자신이 현관에 서 있었다. 그녀는 얼굴을 붉혔다.

"앨리스는 어디 있소?"

에버러드가 인사를 건넬 생각도 하지 않고 물었다.

"음, 저……, 그러니까, 오늘 몸이 좋지 않은 것 같아요."

"그러니까 술을 마셨단 말이오?"

에버러드가 엄한 어조로 물었다.

그렇게 상습적으로 거짓말을 하다니 정말 딱한 여자였다.

"그런 것 같아요."

제인이 마지못해 인정했다.

"어디 좀 봅시다."

그는 아파트 안을 성큼성큼 돌아보았다. 앨리스는 부엌에서 게으르게 늘어져 있었다. 그녀가 어떤 상태인지는 명백했다. 그는 사람을 주눅들게 하는 침묵을 지키며 제인을 따라 거실로 들어갔다.

"저 여잘 내쫓아야 하오."

그가 말했다.

"전에도 말했잖소."

"당신 말 기억하고 있어요, 앨런. 하지만 난 그럴 수가 없어요. 잊으셨나 본데, 저 여자의 남편은 감옥에 있어요."

"당연히 가야 할 곳에 간 거지."

에버러드가 대답했다.

"당신이 저 여자를 받아 준 지난 3개월 동안 저 여자가 얼마나 자주 술에 취해 있었는지 아시오?"

"그렇게 여러 번은 아니에요. 서너 차례일 거예요. 알다시피 그녀는 풀이 죽어 있어요."

"서너 차례라니! 아홉이나 열 차례라고 하는 편이 맞을 거요. 저 여자가 어떻게 요리를 하겠소? 엉망이겠지. 저 여자가 이 아파트에서 당신에게 최소한의 도움이나 위로가 된단 말이오? 전혀 그렇지 않을 거요. 제발 내일 아침에는 저 여자를 내보내고, 도움이 될 만한 젊은 여잘 고용하시오."

제인은 고통스러운 눈길로 그를 바라보았다.

"당신은 그럴 수 없겠지."

에버러드가 커다란 팔걸이 의자에 주저앉으며 우울하게 말했다.

"당신은 구제 불능으로 감상적인 사람이니까. 위니를 해변에 데려간다는 건 무슨 소리요? 그건 누구 제안이오, 당신이오, 아니면 이소벨이오?"

제인은 말이 떨어지기가 무섭게 대답했다.

"물론 내가 제안한 거예요."

에버러드가 말했다.

"제인, 당신이 거짓말을 하지 않는다면, 당신을 좋아하게 될 거요. 앉아요. 그런 다음 적어도 10분 동안은 제발 거짓말을 하지 말아요."

"오, 앨런!"

제인은 이렇게 외치고는 자리에 앉았다.

화가는 잠시 동안 날카로운 눈길로 그녀를 뜯어보았다.

그 여자, 랑프리에르 여사의 말이 맞았다. 제인을 그려내는 데 있어서 자신이 가혹했다. 제인은 대단한 미인은 아니더라도 그런 대로 아름다웠다. 그녀 몸의 길쭉한 선은 순수하게 그리스적이었다. 그녀를 어색하게 보이게 하는 것은 상대의 마음에 들어야 한다는 절박한 초조감이었다. 그는 그것을 포착했고, 과장했다고도 할 수 있었다. 조금 뾰족한 턱선을 날카롭게 그리고, 보기 흉한 자세를 강요했던 것이다.

무엇 때문일까? 왜 그녀에 대한 격렬한 짜증 없이는 제인과 함께 그 방에서 단 5분 동안도 보내지 못하는 것일까? 하고 싶지 않은 말이긴 하지만, 제인은 좋은 여자였다. 하지만 사람을 짜증나게 했다. 그녀와 함께 있을 때면 이소벨과 함께 있을 때처럼 편안하고 평화롭지 않았다. 하지만 제인은 그의 마음에 들기 위해 무척 신경을 썼고, 그가 하는 모든 말에 기꺼이 동의했다. 하지만 딱한 일이 아닌가! 그녀는 자신의 진짜 감정을 훤히 드러내 보였던 것이다.

그는 방 안을 둘러보았다. 제인다웠다. 예를 들어 배터시 법랑 세공품과 원석 같은 예쁜 물건들 옆에, 손으로 그려 만든 보기 흉한 꽃병이 장미가 꽂힌 채 놓여 있었다.

그는 그 꽃병을 집어들었다.

"내가 이걸 창밖으로 던져버리면, 당신은 몹시 화를 내겠지, 제인?"

"오! 앨런, 그러지 마세요."

"이런 쓰레기를 왜 갖고 있는 거요? 이걸 사용하려면 여간 좋아하지 않으면 안 될 것 같은데. 온갖 것들이 뒤섞여 있잖소!"

"알아요, 앨런. 내가 몰라서 이런 게 아녜요. 하지만 사람들이 내게 그런 물건들을 주는걸요. 그 꽃병은……, 베아츠 양이 마게이트에서 가져온 거예요. 그녀는 무척 가난해서 겨우 먹고살아요. 그녀로서는 저 꽃병에 많은 돈을 들였을 거예요. 알다시피 내가 무척 기뻐하리라고 생각했을 거예요. 그래서 적당한 곳에 두었을 뿐이에요."

에버러드는 아무 말도 하지 않았다. 그는 줄곧 방 안을 둘러보았다. 벽에는 한두 개의 판화와 여러 개의 아기 사진들이 걸려 있었다. 그 어머니가 어떻게 생각하든 간에 아기들은 언제나 사진발이 잘 받지 않는 법이었다. 아기를 낳은 제인의 친구들은 모두 그 선물들이 마음에 들 것이라고 기대하며 서둘러 그녀에게 자기 아이의 사진을 보내곤 했다.

"저 끔찍한 모습의 아기는 누구요?"

에버러드는 새로 걸린 땅딸막한 아기의 사진을 곁눈질하며 물었다.

"못 보던 사내애 같은데."

"여자애예요."

제인이 대답했다.

"메리 캐링턴이 얼마 전 낳은 딸이에요."

"메리 캐링턴도 딱하지."

에버러드가 말했다.

"당신은 저 끔찍한 모습의 아기가 하루 종일 당신을 째려보고 있는 걸 좋아하는 척해야 할 테지?"

제인은 불쑥 턱을 내밀었다.

"저 앤 귀여운 아기예요. 메리는 제 오랜 친구고요."

"훌륭하기도 하지."

에버러드는 그녀에게 미소를 지어보였다.

"그러니까 이소벨이 당신에게 위니를 떠맡긴 거요?"

"음, 그녀의 말이 당신이 스코틀랜드에 가고 싶어한다더군요. 그래서 그 제의에 쾌히 응한 거예요. 제게 위니를 맡기고 싶지 않으세요? 그 애를 제게 오랫동안 맡겼으면 하고 생각은 하고 있었지만 내가 먼저 부탁하고 싶진 않았어요."

"오, 그 애를 데리고 있어도 좋소. 하지만 그건 지나친 친절이오."

"그렇다면 됐네요."

제인이 기쁜 듯이 말했다.

에버러드는 담배에 불을 붙였다.

"이소벨이 당신에게 새 초상화를 보여 줍디까?"

그는 조금 불분명한 어조로 물었다.

"예."

"어떻게 생각하오?"

제인의 대답은 빨랐다. 지나치게 빨랐다.

"완벽한 걸작이에요. 정말이지 완벽해요."

앨런은 갑자기 자리에서 일어섰다. 담배를 쥔 손이 떨렸다.

"빌어먹을, 제인, 나한테 거짓말하지 말란 말이오!"

"하지만 앨런, 전 정말 그 작품이 완벽하다고 생각해요."

"지금까지 몰랐단 말이오, 제인? 내가 당신이 어떤 때 어떤 어조를 쓰는지 완벽하게 알고 있다는 걸 말이오. 당신은 내게 거짓말을 하고 있소. 내 감정을 상하게 하지 않으려고 그러나 본데. 어째서 솔직해지지 못하는 거요? 그 작품이 그렇지 못하다는 걸 내가 알고 있는데, 그 작품이 멋지다고 말해 주길 바랄 것 같소? 그 빌어먹을 그림은 죽은 거요. 죽었단 말이오. 거기에는 생명이 없소. 이면이 없소. 그저 표면, 그 빌어먹을 반반한 표면뿐이오. 난 줄곧 나 자신을 속여 왔소. 그렇소, 오늘 오후에도 말이오. 그걸 확인하기 위해 당신한테 온 거요. 이소벨은 모르고 있소. 하지만 당신은 알지. 언제나 당신은 알고 있소. 난 당신이 내게 그게 훌륭하다고 말할 줄 알고 있었소. 당신에겐 그런 종류의 일에 대해 양심이란 게 없으니까. 하지만 난 당신의 어조로 사실을 알 수 있소. 내가 「로맨스」를 당신에게 보여 주었을 때, 당신은 아무 말도 하지 않았소. 당신은 숨을 멈춘 다음 혁 하는 신음 같은 것을 내뱉었소."

"앨런……."

에버러드는 그녀에게 말할 기회를 주지 않았다. 제인은 그에게 그가 너무나도 잘 알고 있는 영향력을 행사하고 있었다. 그렇게 부드러운 존재가 그를 그렇게 격노하게 만들 수 있다니 이상한 일이었다.

"당신은 내가 힘을 잃어버렸다고 생각하겠지."

그가 화가 난 어조로 말했다.

"하지만 난 잃지 않았소. 난 지금도 「로맨스」만큼 훌륭한 그림을 그릴 수 있소. 그보다 더 잘 그릴 수 있을지도 모르오. 당신에게 보여 주겠소, 제인 하워드."

그는 뛰다시피 아파트를 빠져나왔다. 빠른 걸음으로 공원을 가로지른 그는 앨버트 다리를 향해 걸었다. 좌절에서 오는 분노와 짜증으로 아직도 온몸이 떨렸다. 물론 제인 때문이었다. 도대체 그녀가 그림에 대해 뭘 안단 말인가? 그녀의 의견이 무슨 가치가 있단 말인가? 그것에 왜 신경을 써야 한단 말인가? 하지만 그는 신경을 쓸 수밖에 없었다. 그는 제인이 헉 하고 숨을 멈출 수 있는 무엇인가를 그리고 싶었다. 그녀의 입이 약간 벌어지고 두 볼이 붉어지리라. 그녀는 먼저 그림을 바라본 다음 자신을 바라보리라. 그녀는 아마도 아무 말도 하지 않으리라.

다리 한가운데서 그는 다음번 그림을 볼 수 있었다. 그것은 어딘지 알 수 없는 곳에서, 푸름으로부터 그에게 다가왔다. 그는 그것을 그곳 허공에서 보았다. 아니 자신의 머릿속에서 본 것일까?

어둑하고 곰팡내 나는 작고 음침한 골동품점이었다. 계산대 뒤에는 유태인 하나가 서 있었다. 살피는 듯한 눈빛의 자그마한 사내였다. 그의 앞에 손님 하나가 서 있었다. 말쑥하고 살찌고 부유해 보이고 우쭐해하는 듯한 턱살이 늘어진 키 큰 사내였다. 그들 위의 선반 위에는 하얀 대리석 흉상이 놓여 있었다. 거기, 대리석으로 된 소년의 얼굴, 사고 팔리는 것에는 아랑곳없이 경멸의 표정을 짓고 있는 그 옛 그리스 인의 불후의 아름다움에는 어떤 광채가 깃들어 있었다. 유태인 상인과 돈많은 수집가, 그리스 소년의 얼굴, 그 모든 것들을 그는 보았다.

"이 그림엔「감식가」라는 제목을 붙여야지."

앨런 에버러드가 중얼거렸다. 차도로 뛰어드는 바람에 그는 하마터면 지나가는 버스에 치일 뻔했다.

"그래,「감식가」가 좋겠어. 제인에게 뭔가 보여 주겠어."

집에 도착한 그는 곧장 작업실로 들어갔다. 거기에서 캔버스를 고르고 있는 그를 이소벨이 발견했다.

"앨런, 잊은 건 아니죠? 마치스 집안 사람들과 저녁 식사를 같이 하기로 했다는 거……."

"마치스 가족은 아무래도 상관없어. 난 작업을 할 거야. 뭔가 포착하긴 했지만 그걸 고정시켜야 해. 풀어내기 전에 우선 캔버스에 고정시켜야 한다고. 그 집에 전화를 걸어. 내가 죽었다고 해."

이소벨은 잠시 그를 생각에 잠긴 눈빛으로 지켜보다가 방을 나갔다. 그녀는 천재와 함께 생활하려면 어떻게 해야 하는지 잘 알고 있었다. 그녀는 전화기 앞으로 가서 그럴듯한 구실을 꾸며 댔다.

그녀는 살짝 하품을 하면서 주위를 둘러보았다. 그런 다음 자신의 책상 앞에 앉아서 편지를 쓰기 시작했다.

친애하는 제인,

수표 보내줘서 정말 고마워요. 오늘 받았어요. 당신처럼 자상한 대모도 없을 거예요. 100파운드로는 온갖 것들을 살 수 있어요. 아이들에겐 정말이지 돈이 많이 들어요. 당신이 그렇게 위니를 귀여워하니까 당신에게 도움을 요청하는 것이 잘못이라는 생각이 들지 않는군요. 천재들이 모두 그런 것처럼, 앨런은 자신이 그리고 싶은 것만 그린답니다. 불행히도 그런 것들로는 생활이 안 되지요. 조만간 뵐 수 있었으면 좋겠네요.

― 이소벨

그로부터 몇 달 후 「감식가」가 완성되자 앨런은 제인을 불러 그 것을 봐 달라고 했다. 그 작품은 그가 생각했던 그대로는 아니었지 만(그건 이루어질 수 없는 희망이었다.) 그것에 근접해 있었다. 그는 창조의 기쁨을 느꼈다. 그는 그것을 만들어 냈고, 그것은 훌륭했다.

이번에 제인은 그것이 멋지다고 말하지 않았다. 그녀의 두 볼에 홍조가 깃들고 입술이 벌어졌다. 그녀는 앨런을 바라보았다. 그는 그녀의 눈빛에서 자신이 보고 싶어했던 것을 볼 수 있었다. 제인은 알고 있었다.

그는 기뻐 어쩔 줄 몰랐다. 제인에게 뭔가 보여 줄 수 있었던 것 이다!

일단 그림에서 눈을 돌리자 주위의 일들이 다시금 눈에 들어오기 시작했다.

해변에서 보낸 2주일은 위니에게 무척 유익했다. 하지만, 그는 그 애의 옷차림이 너무 허름하다는 생각이 들었다. 그래서 이소벨에게 그런 느낌을 이야기했다.

"앨런! 당신은 정말 아무것도 모르는군요! 난 아이를 소박하게 입히고 싶어요. 야단법석을 떨며 치장하고 싶진 않다고요."

"소박한 차림과 누더기는 다른 거요."

이소벨은 더 이상 아무 말 않고 위니에게 새 옷을 사 입혔다.

이틀 뒤 앨런은 소득세 신고서와 씨름을 하고 있었다. 그의 앞에 는 자신의 은행 통장이 놓여 있었다. 그가 이소벨의 책상에서 그녀 의 통장을 찾고 있는데 위니가 보기 흉한 인형을 안고 춤을 추며 방 안으로 들어왔다.

"아빠, 수수께끼를 낼 테니까 맞혀 봐. '우유처럼 하얀 벽 속, 비단처럼 부드러운 커튼 속, 수정처럼 맑은 바다 속에 잠긴 금빛 사과 하나.' 그게 뭘까?"

"네 엄마지."

통장을 찾으면서 앨런이 방심한 채 대답했다.

"아빠, 바보!"

위니가 웃음을 터뜨렸다.

"그건 달걀이야. 근데 어째서 엄마라고 한 거야?"

그 말에 앨런도 미소를 지었다.

"난 사실 네 말을 잘 듣지 않았단다. 하지만 그 말을 들으니 왠지 네 엄마 같았어."

우유처럼 하얀 벽. 커튼. 수정. 금빛 사과. 그래, 그가 듣기에 그 단어들은 이소벨을 연상시켰다. 말이란 이상한 것이다.

이윽고 앨런은 통장을 찾았다. 그는 단호한 어조로 위니를 방에서 내보냈다. 10분 후 그는 날카로운 소리에 고개를 들었다.

"앨런!"

"이런, 여보. 당신이 들어오는 소리를 듣지 못했군. 이것 좀 봐요. 당신 통장에 있는 이것들이 뭔지 모르겠소."

"어쩌자고 내 통장에 손을 대는 거죠?"

그가 놀란 눈으로 그녀를 빤히 쳐다보았다. 이소벨은 화가 나 있었다. 그는 지금껏 한 번도 그녀가 화를 내는 것을 본 적이 없었다.

"당신이 이런 일을 싫어할 줄은 몰랐는걸."

"난 그런 일을 싫어해요. 그것도 아주 싫어한단 말이에요. 당신은 내 물건에 손을 대서는 안 돼요."

그 말에 앨런도 불끈 화가 치솟았다.

"그 일은 사과하겠소. 하지만 일단 당신 물건에 손을 댄 이상 한두 가지 이해할 수 없는 일을 해명해 줘야겠소. 지금 보니까 올해 당신 통장으로 내가 알지 못하는 500파운드가량의 큰 돈이 들어왔소. 대체 그 돈이 어디서 난 거요?"

이소벨은 냉정을 되찾고 의자에 앉았다.

"그렇게 심각하게 생각할 일이 아녜요, 앨런."

그녀가 가벼운 어조로 말했다.

"죄악의 대가 같은 것은 아니니까요."

"이 돈이 어디서 난 거요?"

"어떤 여자에게서요. 당신 친구죠. 그건 사실 내 돈이 아녜요. 위니를 위한 돈이죠."

"위니라고? 당신 말은……, 이 돈이 제인에게서 나왔다는 거요?"

이소벨이 고개를 끄덕였다.

"제인은 우리 아이를 몹시 사랑해요. 아무리 많이 해 줘도 만족하지 못할 만큼 말이에요."

"그렇긴 하지만……. 그렇다면 이 돈은 위니를 위해서 어딘가에 투자되었어야 할 게 아니오."

"오, 이건 그런 돈이 아녜요. 이건 옷을 사는 것 같은 자잘한 비용으로 쓸 돈이에요."

앨런은 아무 대꾸도 하지 않았다. 위니의 옷이, 온통 너절하기 짝이 없는 옷가지들이 문득 생각났던 것이다.

"당신 통장도 잔고 이상으로 지출된 것 같은데, 이소벨?"

"그래요? 제겐 늘 그런 일이 생긴다니까요."

"그렇소. 하지만 그 500파운드는……."

"여보, 전 그 돈을 위니에게 꼭 필요하다고 생각되는 데 썼어요. 제인도 정말 만족하게 여길 거예요."

앨런 자신은 그 대답에 만족하지 못했다. 하지만 이소벨이 너무나도 침착하게 대답했으므로, 그는 더 이상 아무 말도 하지 않았다. 아무튼 이소벨은 돈 문제에는 무신경했다. 아이를 위해 쓰라고 준 돈을 그녀가 자신을 위해 쓰지는 않았으리라. 같은 날 무슨 착오가 있었던 듯 '에버러드 씨 앞'으로 되어 있는 영수증이 날아들었다. 하노버 스퀘어에 있는 의상실에서 온 것으로 액수는 200파운드가량이었다. 그는 말없이 영수증을 이소벨에게 건네주었다. 그녀는 영수증을 흘끗 보더니 미소를 지으며 말했다.

"가엾기도 해라. 당신은 이것을 보고 아찔했겠지만 사람이라면 어느 정도 옷은 입고 살아야 한다고요."

다음 날 그는 제인을 만나러 갔다.

제인은 여느 때처럼 짜증이 날 만큼 명확한 대답을 회피했다. 그런 일은 앨런이 신경 쓸 일이 아니라고 했다. 위니는 자신의 대녀다. 여자들은 이런 일을 이해하지만 남자들은 그렇지 못하다는 것이다.

물론 그녀도 위니에게 500파운드어치나 옷을 해 입힐 생각은 아니라고 했다. 그녀는 그 문제를 자기와 이소벨에게 맡겨 두면 좋지 않겠느냐고 했다. 자기들 두 사람은 서로를 완벽하게 이해하고 있다는 것이다.

앨런은 불만이 커져가는 것을 느끼며 그곳을 떠났다. 그는 자신이 정말로 묻고 싶은 한 가지 질문을 회피했다는 것을 잘 알고 있었다. 그는 이렇게 묻고 싶었다. '이소벨이 위니에게 쓸 돈을 당신에게 달라고 한 거요?' 그가 그 질문을 던지지 못했던 이유는, 제인이 그를 속여넘길 만큼 제대로 거짓말을 하지 못할까 봐 두려웠기 때문이다.

그러나 그는 걱정스러웠다. 제인은 넉넉하지 못했다. 그가 알고 있는 바로는 그러했다. 그녀가 가진 돈을 탕진하게 해서는 안 되었다. 그는 이소벨과 그 문제에 대해 이야기를 하기로 마음을 굳혔다. 이소벨은 분별이 있고 남에게 위안을 줄 줄 아는 여자였다. 그녀라면 당연히 제인이 분에 넘치는 지출을 하지 않도록 할 터였다.

1년 후 제인이 죽었다.

유행성 감기에 폐렴이 겹쳤던 것이다. 그녀는 앨런 에버러드를 자신의 유언 집행자로 삼았으며 자기가 가진 모든 것을 위니에게 남겨 주었다. 하지만 남은 것이 그렇게 많지는 않았다.

앨런이 할 일은 제인의 서류를 검토하는 것이었다. 제인은 모든 것을 꼼꼼하게 기록으로 남겨 놓았다. 호의를 베푼 구체적인 액수와 호의를 구하는 편지들, 감사의 편지들까지.

마지막으로 제인의 일기가 나왔다. 일기에는 이런 쪽지가 붙어 있었다.

내가 죽은 다음 앨런 에버러드가 읽을 것. 그는 진실을 말하지 않는다고 나를 종종 나무라곤 했다. 모든 진실이 여기에 담겨 있다.

그래서 그는 마침내 알게 되었다. 제인은 용기를 내어 솔직하게 말할 수 있는 유일한 장소를 찾은 셈이었다. 그것은 아주 단순하면서도 자연스럽게 우러나온 그에 대한 사랑의 기록이었다.

거기에는 감상이 거의 들어 있지 않았다. 세련된 수사 같은 것은 찾아볼 수도 없었다. 너무나도 명확한 사실만 적혀 있었다.

난 당신이 종종 나 때문에 짜증을 내곤 한다는 걸 알고 있습니다. 내 모든 행동이나 말이 종종 당신을 화나게 만드는 모양입니다. 난 어째서 일이 이렇게 되는 건지 알 수 없습니다. 당신을 기쁘게 하기 위해 그토록 노력하는데 말입니다. 그렇지만 나는 그 때문에 내가 당신에게 어느 정도 의미있는 존재라고 생각합니다. 하찮게 여겨지는 사람에게는 화를 내지 않는 법이니까요.

앨런이 다른 일들에 대해 알게 된 것은 제인의 잘못이 아니었다. 제인은 충실했다. 하지만 그녀에게는 단정치 못한 면이 있었다. 그녀의 서랍은 온갖 것들로 가득했다. 제인은 죽기 직전에 이소벨에게서 온 편지들을 신중하게 불태웠다. 하지만 앨런은 서랍 뒤편에 끼여 있던 편지 한 통을 찾아냈다. 그것을 읽자 제인의 수표책에서 뜯어내고 남은 부분에 적힌 미심쩍은 기호의 의미가 명확해졌다. 유일하게 남아 있는 그 편지에서 이소벨은 거의 뻔뻔스러울 정도로 위니에게 쓸 돈을 요구하고 있었다.

앨런은 멍한 눈으로 한참 동안 창밖을 내다보며 책상 앞에 앉아 있었다. 이윽고 그는 수표책을 주머니 속에 넣고 제인의 아파트를 나섰다. 첼시까지 걸어가는 동안 그는 점점 더 분노가 거세지는 것을 느꼈다.

하지만 집에 와 보니 이소벨은 외출하고 없었다. 유감스러운 일이었다. 하고 싶은 말이 너무도 확실하게 머릿속에 들어 있었던 것이다. 그래서 그는 대신에 작업실로 올라가서 제인의 미완성 초상화를 꺼냈다. 그는 그것을 핑크색 공단 차림을 한 이소벨의 초상화 곁에 놓인 이젤에 얹었다.

랑프리에르 여사의 말이 맞았다. 제인의 초상화에는 생명이 있었다. 그는 초상화 속의 그녀를 쳐다보았다. 간절한 눈빛을, 부인하려고 그토록 애를 썼으나 결국 성공하지 못했던 그 아름다운 얼굴을. 그것이 제인이었다. 다른 무엇보다도 그 생동감이야말로 바로 제인이었다. 제인은 그가 만난 그 어떤 사람보다도 생기에 넘쳐 있었다. 그 생동감 때문에 그는 아직도 제인이 죽었다고 생각할 수가 없었다.

그는 자신이 그렸던 다른 그림들도 생각해 보았다. 「컬러」, 「로맨스」, 「루퍼스 허시맨 경」 그 그림들은 모두 어떤 의미에서는 제인을 그린 그림이었다. 그 그림들 하나하나마다 그녀가 섬광을 불러일으켰다. 그녀는 그로 하여금 바로 그녀 자신의 모습을 보여 주도록 바짝 달아오르게 만들었던 것이다! 그런데 이제는? 제인은 죽었다. 그가 다시 그림을, 진정한 그림을 그릴 수 있을 것인가? 그는 화폭에 담겨 있는, 간절한 열망에 찬 그 얼굴을 다시 한 번 바라보았다. 어쩌면 제인은 그렇게 멀리 간 것은 아닐지 몰랐다.

그 순간 무슨 소리인가 들려왔다. 그는 몸을 돌렸다. 이소벨이 작업실에 들어와 있었다. 그녀는 저녁 식사를 위해 자신의 순금빛 머리를 돋보이게 만드는, 몸에 꼭 맞는 흰색 드레스 차림이었다.

그녀는 얼어붙은 듯이 멈춰 서서 입술에 맴도는 말을 억눌렀다. 그런 다음 경계의 눈빛으로 그를 바라보며 소파로 걸어가 앉았다. 그런 그녀의 모습은 냉정 그 자체였다.

앨런이 주머니에서 수표책을 꺼냈다.

"난 제인의 서류를 훑어보았소."

"그래서요?"

그는 이소벨의 냉정함을 본떠 되도록 떨리지 않는 목소리로 말하려 애썼다.

"지난 4년 동안 제인이 당신에게 돈을 줘 왔더군."

"그래요. 위니 때문이죠."

"아니, 위니 때문이 아니었소."

에버러드가 소리쳤다.

"당신들 두 사람은 위니 때문이라고 핑계를 댔지만 그렇지 않다는 건 당신들 두 사람 모두 알고 있었소. 당신의 옷을, 당신에게는 꼭 필요한 것도 아닌 옷값을 대느라고 제인이 증권을 팔면서 겨우겨우 살아왔다는 것을 알고 있소?"

그가 말을 하는 동안에도 이소벨은 내내 그의 얼굴에서 시선을 떼지 않았다. 그녀는 하얀 페르시아 고양이처럼 쿠션 위에 편안하게 자리를 잡고 앉아 있었다.

"설혹 제인이 응당 그래야 하는 것 이상으로 돈을 썼다 하더라도 나로서는 어쩔 수 없었어요. 나는 그녀에게 그럴 만한 여유가 있다고 생각했죠. 그녀는 늘 당신에게 빠져 있었어요. 물론 난 그렇다는 걸 알았지요. 남편이 그렇게 툭하면 여자를 만나러 달려가서는 몇 시간씩 있다 오면 법석을 피우는 여자들도 있어요. 난 그러지 않았어요."

"그랬지."

앨런이 창백해진 얼굴로 말했다.

"그러는 대신 당신은 그 여자에게 돈을 뜯어냈소."

"당신 지금 아주 무례한 말을 하고 있군요. 조심해 주세요."

"그게 사실 아니오? 당신은 어째서 제인에게서 돈 받는 걸 그렇게 쉽게 생각한 거요?"

"물론 나에 대한 호의 때문은 아니죠. 당신에 대한 애정 때문이었을 테죠."

"바로 그거요."

앨런이 짤막하게 말했다.

"그녀는 내 자유의 대가로 돈을 낸 거요. 내가 내 식대로 일할 수 있는 자유 말이오. 돈이 충분하기만 하면 당신은 나를 가만 내버려 둘 테니까. 그 끔찍한 여자들의 초상화를 그리라고 졸라대지 않을 테니까."

이소벨은 아무 말도 하지 않았다.

"그거 아니오?"

앨런이 성난 목소리로 외쳤다.

그녀의 침묵이 그를 격노하게 만들었다.

이소벨은 바닥만 쳐다보고 있었다. 이윽고 그녀가 고개를 들더니 조용히 말했다.

"이리 와요, 앨런."

그러면서 그녀는 자기 옆자리를 가리켰다. 앨런은 거북하게, 마지 못해하며 그곳에 가 앉았다. 그는 그녀를 쳐다보지 않았다. 하지만 그는 두려워하고 있었다.

"여보."

얼마 후 이소벨이 입을 열었다.

"왜 그러오?"

그가 성마르고 초조한 목소리로 대답했다.

"당신 말이 모두 사실일지 몰라요. 그건 중요하지 않아요. 난 그런 여자예요. 난 그런 것들을 원해요. 옷이며 돈, 당신을 말이에요. 제인은 죽었어요, 앨런."

"그게 무슨 뜻이오?"

"제인은 죽었다고요. 이제 당신은 완전히 내 것이에요. 전에는 그런 적이 없었죠. 완전히 내 소유인 적이 없었어요."

그는 그녀를, 탐욕과 소유의 눈빛을 보았다. 그것은 반감을 불러일으키는 동시에 매혹적인 눈빛이었다.

"이제 당신은 송두리째 내 것이 될 거예요."

그 순간 그는 난생 처음으로 이소벨을 이해할 수 있었다.

"당신은 내가 노예가 되기를 원하는 거요? 당신이 그리라는 그림을 그리고 당신이 살라는 방식으로 살고 당신의 마차 바퀴가 굴러가는 대로 끌려가는 노예를 원하는 거요?"

"하고 싶은 대로 말하세요. 말이라는 게 무슨 쓸모가 있겠어요?"

그녀가 두 팔로, 하얗고 매끄럽고 단단한 벽과도 같은 두 팔로 자신의 목을 끌어안는 것을 그는 느꼈다. 그의 머릿속에서 낱말들이 춤추듯 맴돌았다. '우유처럼 하얀 벽.' 그는 이미 벽 속에 갇혀 있었다. 아직 빠져나갈 수 있을까? 아니, 거기서 빠져나가고 싶은 생각은 있는 것일까?

그의 귓전에서 그녀의 목소리가 아편처럼, 마취제처럼 울렸다.

"사람이 무엇 때문에 살겠어요? 이런 걸로 충분치 않나요? 사랑…… 행복…… 성공…… 사랑……."

이제 그 벽은 그를 온통 에워싸기 시작했다. '비단처럼 부드러운 커튼.' 커튼이 몸에 휘감기자 숨이 좀 답답했다. 하지만 너무나도 부드럽고 너무나 달콤했다! 이제 그들은 함께, 평화롭게 수정 같은 바다 위를 표류하고 있었다. 이제 벽은 아주 높아져서 다른 모든 것들을 막아주었다. 마음을 아프게 만드는 위험하고 혼란스러운 모든 것들을……, 늘 마음을 아프게 했던 그것들을. 수정 같은 바다 저편, 그들의 손과 손 사이에 금빛 사과가 잡혔다.

순간 제인의 초상화에 깃들어 있던 빛이 사그라들었다.

덧붙이는 글

크리스티의 초기 단편 소설들 대부분이 그렇듯이, 1925년 10월《로열 매거진 *Royal Magazine*》에 처음 발표된「벽 속에서」역시 어느 정도 모호한 면이 있다. 주위를 에워싸는 하얀 벽에 관한 마지막 묘사 부분은 있는 그대로 앨런 에버러드를 감싼 이소벨 로링의 두 팔로 볼 수도 있을 것이다. 하지만 그렇다면 나머지 구절은 어떻게 해석될 수 있을까? '그들의 손과 손 사이에 금빛 사과가 잡혔다.'는 불분명한 마지막 문장에서, 그들의 손이란 누구의 손을 말하며, '금빛 사과'가 상징하는 것은 무엇일까? 앞부분에서 앨런이 위니의 수수께끼를 오해한 대목에 어쩌면 좀 더 심각한 의미가 있는 것일까? 소설의 끝에서 앨런이 실제로는 자기 아내의 목을 조르고 있는 것일까? 아니면, 제인의 그림에 깃들어 있던 '빛'이 사그라들었다는 마지막 문장을 감안할 때 독자는 앨런이 제인을 잊고 이소벨을 용서해 주었다고 이해해야 하는 것일까? 또는 그 자신이 죽었다고 볼 수는 없는 것일까? 크리스티는 이런 제반 상황에 대해 설명하지 않는다. 다만 이 소설의 결말에 대해 화자가 애써 지우고 싶어하는 고약한 소문을 언급하고 있다.

이 소설은 또한 애거서 크리스티의 작품에서 가장 흔히 나오는 모티프, 곧 남녀 간의 삼각관계를 기반으로 하고 있다. 이러한 모티프는 비슷비슷한 얼개를 가진 푸아로 소설 『나일 강의 죽음*Death on the Nile*』(1937)와 『백주의 악마*Evil Under the Sun*』(1941), 그리고 『열세 가지 수수께끼*The Thirteen Problems*』(1932)에 수록된「피로 물든 보도*The Bloodstained Pavement*」같은 단편을 비롯한 여러 작품에 쓰이고 있다. 크리스티의 글에 대한 가장 탁월한 비평서인『능란한 속임수*A Talent to Deceive*』(1980)에서 로버트 바너드는, 크리스티가 어떻게 이러한 평범한 주제들을 독자로 하여금 자신의 기대치에 부응해서 엉뚱한 방향으로 동정심(그리고 의혹)을 발휘하게 만드는 '속임수 전략'의 하나로 이용하고 있는지 묘사하며 쓰고 있다. 그녀는 연극 대본에서도 이와 비슷한 책략을 구사하는데, 그중에서 가장 두드러진 작품이 『쥐덫』(1952)이다."

바그다드 궤짝의 수수께끼

머리기사의 그 단어는 사람의 눈길을 끌었다. 나는 친구 에르퀼 푸아로에게 그런 내 느낌을 말했다. 나는 그 사건 당사자들에 대해서는 아무것도 아는 바가 없었다. 내가 가진 관심은 평범한 사람이 가질 만한 극히 평범한 것이었다. 푸아로는 내 말에 동의했다.

"그래, 그 단어에서는 동양적인 신비스러운 분위기가 풍기는군. 그 궤짝은 십중팔구 고물상이 늘어선 토튼햄 코트 가에서 나온 평범한 것일 테지. 그래도 그 기자는 유쾌한 영감을 발휘해서 거기에다 '바그다드 궤짝'이라는 이름을 붙일 생각을 했군. '수수께끼'라는 단어 역시 신중한 계산 끝에 씌어진 것일 테고 말일세. 하지만 그 사건에는 수수께끼라고 할 만한 것이 별로 없네."

"그 말이 맞습니다. 좀 소름 끼치고 무시무시하긴 해도 수수께끼라고 할 순 없죠."

"소름 끼치고 무시무시하다……."

푸아로는 생각에 잠긴 듯이 내 말을 되풀이했다.

"얘기 전체가 역겨운걸요."

나는 자리에서 일어나 방 안을 서성거렸다.

"살인자는 자기 친구인 이 남자를 죽여서 궤짝 속에다 처넣고는 30분 후에 죽은 자의 아내와 바로 그 방에서 춤을 추었습니다. 생각 좀 해 보세요! 만약 그 여자가 한순간이라도……."

"그래."

푸아로가 생각에 잠긴 어조로 말했다.

"좀 과장된 말이긴 하지만 여성 특유의 직감이 이 사건에서는 전혀 발휘되지 않는 모양이군."

"그 파티는 아주 유쾌하게 진행되었던 것 같습니다."

내가 가볍게 몸서리를 치며 말했다.

"그리고 그들이 춤을 추고 포커 놀이를 하고 있던 그 시간 동안 그 방에는 죽은 자가 함께 있었던 겁니다. 이것을 가지고 희곡을 쓸 수도 있겠는걸요."

"이미 그런 내용의 희곡이 있다네."

푸아로가 말했다.

"하지만 걱정할 건 없네, 헤이스팅스."

그가 다정하게 덧붙여 말했다.

"어떤 주제를 한 번 썼다고 해서 또다시 쓰지 말라는 법은 없으니까. 자네만의 희곡을 써 보라고."

나는 신문을 집어들고 약간 선명치 못한 사진을 들여다보았다.

"이 여자는 미인인 것 같군요."

내가 느릿느릿한 어조로 말했다.

"이것만 봐도 알겠는걸요."

사진 밑에는 이런 설명이 붙어 있었다.

피살자의 아내 클레이턴 부인의 최근 사진

푸아로가 내게서 신문을 건네받았다.

"그래. 아름다운 여자로군. 분명 남자들의 영혼을 호리는 그런 타입일세."

그는 한숨을 지으며 내게 신문을 돌려주었다.

"디외 메르시(신께 감사드리지만), 난 격정적인 타입은 아닐세. 덕분에 당혹스러운 일을 여러 차례 피할 수 있었지. 그러니 고마워하는 것이 당연할 수밖에."

그때 우리가 그 문제를 놓고 좀 더 이야기를 진전시켰는지는 기억나지 않는다. 푸아로는 그때 그 사건에 특별한 흥미를 보이지 않았다. 사태가 너무 명백했으며 모호한 점은 거의 보이지 않았기에, 그것에 대해 이야기한다는 게 무익해 보였다.

클레이턴 부부와 리치 소령은 아주 오랜 지기였다. 사건 당일인 3월 10일, 클레이턴 부부는 초대에 응하여 리치 소령과 함께 저녁을 보냈다. 그러나 그날 7시 30분경 클레이턴은 함께 술을 마시고 있던 또다른 친구인 커티스 소령에게, 갑자기 스코틀랜드에 갈 일이 생겨서 8시 기차를 타야 한다고 말했다.

"잭에게 잠깐 들러서 해명할 시간밖엔 없을 것 같군."

클레이턴이 말했다.

"마거리타는 물론 참석할 거야. 유감스러운 일이긴 하지만 잭은 이해해 줄 걸세."

클레이턴은 약속을 지키는 남자였다. 그는 7시 40분쯤 리치 소령의 집에 도착했다. 소령은 마침 집에 없었지만 클레이턴을 잘 알고 있는 하인은 그에게 안에 들어와서 기다리시라고 권했다. 클레이턴은 시간이 없긴 하지만 잠시 들어가서 메모라도 남기겠노라고 말했다. 그러면서 자기는 기차를 타러 가는 길이라는 말을 덧붙였다.

하인은 손님을 거실로 안내했다.

5분쯤 지난 후 리치 소령은 아마도 혼자서 문을 열고 집 안으로 들어온 모양이었다.(하인은 주인이 들어오는 소리를 듣지 못했다.) 그는 거실 문을 열고 하인을 불러 담배 심부름을 시켰다. 주인에게 담배를 가져다주었을 때 하인은 주인이 거실에 혼자 있는 것을 보았다. 하인은 당연히, 클레이턴 씨가 떠난 것으로 여겼다.

그 직후에 파티 손님들이 도착했다. 그들 중에는 클레이턴 부인, 커티스 소령, 그리고 스펜스 부부도 있었다. 그들은 전축을 틀어놓고 춤을 추고 포커 놀이를 하면서 저녁 시간을 보냈다. 손님들은 자정이 좀 지나서 돌아갔다.

이튿날 아침, 청소하러 거실에 들어간 하인은 리치 소령이 동양에서 가져온 '바그다드 궤짝'이라고 불리는 상자 밑과 앞쪽 양탄자에서 짙은 핏빛 얼룩을 발견하고 소스라치게 놀랐다.

본능적으로 궤짝 뚜껑을 열어본 하인은 그 안에서 심장이 찔린 채 몸이 접혀 있는 시체를 발견하고 기겁을 했다.

겁에 질린 하인은 집 밖으로 뛰쳐나가 가장 먼저 눈에 띄는 경찰을 데리고 왔다. 죽어 있는 남자는 클레이턴 씨로 밝혀졌다. 리치 소령은 즉각 체포되었다. 당연한 일이지만 소령은 모든 일을 완강하게 부인하며 자신을 변호했다. 그는 전날 클레이턴 씨를 보지 못했고 그가 스코틀랜드로 간다는 얘기를 처음 들은 것도 클레이턴 부인에게서라고 했다.

이상이 이 사건에 관해 드러난 사실들이었다. 당연히 온갖 빈정거림과 추측들이 무성하게 그 뒤를 이었다. 리치 소령과 클레이턴 부인 사이의 우정과 친분이 너무도 강조된 나머지 바보가 아니라면 그 두 사람 사이의 관련을 파악하지 못할 수가 없었다. 범죄 동기는 명백해 보였다.

오랜 경험 덕분에 나는 이런 혐의가 근거 없는 비방임을 간파할 수 있었다. 모든 증거를 감안할 때 이른바 이 사건의 동기라고 하는 것이 완전한 허구일 수도 있었다. 전혀 다른 이유 때문에 그 문제를 속단했을 수도 있었다. 하지만 리치가 살인자라는 사실 하나만은 분명했다.

지금 말이지만, 만약 푸아로와 내가 그날 밤 채터튼 부인이 여는 파티에 참석하게 되어 있지 않았더라면 그 일은 그것으로 일단락되었을지도 몰랐다.

푸아로는 사교적인 의무에 푸념을 늘어놓고 고독을 갈망한다고 하면서도 한편으로는 이런 사교적인 행사를 무척 즐겼다. 사람들이 법석을 피우며 마치 사자라도 되는 듯이 그를 떠받드는 일이 그에겐 정말이지 잘 어울렸다.

실제로 그는 이따금씩 정말 사자처럼 거들먹거리지 않았던가! 나는 그가 태연하게, 정말 터무니없는 찬사를 마치 당연하다는 듯이 받아들이고, 나로서는 도저히 생각도 할 수 없는 너무나 노골적이고 자부심에 찬 말로 상대의 찬사에 답하는 모습을 목격했다.

그는 그 문제로 종종 나와 입씨름을 하곤 했다.

"하지만 여보게, 난 앵글로 색슨 족이 아니라네. 위선을 떨 이유가 없잖은가? 시, 시(그렇고말고). 그게 자네들 모두가 하는 일이지. 까다로운 비행을 하고 난 비행사나 테니스 챔피언들이 대수롭지 않다는 듯 들릴락 말락한 소리로 '별거 아닙니다.'라고 말하는 것처럼 말일세. 하지만 그들이 정말 자신들을 그렇게 생각할까? 단 한순간도 그렇지 않을걸세. 사람들은 다른 사람의 업적에 찬사를 보내네. 그러니 이성이 있는 인간이라면 자신의 업적에 대해서도 찬사를 보낼걸세. 다만 그들이 받아 온 훈련 때문에 표시를 내지 않는 것뿐이야. 나로 말하자면 그런 부류가 아닐세. 내가 갖고 있는 재능 말인데, 난 남들에게 그런 재능이 있다면 치하할걸세. 그런데 공교롭게도 내가 일하는 이 분야에서는 나를 따를 사람이 없네. 세 도마주(유감스럽군)! 그래서 나는 내가 위대한 인물이라는 사실을 거리낌

없이 인정하는 거라네. 그 어떤 위선도 떨지 않고 말일세. 내겐 남다른 규칙과 방법과 인간 심리에 대한 식견이 있지. 난 에르퀼 푸아로란 말일세! 내가 왜, 얼굴을 붉히고 말을 더듬으며 내가 사실은 아주 멍청한 인간이라고 지껄여야 한다는 건가? 그게 사실이 아닌데 말일세."

"확실히 에르퀼 푸아로는 한 사람뿐이죠."

약간의 악의를 섞어 그 말에 동의했다. 다행히 푸아로는 그 사실을 전혀 눈치 채지 못했다.

채터튼 부인은 가장 열렬히 푸아로를 숭배하는 사람들 가운데 하나였다. 푸아로는 어떤 베이징 사람의 수수께끼 같은 행적에서 시작해 유명한 강도와 집털이로 이어지는 연결 고리를 풀어낸 적이 있다. 그때 이후 채터튼 부인은 푸아로의 열렬한 숭배자가 되었다.

파티에 참석한 푸아로의 모습은 장관이었다. 나무랄 데 없는 야회용 예복, 더없이 우아한 흰색 넥타이, 좌우로 정확한 균형을 이룬 가르마, 포마드를 발라 번쩍거리는 머리카락, 잔뜩 꼬아 놓은 저 유명한 콧수염, 이 모든 것이 한데 합해져서 고질적인 댄디의 완벽한 모습을 만들어내고 있었다. 이런 순간에는 그 키 작은 사내를 진지한 사람으로 받아들이기가 정말 힘들었다.

열한시 반이 되자 채터튼 부인이 우리에게 다가오더니 일단의 숭배자 무리에서 푸아로를 빼내 갔다. 나 역시 그 뒤를 따라갔음은 말할 필요도 없다.

"위층에 있는 내 방으로 가 주셨으면 좋겠어요."

우리의 목소리가 다른 손님들에게 들리지 않을 만한 거리만큼 떨어지자마자 채터튼 부인이 숨을 죽인 채 말했다.

"그 방이 어디 있는지는 아시죠, 푸아로 씨. 거기에 가시면 당신의 도움을 절실히 필요로 하는 사람을 만나게 되실 거예요. 전 당신이 그녀를 도와주리라는 걸 알아요. 그녀는 저와 아주 가까운 친구예요. 그러니 제발 안 된다는 말씀은 하지 마세요."

이런 이야기를 하면서 활기 차게 앞장을 섰던 채터튼 부인이 문을 열면서 큰 소리로 말했다.

"그분을 모셔왔어, 마거리타. 이분은 네가 원하는 무슨 일이든 해주실 거야. 클레이턴 부인을 도와주실 거죠, 푸아로 씨?"

물론 그러겠다는 대답을 받은 다음 그녀는 특유의 활기 찬 동작으로 방을 나갔다.

창가에 놓인 의자에 앉아 있던 클레이턴 부인은 자리에서 일어나 우리 쪽으로 다가왔다. 검은 상복이 오히려 환한 혈색을 돋보이게 해주고 있었다. 그녀는 남달리 아름다운 여성이었으며, 소박하고 천진하며 솔직한 분위기가 그 매력을 한층 더 두드러지게 했다.

"앨리스 채터튼 부인은 아주 친절한 분이에요."

그녀가 말했다.

"그분이 이 일을 주선해 주셨지요. 그분은 당신이 저를 도와줄 거라고 했답니다, 푸아로 씨. 당신이 정말 저를 도와주실지는 모르겠지만, 도와주셨으면 좋겠어요."

그녀가 한 손을 내밀자 푸아로가 그 손을 잡았다. 그는 그녀의 손을 잡고 있던 그 짧은 동안에도 그녀를 꼼꼼히 뜯어보았다. 그런 그의 태도에는 무례한 기미가 없었다. 유명한 의사가 자신의 진찰실로 들어오는 새 환자를 대하는 듯한 친절하면서도 탐색하는 듯한 눈길 쪽에 더 가까웠다.

"제가 도울 수 있을 거라고 확신하시나요, 마담?"

이윽고 그가 물었다.

"앨리스 채터튼 부인이 그렇게 말씀하시더군요."

"그래요, 하지만 전 부인의 의견을 묻고 있는 겁니다."

그 말에 그녀의 뺨이 약간 붉어졌다.

"무슨 말씀이신지 모르겠어요."

"부인께선 제가 무엇을 하길 원하시나요, 마담?"

"당신은……, 제가 누군지 알고 있나요?"

그녀가 물었다.

"물론 알고 있습니다."

"그렇다면 제가 어떤 일을 부탁드릴지도 짐작하실 수 있겠군요, 푸아로 씨, 헤이스팅스 대령님."

나는 그녀가 나를 알고 있다는 사실에 뛸 듯이 기뻤다.

"리치 소령은 제 남편을 죽이지 않았어요."

"어째서 그렇게 생각하시는 거죠?"

"예?"

푸아로는 약간 당황한 그녀를 미소를 띤 채 바라보았다.

"어째서 그렇게 생각하시느냐고 물었습니다."

푸아로가 다시 한 번 되풀이했다.

"무슨 말씀인지 이해할 수 없군요."

"하지만 아주 간단한 겁니다. 경찰과 변호사들 모두 똑같은 질문을 던질 겁니다. 어째서 '리치 소령이 클레이턴 씨를 죽였나요?' 하고 말입니다. 저는 그와 반대로 질문을 하고 있는 겁니다. 마담, 저는 부인께 어째서 리치 소령이 클레이턴 씨를 죽이지 않았느냐고 묻는 겁니다."

"당신 말은……, 제가 어째서 그렇게 믿고 있느냐는 말씀인가요? 글쎄요……, 하지만 전 알고 있어요. 전 리치 소령을 아주 잘 알고 있거든요."

"부인께서는 리치 소령을 아주 잘 알고 있다는 말씀이군요."

푸아로가 아무 억양 없이 그녀의 말을 되풀이했다.

그러자 그녀의 볼이 빨갛게 물들었다.

"그래요, 사람들이 그렇게 얘기할 테죠. 사람들은 그렇게 생각할 거예요! 오, 전 그렇다는 걸 알아요!"

"세 브레(사실입니다). 바로 그것이 사람들이 당신에게 할 질문일 겁니다. 리치 소령을 얼마나 잘 알고 있는가 하는 것 말입니다. 당신은 진실을 말할 수도 있고 거짓말을 할 수도 있죠. 여자에게는 거짓말이 꼭 필요합니다. 거짓말은 쓸 만한 무기이니까요. 하지만 마담, 여자가 꼭 진실을 말해야 할 사람이 세 사람 있습니다. 고해 신부와 미용사, 그리고 탐정이죠. 물론 그 탐정을 믿는다면 말입니다. 부인께서는 저를 믿습니까?"

마거리타 클레이턴은 숨을 깊이 들이쉬고 말했다.

"네, 믿어요. 믿을 수밖에 없고요."

그녀는 좀 어린애처럼 그렇게 덧붙여 말했다.

"그렇다면 부인은 리치 소령과 얼마나 잘 알고 지내는 사이입니까?"

그녀는 잠시 동안 말없이 그를 쳐다본 다음 도전적인 태도로 턱을 치켜들었다.

"당신의 질문에 대답하겠어요. 난 2년 전 처음 만난 순간부터 잭을 사랑했습니다. 최근 들어 나는 그가 나를 사랑하게 되었다고 생각했어요. 아니, 그렇다고 믿었죠. 하지만 그는 입으로는 한 번도 그렇게 말한 적이 없었어요."

"에파탕(멋지군요)!"

푸아로가 외쳤다.

"부인께서는 에둘러 말하지 않고 곧장 핵심으로 들어감으로써 제게 15분쯤 벌어 주신 셈입니다. 정말 분별 있으신 분이군요. 그러면 부군께서는 부인의 감정에 의심을 품었습니까?"

"모르겠어요."

마거리타가 느릿하게 말했다.

"최근에 난 어쩌면 남편이 의심하고 있을지도 모르겠다는 생각이 들었어요. 남편의 태도가 좀 달라졌거든요. 하지만 그저 내가 상상한 것인지도 몰라요."

"그 밖에 이 일을 또 알고 있는 사람은 없습니까?"

"없는 것 같아요."

"그리고…… 이런 질문을 드려서 죄송합니다만, 부인께서는 남편을 사랑하지 않으셨나요?"

내 생각에, 이 여자처럼 그런 질문에 간단하게 대답할 여자는 별로 없을 것 같다. 여자들은 대부분 자신의 감정을 해명하려고 애쓸 것이다.

마거리타 클레이턴은 지극히 간단하게 대답했다.

"사랑하지 않았어요."

"비엥(좋습니다). 이제 우린 우리가 처한 입장을 알게 된 것 같군요. 마담, 부인의 말씀에 따르면 리치 소령은 부군을 죽이지 않았습니다. 하지만 부인께서는 드러난 모든 증거들이 소령이 부군을 살해했다는 가설을 뒷받침하고 있음을 깨달았습니다. 혹시 부인 자신은 그 증거에 어떤 결함이 있다고 생각하십니까?"

"아뇨. 전 아무것도 몰라요."

"부군께서 부인에게 스코틀랜드 여행에 대해 처음 말한 것이 언제였나요?"

"점심 직후였어요. 남편은 성가신 일이긴 하지만 가봐야 한다고 했어요. 무슨 땅값에 관련된 일이라고 했어요."

"그리고 그 다음에는요?"

"그는 외출했어요. 아마 클럽으로 갔을 거예요. 그것이 남편을 본 마지막이에요."

"이제 리치 소령에 관한 일인데, 그날 저녁 그의 태도는 어땠습니까? 여느 때와 다름이 없었나요?"

"네, 그랬던 것 같아요."

"확신이 없으신가요?"

마거리타는 이마에 주름을 지었다.

"약간……, 조심스러워하는 듯이 보였어요. 다른 사람에게가 아니라 저에게 말이에요. 하지만 저는 그가 그러는 이유를 알 것 같았어요. 이해하시겠어요? 저는 그때 그가 조심스러워했던 것이, 아니, 어쩌면 방심한 상태라는 표현이 더 낫겠군요. 에드워드와 관계가 있어서 그런 것이 아니라고 확신해요. 그는 에드워드가 스코틀랜드에 갔다는 말을 듣고 놀라긴 했지만 지나칠 정도로 놀랐던 것은 아니에요."

"그날 저녁에 대해 그것 말고 또 이상한 일은 생각나지 않나요?"

마거리타는 잠시 생각에 잠겼다.

"아뇨, 아무 일도 없었어요."

"부인께서는……, 그 궤짝이 거기 있다는 사실을 알아차리셨나요?"

그녀는 그 말에 약간 몸을 떨면서 고개를 저었다.

"전 그 궤짝이 어떻게 생긴 것인지조차 기억나지 않는 걸요. 우리는 저녁 시간 대부분을 포커를 하면서 보냈어요."

"누가 땄나요?"

"리치 소령이오. 전 운이 아주 나빴고 커티스 소령도 그랬어요. 스펜스 부부가 약간 따긴 했지만 리치 소령이 가장 많이 땄죠."

"파티는 언제쯤 끝났나요?"

"12시 30분쯤이었던 것 같아요. 우리 모두 함께 떠났어요."

"아, 그랬군요!"

푸아로는 무슨 생각에 잠긴 듯 한동안 말을 하지 않았다.

"좀 더 도움이 될 만한 말씀을 드릴 수 있었으면 좋겠는데요."

클레이턴 부인이 말했다.

"하지만 제가 드릴 수 있는 말씀이 별로 없는 것 같아요."

"현재에 대해서는 그렇다고 할 수 있죠. 과거는 어떨까요, 마담?"

"과거라뇨?"

"그래요, 과거에는 아무런 사건도 없었나요?"

그녀는 얼굴을 붉혔다.

"그 역겹고 작은 남자가 자살한 일을 말씀하시는 거로군요. 그건 제 탓이 아니었어요, 푸아로 씨. 정말이에요."

"내가 생각했던 건 그 사건이 아닌데요."

"그 우스꽝스런 결투 말씀인가요? 하지만 이탈리아 인들은 툭하면 결투를 하잖아요. 전 그 남자가 죽지 않아서 얼마나 다행이었는지 몰라요."

"그 일이 부인께 안도감을 주었겠군요."

푸아로가 진지한 어조로 그녀의 말에 동의했다.

그녀는 미심쩍은 눈길로 그를 쳐다보았다. 푸아로는 자리에서 일어나 그녀의 손을 잡았다.

"전 부인을 위해 결투는 하지 않을 겁니다, 마담. 하지만 부인이 부탁하신 일은 해 드리겠습니다. 진실을 밝혀드리지요. 그리고 부인의 직감이 맞기를 바라겠습니다. 진실이 부인에게 해가 되지 않고 부인을 도와주기를 바라겠어요."

우리가 처음 면담한 상대는 커티스 소령이었다. 그는 마흔 살쯤 된 남자로 군인다운 체격에 검은 머리, 햇볕에 그을린 얼굴을 하고 있었다. 그는 클레이턴 부부와 리치 소령 모두와 벌써 오래전부터 알고 지내온 사이였다. 그의 말은 신문 기사에 난 사실을 확인해 주었다.

클레이턴과 그는 7시 30분이 되기 조금 전에 클럽에서 함께 술을 마셨으며, 클레이턴은 그때 자신이 유스턴 역으로 가는 길에 리치 소령의 집에 잠깐 들를 예정이라고 했다는 것이다.

"클레이턴 씨의 태도는 어땠습니까? 우울하다거나 쾌활하다거나……."

소령은 잠시 생각에 잠겼다. 그는 말이 느린 사람이었다.

"기분이 썩 좋은 상태였던 것 같았소."

이윽고 그가 말했다.

"리치 소령에 대해 무슨 좋지 않은 말을 하지는 않았나요?"

"그건 말도 안 되는 소리요. 그들은 친한 친구들이었소."

"그가, 아내와 리치 소령과의 관계에 거부감을 갖지는 않았습니까?"

그러자 소령의 얼굴이 붉게 상기되었다.

"당신들도 온갖 암시와 거짓말로 가득한 저 몹쓸 신문들을 읽었군요. 물론 그는 거부감을 갖지 않았소. 그는 내게 '마거리타는 물론 참석할 거야.'라고 말하기까지 했소."

"그렇군요. 그런데 그날 저녁 리치 소령의 태도는 여느 때와 다름이 없었나요?"

"별다른 점을 느끼지 못했소."

"그리고 마담은 어땠나요? 그녀 역시 평소와 다름이 없었나요?"

"글쎄요."

그가 곰곰 생각하며 말했다.

"이제 생각해 보니까 부인은 좀 조용했던 것 같소. 왜 있잖소, 뭔가 생각에 잠겨 멍해 보이는 그런 것 말이오."

"파티에는 누가 제일 먼저 도착했습니까?"

"스펜스 부부였소. 내가 도착해 보니 그 부부가 와 있었소. 사실 나는 클레이턴 부인을 모셔 오려고 그 집에 들렀는데 그녀는 벌써 떠나고 없더군. 그래서 내가 좀 늦게 도착한 거요."

"그리고 무엇을 하며 시간을 보냈습니까? 춤을 추었나요? 카드 놀이를 했나요?"

"둘 다 조금씩 하며 시간을 보냈소. 먼저 춤부터 추었고 말이오."

"사람 수가 모두 다섯이 아니었습니까?"

"그렇소, 하지만 별 문제가 없었소. 나는 춤을 추지 않는다오. 내가 레코드를 걸고 다른 사람들이 춤을 추었소."

"서로 가장 많이 춤을 춘 사람은 누굽니까?"

"사실 스펜스 부부는 함께 춤추는 걸 좋아하오. 그들 부부는 춤에 좀 열광하는 편이오. 멋부린 스텝 같은 것에 말이오."

"그렇다면 클레이턴 부인은 주로 리치 소령과 춤을 추었겠군요."

"그렇다고 할 수 있을 거요."

"그런 다음엔 포커를 했나요?"

"그렇소."

"언제 그 집을 떠났습니까?"

"오, 일찍 나왔소. 자정 직후쯤일 거요."

"모두 함께 떠났습니까?"

"그렇소. 우린 같은 택시에 타서는 먼저 클레이턴 부인이, 그 다음엔 내가 중간에 내렸소. 스펜스 부부는 그 택시를 타고 켄싱턴까지 갔고 말이오."

우리는 다음으로 스펜스 부부를 방문했다. 집에는 스펜스 부인밖에 없었지만, 그날 저녁에 대한 그녀의 설명은 커티스 소령이 한 말과 일치했다. 포커에서 리치 소령의 운에 대해 그녀가 약간 시기를 했던 점만 제외한다면 말이다.

그날 아침 일찍 푸아로는 런던 경찰국의 재프 형사와 전화 통화를 했다. 그래서 우리가 리치 소령의 집에 도착해 보니 하인인 버고인이 우리를 기다리고 있었다.

하인의 증언은 아주 엄밀하고 명쾌했다.

클레이턴 씨는 7시 40분에 도착했다. 유감스럽게도 마침 그 시각에 리치 소령은 집에 없었다. 클레이턴 씨는 기차를 타야 하기 때문에 소령을 기다릴 수는 없지만, 메모를 남기고 싶어했다. 그래서 그는 메모를 쓰기 위해 거실로 갔다. 버고인은 욕조의 물을 틀고 있어서 주인이 돌아오는 소리를 듣지 못했지만 물론 리치 소령에게는 집 열쇠가 있었다. 그의 생각으로는 10분쯤 지나서 리치 소령이 그를 불러 담배 심부름을 시켰다. 아니, 그 자신은 거실에 들어가지는 않았다. 리치 소령이 거실 문 앞에 있었다. 5분 후 담배를 사 가지고 돌아왔을 때에는 거실 안으로 들어갔지만 거기에는 그의 주인밖에 없었다. 주인은 창가에서 담배를 피우고 있었다. 그의 주인은 욕조에 물을 받아놓았느냐고 물었으며, 그렇다는 말을 듣고는 목욕을 하러 갔다. 버고인은 자신의 주인이 클레이턴 씨를 만나 보았으리라고 여겼기 때문에 클레이턴 씨가 왔었다는 얘기를 하지 않았다. 주인의 태도는 여느 때와 전혀 다름이 없었다. 리치 소령은 목욕을 하고 옷을 갈아입었고, 그 직후에 스펜스 부부가, 그리고 그 뒤를 이어 커티스 소령과 클레이턴 부인이 도착했다.

버고인의 설명에 의하면, 자신의 주인이 집에 들어서기 전에 클레이턴 씨가 그 집을 떠났을 것 같지는 않다는 것이다. 그렇게 하려면 클레이턴 씨는 현관문을 소리내어 닫았을 텐데 버고인은 그 소리를 듣지 못했다고 했다.

버고인은 여전히 담담한 어조로 자신이 시신을 발견한 일에 대해 설명했다. 그제야 비로소 나는 그 운명적인 궤짝에 관심을 돌렸다. 그것은 전축 바로 옆 벽에 붙여놓은 제법 큼직한 가구였다. 진갈색 목재로 된 그 궤짝에는 놋쇠 못이 잔뜩 박혀 있었다. 뚜껑은 열려 있었다. 안을 들여다본 나는 몸을 떨었다. 잘 닦이긴 했지만 불길한 얼룩이 여전히 남아 있었던 것이다.

갑자기 푸아로가 감탄사를 발했다.

"저 구멍들 좀 보게. 이상하군. 생긴 지 얼마 안 되는 것 같은걸."

문제의 구멍은 벽에 기대놓은 궤짝 뒤편에 나 있었다. 서너 개쯤 되었다. 직경이 5밀리미터쯤 되는 그 구멍들은 확실히 새로 생긴 것 같았다.

푸아로는 허리를 구부려 구멍들을 조사해 보고는 묻는 듯한 눈길로 하인을 쳐다보았다.

"정말 이상한 일이군요, 선생님. 전에는 그런 구멍을 본 기억이 없습니다. 어쩌면 전에도 있었는데 제가 알지 못했을지도 모르지만요."

"그건 중요한 게 아닐세."

푸아로가 말했다.

궤짝 뚜껑을 덮은 다음 푸아로는 창이 있는 쪽까지 멀찍이 물러섰다. 그러곤 갑작스럽게 질문을 던졌다.

"그런데 그날 밤 자네가 주인께 담배를 가져다주러 왔을 때 이 방에서 뭔가 이상한 점을 보지 못했나?"

버고인은 잠시 주저하더니 약간 마지못해하는 어투로 이렇게 대답했다.

"그런 걸 물으시다니 이상한데요. 그런데 선생님께서 그렇게 말씀하시니까 정말 그런 점이 있었어요. 침실 문 쪽에서 나오는 바람을 막기 위한 휘장이 있는데, 그것이 왼쪽으로 좀 더 옮겨져 있었거든요."

"이렇게 말인가?"

푸아로가 민첩하게 앞으로 달려가 휘장을 잡아당겼다. 그 휘장은 가죽에 색을 입힌 멋진 것이었다. 그렇지 않아도 어느 정도 가려져 있던 궤짝이, 푸아로가 휘장을 잡아당기자 완전히 모습을 감추었다.

하인이 말했다.

"그렇습니다, 선생님. 꼭 그런 식이었죠."

"그리고 그 다음 날 아침에는 어땠나?"

"여전히 그대로였어요. 지금도 기억이 납니다. 제가 휘장을 젖히고 나서야 얼룩이 보였습죠. 양탄자는 세탁하러 보냈습니다, 선생님. 그래서 여기가 지금 맨바닥이랍니다."

푸아로가 고개를 끄덕였다.

"알겠네. 고맙네."

푸아로는 하인의 손에 빳빳한 지폐 한 장을 쥐어 주었다.

"고맙습니다, 선생님."

우리가 거리로 나섰을 때 내가 물었다.

"푸아로, 그 휘장 말인데, 그것 때문에 리치가 유리해질까요?"

"그건 소령에게 좀 더 불리한 증거가 될걸세."

푸아로가 가엾다는 투로 말했다.

"그 휘장은 거실에서 보이지 않도록 궤짝을 가리고 있었네. 양탄자에 생긴 얼룩도 가리고 말일세. 얼마간의 시간이 지나면 피가 목재에 스며들고 양탄자에 얼룩을 남기게 되어 있었지. 따라서 그 휘장은 일시적으로 시신이 발견되지 못하게 만드는 역할을 한 걸세. 그래……. 하지만 거기엔 이해가 되지 않는 점이 있네. 그 하인 말일세, 헤이스팅스. 그 하인이 이해가 되지 않아."

"하인의 어떤 점이 말이죠? 그 친구, 꽤 똑똑해 보이던데요."

"자네 말대로 아주 똑똑한 친구지. 그렇다면, 리치 소령은 그 하인이 이튿날 아침 시신을 발견하리라는 사실을 몰랐을까? 범행 직후 그에겐 다른 일을 할 시간이 없었으리라고 가정할 수는 있네. 그는 시체를 궤짝 속에 밀어넣고 휘장을 쳐놓고는 그날 밤이나 무사히 넘겨야겠다고 생각했을걸세. 하지만 손님들이 돌아가고 난 뒤는 어떨까? 그때는 분명 시체를 처리할 시간이 있었을걸세."

"소령이 하인이 얼룩을 알아차리지 못할 거라고 여겼을 수도 있잖습니까?"

"몬 아미(이 친구야), 그건 불합리한 생각일세. 쓸 만한 하인이라면 누구보다 먼저 양탄자 얼룩부터 발견할걸세. 그런데 리치 소령은 그 일에 대해 아무런 조치도 취하지 않은 채 그대로 잠자리에 들어 코를 골며 편안하게 잠을 잤다니……. 그렇다면 정말 놀랍고 흥미로운 일이지."

"어쩌면 커티스가 전날 밤 레코드를 갈아끼우다가 얼룩을 발견했을 가능성도 있지 않을까요?"

내가 말했다.

"그건 별로 가능성이 없는 일이야. 그 휘장은 꽤 짙은 그늘을 만들고 있었으니까. 아냐, 이제 조금씩 알 것 같네. 그래……. 어렴풋하게나마 알 것 같군."

"뭘 알 것 같다는 말이죠?"

내가 조바심을 치며 물었다.

"이를테면 또 다른 설명이 있을 가능성 말일세. 어쩌면 우리가 다음에 만날 사람이 그 문제를 밝혀 줄지도 모르겠네."

우리가 다음에 만날 사람은 시신을 조사한 의사였다. 그의 말은 그가 심리 때 이미 했던 증언의 되풀이에 불과했다. 피살자는 송곳 칼 같은 길고 가느다란 칼로 심장을 찔렸다. 그 칼은 상처에 그대로 박혀 있었다. 피살자는 즉사했다. 그 칼은 리치 소령의 것으로 평소 그의 책상 위에 놓여 있던 것이었다. 의사가 파악하기로 칼에는 아무런 지문도 없었다. 지문을 닦아 냈거나 아니면 손수건 같은 것을 감고 있었을 것이다. 사망 시간은 7시에서 9시 사이였다.

"이를테면 피살자가 자정 이후에 살해되었을 가능성은 없습니까?"

푸아로가 물었다.

"없습니다. 그것만은 확실히 말씀드릴 수 있습니다. 아무리 늘여 잡아도 10시가 고작일 겁니다. 하지만 7시 30분에서 8시 사이가 확실한 것 같은데요."

"두 번째 가정도 가능하다네."

우리가 집에 돌아왔을 때 푸아로가 말했다.

"자네도 알 것 같은데, 헤이스팅스. 내겐 아주 분명해 보이는데 말이야. 한 가지만 알면 그 문제가 깨끗이 밝혀질 텐데."

"소용없어요. 난 모르겠어요."

"하지만 노력해 보게, 헤이스팅스. 노력을 해보라고."

"좋아요. 7시 40분에 클레이턴은 멀쩡하게 살아 있었네. 살아 있는 그를 마지막으로 본 사람은 리치……."

"그것은 우리의 가정이지."

"그렇다면 사실은 그렇지 않다는 말인가요?"

"몬 아미, 자넨 리치 소령이 그 사실을 부인하고 있다는 사실을 잊었군. 그는 자기가 들어왔을 때는 클레이턴이 가고 없었다고 분명히 말했네."

"그렇지만 하인은 만일 그랬다면 문 닫히는 소리로 클레이턴이 집을 나가는 것을 알았을 거라고 했잖습니까. 또 만약 클레이턴이 집을 나간 거라면 그가 언제 돌아왔겠어요? 의사의 말에 의하면 그가 적어도 자정이 되기 두 시간 전에 죽었다니까 클레이턴이 자정이 지나 돌아왔을 리는 없고 말이죠. 그렇다면 다른 가능성은 한 가지밖에 없겠군요."

"그래, 그게 뭔가, 친구?"

푸아로가 말했다.

"클레이턴이 거실에 혼자 있던 5분 사이에 누군가 그곳에 들어와 그를 죽였을 가능성 말입니다. 그렇지만 거기에서도 똑같은 반론에 부딪히게 됩니다. 열쇠를 가진 사람만이 하인 모르게 집 안으로 들어올 수 있다는 거죠. 그리고 마찬가지로 살인자가 집을 나갈 때는 문이 쾅 하고 닫히는 소리가 났을 테니까 하인이 그 소리를 들었을 테고."

"바로 그걸세."

푸아로가 말했다.

"따라서……."

"따라서라니……, 거기엔 아무것도 없잖습니까. 다른 해답이 있을 것 같지 않은데요."

"정말 딱한 일일세."

푸아로가 중얼거리듯이 말했다.

"하지만 정말 간단한 결론이지. 클레이턴 부인의 그 푸른 눈처럼 말일세."

"설마……."

"난 증거가 나오기 전에는 어떤 것도 확신하지 않네. 하나의 작은 증거만으로도 충분할 텐데."

그는 수화기를 들고 런던 경찰국의 재프 형사에게 전화를 걸었다.

20분 후 우리는 몇 가지 물건들이 쌓인 책상 앞에 서 있었다. 그것은 죽은 사람의 주머니에서 나온 소지품들이었다.

거기에는 손수건 한 장, 잔돈 한 줌, 3파운드 10실링이 든 지갑, 지폐 몇 장, 그리고 마거리타 클레이턴의 오래된 스냅 사진 한 장이 있었다. 주머니칼, 금색 연필, 좀 거추장스러워 보이는 나무 연장도 있었다.

푸아로가 덤벼든 것은 바로 이 맨 마지막 물건을 보고서였다. 그가 나사를 돌리자 조그만 칼날이 몇 개 펼쳐졌다.

"이것 보게, 헤이스팅스. 나사송곳이며 없는 게 없군. 아, 이걸로 궤짝에 구멍을 몇 개 뚫는 데는 몇 분밖에 걸리지 않을걸세."

264

"우리가 본 그 구멍을 말하는 건가요?"

"그렇다네."

"그러면 클레이턴 자신이 그 구멍을 뚫었다는 말입니까?"

"메 위, 메 위(그렇지, 그렇지)! 그 구멍들을 보고 무슨 생각이 들던가? 그건 뭔가를 보려고 뚫어놓은 구멍은 아니라네. 구멍이 벽에 붙은 궤짝 뒤편으로 나 있었으니 말이야. 그렇다면 무엇 때문에 뚫어 놓은 구멍일까? 숨쉴 공기를 위해서? 하지만 시체가 공기 구멍을 필요로 할 까닭이 없지. 따라서 그 구멍은 살인자가 만들어놓은 게 아니라는 셈이네. 그렇다면 결론은 하나뿐이네. 단 한 가지 결론 말일세. 즉, 어떤 사람이 그 궤짝에 '숨을' 작정을 했다는 걸세. 그리고 그런 가정을 세울 경우 단번에 사태가 이해되잖나. 클레이턴 씨는 자기 아내와 리치의 관계를 질투한 거야. 그는 멀리 떠나는 척한다는 저 해묵은 수법을 쓴 걸세. 그는 리치가 외출하는 것을 보고 집 안에 들어온 다음 메모를 쓰기 위해 자기 혼자 있게 된 틈을 타서 구멍을 뚫고 궤짝 속에 숨었네. 그날 밤 그의 아내가 그 집에 오게 되어 있었네. 리치는 사람들을 모두 내보낼 것이고, 그녀는 다른 사람들이 떠난 뒤까지 남아 있거나 아니면 가는 척했다가 돌아올걸세. 어느 쪽이 되든 클레이턴은 진상을 알게 될 테지. 그가 겪고 있는 저 무시무시한 의혹의 고통을 감안하면 무슨 일이든 하고도 남았을걸세."

"그러면 리치가, 모두가 떠나고 난 뒤에 클레이턴을 살해했다는 말입니까? 그렇지만 의사는 그건 불가능하다고 했잖아요."

"그렇지. 헤이스팅스, 결국 클레이턴은 그날 저녁 파티가 진행되는 '동안에' 살해된 것임에 틀림없네."

"하지만 그 방엔 사람들이 잔뜩 있었잖습니까!"

"바로 그거야."

푸아로가 엄숙한 어조로 말했다.

"이 사건의 절묘한 부분이 뭔지 알겠나? '모두가 방 안에 있었다.'는 걸세. 정말 굉장한 알리바이지! 상프루아(냉정한 자야)! 정말 대담하기 짝이 없는 범행일세!"

"난 아직 무슨 말인지 알 수가 없군요."

"휘장 뒤편에서 전축을 틀고 레코드를 바꿔 끼운 사람이 누구였지? 기억해 보게. 전축과 궤짝은 나란히 놓여 있었네. 다른 사람들은 춤을 추고 있고 전축이 돌아가고 있네. 그리고 춤을 안 추는 그 자는 궤짝 뚜껑을 열고 소매 속에 넣어두었던 칼을 꺼내 그곳에 숨어 있던 사람을 깊숙이 찌르는 걸세."

"불가능한 얘기예요! 그렇다면 그 사람이 비명을 질렀을 텐데."

"칼에 찔리기 전에 약에 취해 있었다면 얘기가 다르지."

"약에 취해 있었다고요?"

"그래. 7시 30분에 클레이턴과 함께 술을 마신 사람이 누구였나? 아, 이제야 눈치를 챈 모양이군. 커티스일세! 커티스가 클레이턴의 마음속에 클레이턴 부인과 리치에 대한 의혹의 불길을 당긴 장본인이라네. 커티스가 이 계획을 짜냈을 거야. 스코틀랜드 출장이며, 궤짝 속에 숨는 일이며, 마지막으로 휘장을 슬쩍 쳐 놓은 것까지 말이야. 클레이턴이 몸으로 뚜껑을 슬쩍 들어올리게 되더라도 눈에 띄지 않도록……, 아니, 커티스 자신이 아무도 모르게 뚜껑을 살짝 들어올릴 수 있도록 말일세. 이 계획은 커티스가 세운 걸세. 정말 절묘한 계획이 아닌가, 헤이스팅스. 만약 리치가 휘장이 제 위치에 있지 않다는 사실을 알고 원래 위치로 돌려놓더라도……, 큰 문제는 없다네. 다른 계획을 짜면 되니까. 클레이턴은 궤짝 속에 숨고 커티스가 투여한 약한 마취 기운이 효과를 발휘하네. 클레이턴은 의식을 잃고 말지. 커티스는 뚜껑을 열고 일격을 가하는 거야. 전축에서「워킹 마이 베이비 백 홈」이 흘러나오는 동안 말일세."

나는 나도 모르게 이렇게 말했다.

"어째서? 하지만 어째서 그런 짓을 한단 말이죠?"

푸아로는 어깨를 으쓱해 보였다.

"어째서 한 남자가 총으로 자살을 했겠나? 어째서 두 이탈리아인이 결투를 벌였겠나? 커티스는 음울한 정열의 소유자일세. 그는 마거리타 클레이턴을 원했어. 남편과 리치 소령을 제거하면 그녀가 자기한테 관심을 돌릴 거라고 생각했을 테지."

푸아로는 생각에 잠긴 어조로 이렇게 덧붙였다.

"어린애처럼 단순한 이런 여자들은……, 아주 위험한 존재일세. 하지만 몽 디외(신이여)! 정말 걸작이군! 이런 친구를 목매달아야 하다니 정말 가슴이 아프네. 나 자신도 천재이지만, 내게는 다른 천재를 알아보는 능력이 있지. 완벽한 살인이야, 몬 아미. 나, 에르퀼 푸아로가 말하는 걸세. 완벽한 살인이란 말이야. 에파탕!"

덧붙이는 글

1932년 1월《스트랜드 매거진*Strand Magazine*》에 처음 발표된「바그다드 궤짝의 수수께끼」는『크리스마스 푸딩과 앙트레의 모험』(1960)에 포함된 소품「스페인 궤짝의 수수께끼」의 원작이다. 이 소품은 3인칭의 시점을 취하고 있고 헤이스팅스는 등장하지 않는다.

에르퀼 푸아로가 처음 등장한 작품은『스타일스 저택의 괴사건*The Mysterious Affair at Styles*』(1920)으로, 이 작품은 크리스티가 토르케의 독약 제조소에서 일하던 언니의 제의를 받고 쓴 것이다. 그로부터 55년 후 크리스티 자신이 죽기 직전에 발표한『커튼』(1975)에서 푸아로는 죽음을 맞이한다. 그때 풀리지 않고 남은 한 가지 수수께끼가 바로 그의 나이였다.『커튼』의 원본이 씌어진 건 그로부터 30년 전쯤이긴 했지만, 이어서 일어난 사건들로 미루어 이 소설은 푸아로가 마지막에서 두 번째로 맡은 사건인『코끼리는 기억한다*Elephants Can Remenber*』(1972)가 출간된 직후인 1970년대 초반을 무대로 하고 있다고 가정할 수밖에 없다.『커튼』에서 푸아로는 적어도 80대 중반이 아니면 후반인 듯이 보이는데, 그렇다면『스타일스 저택의 괴사건』에 등장할 무렵에는 30대 초반이라는 결론이 된다. 이 소설은 1917년을 무대로 삼고 있으며, 여기에서 푸아로는 '이 멋을 잔뜩 부린 기묘한 작은 사내는 이제 보기에 딱할 정도로 심하게 다리를 절고 있지만…… 형사로서 그의 후각은 탁월했다. 그는 당시 가장 난해한 사건 몇 가지를 해결하는 위용을 보였다.'고 묘사되어 있다. 또 푸아로가 처음 등장하는 단편인「빅토리 무도회 사건*The Adventure at the Victory Ball*」(이 작품은 1974년에 간행된『푸아로 초기 사건집*Poirot's Early Cases*』에 수록된다.)에서는 그가 '벨기에 경찰서장'이었다는 설명이 나온다. '다리를 심하게 전다.'는 사실을 감안할 때, 사건을 해결하는 데 큰 장애가 되지는 않았지만 푸아로가 후반 들어 건강 때문에 은퇴했을 가능성도 있다. 그러나『스타일스 저택의 괴사건』에서 제임스 재프 형사(후기 작품에 여러 번 등장한다)는 자신과 푸아로가 1904년 '애버크롬비 위조 사건'을 함께 수사했던 일을 회상하고 있다. 하지만 푸아로가『커튼』에서 80대였다면 그때는 겨우 10대 소년이었다는 결론이 나오는 것이다!

1975년 9월 작가이자 비평가인 H. R. F. 키팅은『커튼』의 출간을 축하하는 글에서 한 가지 해결책을 제시했다. 그것은 푸아로가 사실상 117살에 임종했다는 것이다. 나아가 키팅은 푸아로의 방에서 발견된 것이 다른 이의 해골이었을지도 모른다고까지 말하고 있다!

아마도 최종 결정권은 푸아로를 만든 이의 말에 달려 있을 텐데, 1948년 크리스티는 한 인터뷰에서 이렇게 때이른 언급을 하고 있다. '그는 정말 오래 살았다. 그를 없애야 하는데 그럴 기회가 없었다. 독자들이 그걸 원치 않을 것이다.' 이 말은『커튼』이 씌어진 지 얼마 안 되어 나온 것이었다. 하지만 그 작품이 출간되기까지는 거의 30년이 걸렸던 것이다.

.

빛이 있는 동안

포드 승용차는 바퀴 자국이 난 길을 덜컹거리며 달렸다. 뜨거운 아프리카의 태양이 사정없이 내리쪼이고 있었다. 이른바 도로라고 이름 붙여진 길 양쪽에는 크고 작은 나무들이 시야가 끝나는 곳까지 늘어서서 완만한 곡선을 그리며 높아졌다 낮아졌다를 반복하고 있었다. 가로수의 빛깔은 진한 연둣빛이었고, 모든 것이 고적하고 이상하리만큼 조용했다. 한두 마리 새의 울음소리가 나른한 정적을 깨뜨렸다. 뱀 한 마리가, 핸들을 틀어 자신을 밟고 지나가려는 운전사의 시도를 벗어나 꿈틀거리며 차 앞을 가로질렀다. 원주민 사내 하나가 위엄 있고 꼿꼿한 자세로 덤불에서 걸어나왔다. 그의 뒤에는 한 여자가 넓은 등에 아기를 단단히 동여매어 업고 가재 도구 일체를 안아들고 있었다. 여자의 머리 위에는 프라이팬 하나가 절묘한 균형을 이루며 올려져 있었다.

조지 크로우저는 이 모든 광경을 빠짐없이 아내에게 들려주었다. 하지만 아내가 관심을 보이지 않고 짤막한 대답만 거듭하자 그는 짜증이 났다.

'그 자식을 생각하고 있군.' 그는 분노를 느끼며 추측했다. 그 정도로 그는 자기 아내 디어드리 크로우저의 첫 남편을 마음속으로 떠올리는 일에 익숙해 있었다. 그 사내는 전쟁이 난 첫해에 전사했다. 서아프리카의 독일 세력에 대항하는 전쟁에서였다. 그녀가 그 생각을 하는 것이 자연스러운 일인지도 몰랐다. 그는 아내의 아름다운 얼굴을 힐끔 훔쳐보았다. 그녀의 하얀 뺨에는 홍조가 떠올라 있었고 얼굴선은 둥글었다. 그 옛날 그녀가 그에게 마지못해 약혼을 허락했을 때보다 좀 더 둥글어진 것 같았다. 당시 그녀는 전쟁으로 인한 감정적인 공황 상태에서 돌연 자신을 버리고 야윈 몸매에 햇빛에 그을은 얼굴을 한 애송이인 팀 뉴전트와 전시 결혼식을 올렸던 것이다.

그런데, 그런데 그 사내가 죽었다. 용감하게 전사했다. 그래서 조지 크로우저는 줄곧 원하던 그녀와 결혼했던 것이다. 그녀 역시 그를 좋아했다. 그는 그녀가 원하는 것이라면 무엇이든 들어줄 태세가 되어 있고, 또 그럴 수 있는 재력도 갖고 있었다. 그런 그를 그녀 역시 부추기지 않았던가! 그는 흡족한 마음으로 최근 그녀에게 준 선물을 떠올렸다. 남아메리카 킴벌리에 있는 드비어스 사의 중역들과 알고 지낸 덕택에 정상적으로는 시장에 나오지 않는 다이아몬드를 구입할 수 있었던 것이다. 그 보석이 주목을 받은 것은 크기 때문이 아니라 너무나도 정교하고 귀한 색깔 때문이었다. 오래된 금과 흡사한, 짙은 호박색의 그 다이아몬드는 백 년에 하나 나올까 말까 한 것이었다. 그것을 내밀었을 때, 그녀의 눈빛에 떠오른 표정이라니! 여자란 다이아몬드 앞에서는 똑같아지는 법이었다.

몸이 한쪽으로 쏠리지 않기 위해서 두 손을 짚어야 하는 바람에 조지 크로우저는 다시 현실로 돌아왔다. 그는 욕설을 내뱉었다. 이번이 아마도 열네 번째일 터였다. 두 대의 롤스로이스 승용차를 소유하고 있고 잘 정비된 고속도로를 달리는 데 익숙한 사람이 느낄수 있는 짜증이었다.

"맙소사, 웬 차가 이렇담! 도로는 또 왜 이래!"

그는 화난 어조로 말을 이었다.

"어쨌거나 그 담배 농원은 도대체 어디야? 불라와요를 출발한 지 한 시간이 넘었어."

"로디지아 지방 어딘가에 있겠죠."

디어드리가 가볍게 대답했다. 차의 덜컹거림 때문에 그녀의 몸이 좌석에서 들썩거리곤 했다.

하지만 커피색 피부를 가진 운전사는 다음번 모퉁이만 돌아가면 목적지에 도착할 것이라는 좋은 소식을 들려주었다.

농장 책임자인 월터스가 그들을 맞기 위해 특별히 현관 앞 베란다인 스투프에서 기다리고 있었다. 담배 연합 내에서의 조지 크로우저가 가진 특별한 위치 때문이었다. 월터스가 자신의 며느리를 소개했다. 여자는 서늘하고 어두컴컴한 안쪽 홀을 지나 구석의 침실로 디어드리를 안내했다. 방으로 들어간 디어드리는 햇빛으로부터 얼굴을 보호하기 위해 자동차를 탈 때면 언제나 쓰는 베일을 벗었다. 평소에 입는 품이 넉넉하고 우아한 옷의 장식을 늦추면서, 디어드리는 보기 흉하게 하얀 석회가 발라져 있는 아무것도 없는 방 안을 둘러보았다. 이곳은 전혀 호화로운 곳이 아니었다. 고양이가 크림을 좋아하듯 안락을 탐하는 디어드리는 살짝 몸을 떨었다. 맞은편 벽에는 성경 구절이 걸려 있었다. '천하를 얻는다 해도 자기 영혼을 잃으면 무슨 소용이 있겠는가?'라는 그 질문은 누구에게나 해당되는 것이었다. 하지만 디어드리는 느긋한 마음으로 그 질문이 자신과는 아무 상관이 없다고 여기며 몸을 돌려 수줍고 말없는 안내인을 따라갔다. 디어드리는 악의 없는 눈길로 여자의 펑퍼짐한 엉덩이와 보기 흉한 싸구려 면 가운을 바라보았다. 그런 다음 만족한 눈길로 자신이 입은 정교하면서도 단순한 최고급 프랑스제 하얀 리넨 옷을 내려다보았다. 자신이 입으면 특히 아름다운 그 멋진 의상을 보자 마음속에서 예술가가 된 것 같은 기꺼움이 솟아올랐다.

두 남자가 그녀를 기다리고 있었다.

"크로우저 부인, 같이 둘러보셔도 괜찮으시겠습니까?"

"괜찮고말고요. 난 한 번도 담배 공장에 가 본 적이 없어요."

그들은 밖으로 나왔다. 고즈넉한 로디지아 지방의 오후가 펼쳐져 있었다.

"여기 이것들은 묘목입니다. 필요할 때 땅에 옮겨심지요. 아시겠지만……."

책임자의 목소리가 나지막하게 이어졌고, 날카로운 남편의 질문이 토막토막 들려왔다. 완제품과 관세필증, 흑인 일꾼 문제 같은 것들이었다. 그녀는 그들의 대화를 더 이상 듣고 있지 않았다.

이곳이 바로 로디지아였다. 팀이 사랑했던 땅, 전쟁이 끝난 후 그와 함께 오기로 했던 곳이다. 그가 전사하지만 않았다면! 그런 생각을 하자 언제나처럼 쓰라린 반항심이 마음속에서 솟구쳤다. 행복은 두 달뿐이었다. 희열과 고통이 뒤범벅된 그 나날을 행복이라고 부를 수 있다면. 일찍이 사랑이 행복이었던 적이 있었던가? 사랑에 빠진 이의 가슴속에는 수많은 고통이 들끓는 법이 아니던가? 그 짧은 시간을 격정적으로 살았지만 지금 생활의 평화와 여유와 조용한 만족감을 경험한 적이 있었던가? 처음으로, 어느 정도 마지못해 그녀는 어쩌면 이렇게 된 것이 잘된 일이었는지도 모른다는 것을 인정하지 않을 수 없었다.

'난 이곳에서의 삶을 좋아하지 않았을 거야. 난 팀을 행복하게 해주지 못했을지도 몰라. 그를 실망시켰을 거야. 조지는 날 사랑하고 나도 그가 좋아. 그는 내게 무척 잘해 주잖아. 자, 지난번에 그가 사준 그 다이아몬드를 생각해 봐.'

그 생각을 하며 그녀는 더없는 기쁨에 눈꺼풀을 내리깔았다.

"이곳은 담뱃잎을 실에 꿰는 곳입니다."

월터스가 그들을 천장이 낮은 장방형의 건물로 안내하며 말했다. 바닥에는 어마어마한 푸른 잎 더미들이 쌓여 있었고, 흰옷을 입은 흑인 '소년'들이 그 주위에 주저앉아 날렵한 손놀림으로 담뱃잎을 크기별로 선별해서는 긴 실을 꿴 구식 바늘로 꿰고 있었다. 그들은 서로 농담을 나누고, 하얀 이를 드러내며 웃으면서 유쾌하고 여유 있게 일하고 있었다.

"이제 나가시죠."

그들은 다시 오후의 빛살 속으로 나왔다. 밖에서는 담뱃잎들이 줄지어 매달려 햇빛에 마르고 있었다. 디어드리는 대기 속에서 희미한 냄새를 맡았다. 거의 알아챌 수 없을 정도로 약한 담배 냄새였다.

월터스가 그들을 다른 건물로 안내했다. 햇빛에 말라 연노란색으로 변색된 담뱃잎들이 다음 공정을 기다리고 있었다. 굵게 갈려 아래로 떨어질 준비를 갖춘, 위에서 흔들리는 갈색 더미 때문에 그곳은 어두웠다. 담배 냄새가 디어드리를 집어삼킬 듯 훨씬 강해졌다. 갑자기 공포가 엄습했다. 정체를 알 수 없는 두려움이었다. 그녀는 그 불길하고 냄새나는 어둑한 실내로부터 햇빛 속으로 나왔다. 크로우저는 아내의 얼굴이 창백해진 것을 보았다.

"무슨 일이야, 여보, 몸이 안 좋은 거야? 햇빛 때문일 거야. 그만 돌아가는 게 좋겠는데, 안 그래?"

월터스 역시 걱정스러운 기색이었다. 부인은 집으로 돌아가 휴식을 취하는 편이 나을 터였다. 그는 조금 떨어져서 있던 한 사내를 불렀다.

"크로우저 부인, 이 사람은 아덴입니다. 아덴, 부인께서 더위 때문에 좀 지치셨다네. 부인을 집까지 모셔다 드릴 수 있겠나?"

갑자기 현기증이 일었다. 다음 순간 디어드리는 아덴이라는 사내와 나란히 걷고 있었다. 그녀는 그때까지 그의 얼굴을 제대로 살펴보지 않고 있었다.

"디어드리!"

가슴이 철렁 내려앉았다. 그녀는 걸음을 멈추었다. 애무라도 하듯 첫 음절에 살짝 힘을 주어 그렇게 자신을 부르는 사람은 이 세상에 단 한 사람뿐이었던 것이다.

그녀는 몸을 돌려 자기 옆의 사내를 응시했다. 그의 피부는 햇빛에 그을어 거의 흑인 같았고, 다리를 절었으며, 뺨에 길게 난 흉터 때문에 인상이 달라 보이긴 했지만 그녀는 그를 알아볼 수 있었다.

"팀!"

그들은 말없이 몸을 떨며 서로를 응시했다. 까마득한 시간이 흐른 것 같았다. 다음 순간 그들은 왜 그렇게 해야 하는지, 어떻게 그렇게 되었는지 알지 못한 채 서로를 얼싸안았다. 시간이 뒷걸음쳤다. 이윽고 그들은 몸을 뗐다. 디어드리는 바보스러운 질문이라고 생각하면서도 이렇게 묻지 않을 수 없었다.

"그렇다면 당신은 죽은 게 아니었군요?"

"그렇소, 다른 사람을 나로 혼동했던 것 같소. 머리에 치명적인 타격을 입긴 했지만 덤불 속으로 기어가 숨을 수 있었다오. 그 후 여러 달 동안의 일은 제대로 기억나지 않지만 어떤 착한 부족 사람들이 날 돌봐주었던 것 같소. 결국 나는 다시 기운을 차리고 문명 세계로 돌아올 수 있었소."

그는 잠시 말을 끊었다가 이었다.

"그때 당신은 이미 6개월 전에 재혼한 몸이었소."

디어드리가 소리쳤다.

"오, 팀! 이해해 줘요. 제발 이해해 주세요! 외로움이 너무나도 무서웠어요. 가난도 그랬고요. 당신과 함께라면 가난해도 상관없지만, 혼자서는 그 어떤 구질구질함도 견뎌낼 수 없었어요."

"괜찮소, 디어드리. 이해하고말고. 당신이 줄곧 호화로운 생활을 동경하고 있었다는 사실을 나도 안다오. 처음에 나는 당신을 그런 것들로부터 끌어냈지. 하지만 두 번째에는 그럴 배짱이 없었다오. 보다시피 난 지독한 부상을 입어서 보조기를 착용하지 않고서는 제대로 걸을 수 없소, 게다가 이런 흉터까지 있다오."

그녀는 열띤 어조로 그의 말허리를 잘랐다.

"내가 그런 것에 개의할 줄 알았어요?"

"아니, 당신이 그러지 않았으리라는 것을 이젠 알겠소. 내가 바보였소. 알겠지만 그런 것에 신경 쓰는 여자들도 있다오. 난 어떻게 해서든지 당신을 한번 보기로 마음먹었소. 당신이 행복해 보인다면, 당신이 크로우저와 함께 사는 것에 만족하고 있다고 여겨지면, 그렇소, 난 죽은 사람으로 머물러 있기로 했소. 난 당신을 보았소. 당신은 대형 승용차에 타려는 참이었소. 멋진 검은담비 외투를 입고 있더군. 손이 닳도록 일한다 해도 나로서는 결코 사줄 수 없는 물건이었소. 그렇소, 당신은 충분히 행복해 보였소. 난 전쟁 전에 가졌던 힘과 용기와 자신감을 가질 수가 없었소. 내가 알고 있는 것은 그저 부상으로 쓸모없어진, 가까스로 당신을 먹여살리는 것이 고작인 나 자신뿐이었소. 그리고 당신은 너무나도 아름다웠소. 디어드리, 당신은 수많은 여자들 가운데에 선 여왕과도 같았소. 크로우저가 제공하는 온갖 사치와 아름다운 옷, 모피와 보석을 소유해야 마땅했소. 당신들 두 사람이 함께 있는 장면, 그렇소, 그건 고통이었소. 난 그것을 보고 마음을 정했소. 모두들 내가 죽었다고 믿고 있었소. 난 죽은 사람으로 남아 있기로 했소."

"그런 고통을!"

디어드리는 나지막한 어조로 그의 말을 되풀이했다.

"그렇소, 빌어먹을, 디어드리, 그것은 나를 아프게 했소! 당신을 비난하는 게 아니오. 난 그러고 싶지 않소. 하지만 그건 정말 내게 커다란 상처를 주었다오."

그들은 둘 다 입을 다물었다. 이윽고 팀은 그녀의 얼굴을 들어올리더니 새로운 애정을 담아 입맞춤을 했다.

"하지만 이제 다 지난 얘기라오, 내 사랑. 우리가 결정해야 할 것은 다만 어떤 식으로 이 사실을 크로우저에게 알리는가 하는 것뿐이오."

"이런!"

그녀는 갑자기 몸을 뒤로 뺐다.

"그 점은 미처 생각지……."

그녀는 말을 끊었다. 크로우저와 농장 책임자가 오솔길 모퉁이에서 모습을 나타냈던 것이다. 재빨리 고개를 돌리며 그녀가 속삭였다.

"우선은 모르는 척하세요. 내게 맡기세요. 그가 충격을 받지 않도록 해야 해요. 내일 만날 수 있을까요?"

뉴전트는 잠시 생각에 잠겼다.

"불라와요로 나가리다. 스탠더드 은행 옆에 있는 카페가 어떻겠소? 오후 3시경에는 사람이 거의 없을 거요."

디어드리는 알겠다는 뜻으로 재빨리 고개를 끄덕이고는 몸을 돌려 다른 두 사람을 향해 걸어갔다. 팀 뉴전트는 미간을 살짝 찌푸린 채 그녀의 뒷모습을 응시했다. 그녀의 태도에는 그를 혼란스럽게 하는 무엇인가가 있었다.

집으로 돌아오는 차 안에서 디어드리는 거의 입을 열지 않았다. 『태양의 손길』이라는 소설책으로 얼굴을 가린 채 그녀는 어떻게 행동해야 할 것인지를 생각하고 있었다. 남편에게 어떻게 말해야 할까? 그는 이 사실을 어떻게 받아들일까? 이상한 나른함이 그녀를 휩싸는 것 같았다. 사실을 털어놓는 순간을 가능한 한 늦추고 싶은 욕망이 점점 강해졌다. 내일 오후 3시까지는 아직 시간이 많이 남아 있지 않은가.

호텔은 안락하지 않았다. 그들의 방은 1층으로 안뜰에 면해 있었다. 그날 저녁 디어드리는 방 안에 서서 퀴퀴한 냄새를 맡으며 천박한 가구들에게 불만에 찬 시선을 던졌다. 그녀의 마음은 영국 서리 지방의 소나무 숲 한가운데에 있는 몽크턴 저택의 안락한 호화로움에 가 있었다. 이윽고 하녀가 방을 나가자, 그녀는 천천히 보석 상자 있는 곳으로 다가갔다. 그녀의 손바닥 안에서 황금빛 다이아몬드가 광채를 발하고 있었다.

거의 발작적인 동작으로 그녀는 그것을 도로 상자 속에 넣고 소리나게 뚜껑을 닫았다. 조지에게는 내일 아침에 말해야지.

잠자리가 뒤숭숭했다. 두껍게 드리워진 모기장 때문에 숨이 답답했다. 두근거리는 가슴으로 어둠 속에 누워 있으려니까 어디서나 들리게 마련인 뭔가 부딪치는 소리 같은 것이 공포를 불러일으켰다. 그녀는 안절부절못한 채 뜬눈으로 밤을 새웠다. 오늘 아침으로 되돌아갈 수는 없을까!

그녀는 다음 날 오전 내내 그 작고 답답한 방 안에서 조바심을 치며 누워 있었다. 점심 시간이 되자 그녀는 가슴이 철렁 내려앉는 것을 느꼈다. 커피를 마시면서 조지는 마토포스로 드라이브를 가지 않겠느냐고 그녀에게 말했다.

"지금 출발하면 여유 있게 다녀올 수 있을 거야."

디어드리는 두통 핑계를 대며 고개를 내저으면서 이렇게 스스로에게 변명했다. '할 수 없지. 바쁜데 지금 말할 수는 없잖아. 요컨대 하루 정도 빠르고 늦고가 무슨 문제겠어? 팀에게 사정을 설명해야지.'

그녀는 낡은 포드 승용차를 타고 떠나는 크로우저에게 잘 다녀오라고 손을 흔들었다. 이윽고 손목 시계를 본 다음 천천히 약속 장소로 걸음을 옮겼다.

그 시각 카페에는 사람이 거의 없었다. 그들은 작은 탁자에 앉아 남아프리카에서는 밤낮을 가리지 않고 마실 수밖에 없는 커피를 주문했다. 여종업원이 커피를 가져다놓고 분홍색 커튼 뒤의 자기 자리로 돌아갈 때까지 두 사람 모두 입을 열지 않았다. 이윽고 디어드리가 고개를 들었다. 그녀는 탐색하는 듯한 상대의 강렬한 눈빛에 움찔 놀랐다.

"디어드리, 그에게 얘기했소?"

그녀는 고개를 내저었다. 입술을 적시며 할 말을 찾으려 했지만 아무 말도 할 수 없었다.

"왜 안 했소?"

"적당한 기회를 잡을 수가 없었어요. 시간이 별로 없었거든요."

그 말은 그녀 자신에게조차 조리에 맞지 않고 설득력이 없어 보였다.

"그게 아니오. 뭔가 다른 이유가 있는 거요. 어제는 추측일 뿐이었지만, 오늘은 확신할 수 있소. 디어드리, 그게 도대체 뭐요?"

그녀는 말없이 고개를 저었다.

"당신이 조지 크로우저를 떠나고 싶지 않은 데에는, 내게 돌아오고 싶지 않은 데에는 어떤 이유가 있는 거요. 그게 뭐요?"

그것은 사실이었다. 그의 말을 듣는 순간 그녀는 그것을 알 수 있었다. 그것을 깨닫는 순간 문득 얼굴이 뜨거워지는 수치심을 느꼈지만 그 사실을 부인할 수는 없었다. 그의 눈길이 탐색하듯 그녀를 응시하고 있었다.

"당신이 그를 사랑해서는 아니오! 당신은 그를 사랑하지 않소. 하지만 뭔가 있소."

그녀는 생각했다. 이제 곧 그가 사실을 알아채겠지. 오, 하느님, 그가 모르도록 해 주세요!

갑자기 그의 얼굴에서 핏기가 사라졌다.

"디어드리, 혹시, 혹시 그건 당신이 임신 중이기 때문이오?"

그녀는 그것이 좋은 기회임을 재빨리 알아챘다. 정말 멋진 구실이 아닌가! 천천히, 거의 의지가 들어 있지 않은 듯한 동작으로 그녀는 고개를 끄덕였다.

그의 숨결이 거칠어지는 소리가 들려왔다. 이윽고 그는 다소 격앙되고 단호한 어조로 말했다.

"그렇다면 사태가 달라지는구려. 난 몰랐소. 우린 다른 방법을 찾아야 하오."

그는 탁자 위로 몸을 기울이더니 그녀의 두 손을 쥐었다.

"디어드리, 내 사랑, 어쨌든 당신에게 잘못이 있다고 생각해선 안 되오. 그런 생각은 꿈에도 하지 마시오. 무슨 일이 일어나더라도 내 말을 잊지 마시오. 그 옛날 영국으로 돌아갔을 때, 당신을 되찾았어야 했는데. 겁이 나서 그러지 못했소. 그러니 이제 사태를 수습하기 위해 난 필요한 일을 해야 하오. 알겠소? 어떤 일이 일어나더라도 스스로를 탓하지 마시오, 내 사랑. 당신 잘못은 전혀 없으니까."

그는 우선 그녀의 한쪽 손을, 이어 다른 쪽 손을 들어 자신의 입술에 댔다. 이윽고 그녀는 혼자 남아 손도 대지 않은 찻잔을 바라보며 앉아 있었다. 그러자 이상하게도 하얀 석회벽에 걸려 있던, 천박하게 번쩍이는 액자 속의 성구만이 눈앞에 떠올랐다. 그 구절이 액자 속에서 나와 그녀를 향해 돌진하는 것 같았다. '천하를 얻는다 해도 자기 영혼을 잃으면…….' 그녀는 자리에서 일어나 커피 값을 치르고 밖으로 나왔다.

드라이브에서 돌아온 조지 크로우저는 아내가 조용히 쉬고 싶어 한다는 전갈을 들었다. 하녀의 말에 따르면 아내는 두통이 심하다고 했다.

다음 날 아침 9시, 그는 다소 굳은 표정으로 아내의 방으로 들어갔다. 디어드리는 침대에 앉아 있었다. 그녀의 안색은 창백했고 얼굴이 야윈 듯했지만 두 눈은 빛나고 있었다.

"여보, 당신에게 할 말이 있어요. 끔찍하지만 해야 할 말이……."

그가 불쑥 그녀의 말허리를 잘랐다.

"그렇다면 당신도 들은 모양이군. 당신 마음이 상할까 봐 걱정했는데."

"마음이 상한다고요?"

"그렇소. 지난번에 당신과 이야기를 나누었던 그 가엾은 청년 말이오."

그는 그녀가 한쪽 손을 가슴에 올리는 것을 보았다. 그녀의 눈꺼풀이 파들거렸다. 이윽고 그녀는 왠지 그를 놀라게 하는 재빠르고 낮은 목소리로 말했다.

"난 그에 대해 아무 말도 못 들었어요. 어서 말해 보세요."

"내 생각엔 듣지 않은 편이……."

"어서 말하라고요!"

"담배 농장 앞에서 그 청년이 총으로 자살했다는구려. 전쟁에서 치명상을 입고 신경이 날카로워져 있었던 모양이오. 그 외에는 그런 행동을 할 이유가 없다더군."

"총으로 자살을 하다니. 담뱃잎들이 매달려 있는 어둑한 작업장에서……."

그녀는 힘주어 중얼거렸다. 몽유병자 같은 눈빛으로 그녀는 손에 총을 쥔 채 어둡고 냄새나는 건물 안에 누워 있는 한 사내를 떠올릴 수 있었다.

"이런, 그렇군. 어제 당신이 현기증을 일으켰던 곳이 바로 그곳이군. 이상한 일이야!"

디어드리는 대답하지 않았다. 그녀의 눈앞에는 또다른 모습이 떠올랐다. 찻잔이 놓여 있는 탁자와 상대의 말에 거짓으로 고개를 끄덕이는 한 여자의 얼굴이.

"그래, 그렇지, 전쟁이란 수많은 문제를 일으키는 법이야."

그렇게 말하고 크로우저는 손을 뻗어 성냥을 켠 뒤 파이프에 담긴 담배에 조심스럽게 불을 붙였다.

다음 순간 아내의 외침 소리에 그는 움찔하지 않을 수 없었다.

"아! 제발, 제발 피우지 말아요! 그 냄새를 참을 수가 없어요!"

그는 약간 놀란 시선으로 아내를 바라보았다.

"여보, 공연히 신경을 곤두세울 필요는 없잖아. 어떻게 해도 담배 냄새에서 벗어날 수는 없잖아. 도처에서 담배 냄새가 나는걸."

"그래요, 도처에서 나죠!"

그녀는 천천히 일그러진 미소를 짓고는 알아들을 수 없는 말을 중얼거렸다. 그 옛날 팀 뉴전트의 죽음을 알리는 부고로 그녀가 고른 말이었다.

"빛이 있는 동안에 기억하고, 어둠 속에서도 잊지 않으리."

그녀는 동그래진 두 눈으로, 나선형을 그리며 올라가는 담배 연기를 바라보고는, 억양 없는 어조로 나지막하게 중얼거렸다.

"어디에서도, 그 어디에서도."

덧붙이는 글

「빛이 있는 동안」은 1924년 4월 《노블 매거진》에 처음 발표되었다. 알프레드 로드 테니슨 경의 작품에 익숙한 독자들에게 아덴의 진짜 정체가 밝혀지는 일은 그렇게 놀랍지 않을 것이다.

테니슨은 예이츠, T. S.엘리엇과 함께 크리스티가 좋아한 시인이었다. 그의 작품 『에녹 아덴*Enoch Arden*』은 푸아로가 등장하는 소설 『밀물을 타고*Taken at the Flood*』(1948)에 영감을 제공하기도 했다. 「빛이 있는 동안」의 구성은, 나중에 크리스티가 메리 웨스트매콧*Mary Westmacott*이라는 필명으로 발표한 여섯 편의 소설 가운데 첫 번째 작품인 『인생의 양식*Giant's Bread*』(1930)의 일부로 좀 더 큰 몫을 맡게 된다. 비록 그녀의 추리 소설만큼 많은 독자들의 관심을 끌지는 못했으나 웨스트매콧의 이름으로 발표된 그 소설들은 대체로 크리스티 자신의 삶에 있었던 사건을 설명해 주는 것으로, 자서전에 준하는 것으로 간주되고 있다. 어쨌든 그 작품들은, 추리 소설이 아닌 그녀의 다른 글에는 별로 관심을 보이지 않았던(충분히 이해할 수 있는 일이다.) 출판업자들에게는 애석한 일이겠지만, 크리스티에게 추리 소설의 세계에서 도피할 수 있는 중요한 수단을 제공해 주었다. 여섯 편의 작품 가운데 가장 중요한 것은 적절하게도 『두 번째 봄*Unfinished Portrait*』(1934)라는 제목이 붙은 것으로, 크리스티의 두 번째 남편 맥스 맬로원에 의하면 그 작품은 '실제 인물과 사건에 상상력을 덧붙인 것으로 (중략) 애거서의 초상화로서 다른 어느 것보다 실제에 근접한 작품'이다.

그녀 자신이 좋아한 작품은 웨스트매콧의 세 번째 소설 『봄에 나는 없었다*Absent in the Spring*』(1944)로, 그녀는 자서전에서 그 작품을 '나 스스로 완전히 만족스러웠던 책 (중략) 사흘 만에 이 책을 완성했다'고 하면서 이렇게 덧붙였다. '열정과 성실을 다하였고, 내 마음이 이끄는 대로 썼으며, 진정한 작가가 가지기 마련인 뿌듯한 기쁨을 느꼈다고 단언하는 바이다.'

애거서 크리스티 작품 연보

'애거서 크리스티'의 이름으로 출간된 소설

— 영국과 미국 중 먼저 출간된 순서로 나열하였고 중편집과 단편집에는
각각 중편집, 단편집, 영국에서만 출간된 것은 영국, 미국에서만 출간된 것
은 미국 표시를 하였다. 단편집의 경우 국내에서는 표제작이 다르게 출
간되거나 여러 단편집에 나뉘어 출간되기도 했다.

스타일스 저택의 괴사건 The Mysterious Affair at Styles (1920)

비밀 결사 The Secret Adversary (1922)

골프장 살인 사건 The Murder on the Links (1923)

갈색 양복의 사나이 The Man in the Brown Suit (1924)

푸아로 사건집 Poirot Investigates (1924) 단편집

침니스의 비밀 The Secret of Chimneys (1925)

할로 저택의 비극 The Hollow (1946)

헤라클레스의 모험 The Labours of Hercules (1947) 단편집

밀물을 타고 Taken at the Flood (1948)

검찰 측의 증인 Witness for the Prosecution and Other Stories (1948) 단편집

비뚤어진 집 Crooked House (1949)

살인을 예고합니다 A Murder Is Announced (1950)

쥐덫 Three Blind Mice and Other Stories (1950) 단편집, 미국

그들은 바그다드로 갔다 They Came to Baghdad (1951)

빅토리 무도회 사건 The Under Dog and Other Stories (1951) 단편집

맥긴티 부인의 죽음 Mrs. McGinty's Dead (1952)

마술 살인 They Do It with Mirrors (1952)

장례식을 마치고 After the Funeral (1953)

주머니 속의 호밀 A Pocket Full of Rye (1953)

목적지 불명 Destination Unknown (1954)

히코리 디코리 독 Hickory Dickory Dock (1955)

죽은 자의 어리석음 Dead Man's Folly (1956)

패딩턴발 4시 50분 4.50 from Paddington (1957)

누명 Ordeal by Innocence (1958)

비둘기 속 고양이 Cat Among the Pigeons (1959)

크리스마스 푸딩의 모험 The Adventure of the Christmas

Pudding (1960) 단편집, 영국

창백한 말 The Pale Horse (1961)

빅토리 무도회 사건 Double Sin and Other Stories (1961) 단편집, 미국

깨어진 거울 The Mirror Crack'd from Side to Side (1962)

시계들 The Clocks (1963)

카리브 해의 미스터리 A Caribbean Mystery (1964)

버트럼 호텔에서 At Bertram's Hotel (1965)

세 번째 여인 Third Girl (1966)

끝없는 밤 Endless Night (1967)

엄지손가락의 아픔 By the Pricking of My Thumbs (1968)

핼러윈 파티 Hallowe'en Party (1969)

프랑크푸르트 행 승객 Passenger to Frankfurt (1970)

복수의 여신 Nemesis (1971)

리스터데일 미스터리 The Golden Ball and Other Stories (1971) 단편집, 미국

코끼리는 기억한다 Elephants Can Remember (1972)

운명의 문 Postern of Fate (1973)

빅토리 무도회 사건 Poirot's Early Cases (1974) 단편집

커튼 Curtain (1975)

잠자는 살인 Sleeping Murder (1976)

크리스마스 푸딩의 모험 Miss Marple's Final Cases and Two

Other Stories (1979) 단편집, 영국

검찰 측의 증인The Harlequin Tea Set and other stories (1997) 단편집, 미국

빛이 있는 동안 While the Lights Last and Other Stories (1997) 단편집, 영국

'메리 웨스트매콧'의 이름으로 출간된 소설

인생의 양식 Giant's Bread (1930)

두 번째 봄 Unfinished Portrait (1934)

나는 봄에 없었다 Absent in the Spring (1944)

장미와 주목 The Rose and the Yew Tree (1948)

딸은 딸이다 A Daughter's a Daughter (1952)

사랑을 배운다 The Burden (1956)

'애거서 크리스티 맬로원'의 이름으로 출간된 책

Come, Tell Me How You Live (1946) — 시리아 탐험기

Star Over Bethlehem (1965) — 시와 동화집

기타 '애거서 크리스티'의 이름으로 출간된 책

The Road of Dreams (1924) — 시집

Poems (1973) — 시집

An Autobiography (1977) — 자서전

옮긴이 | 김남주

김남주는 서울에서 태어나 이대 불문과를 졸업하고 주로 프랑스 문학과 인문학 책들을 우리말로 옮겨왔다. 옮긴 책으로 프랑수아즈 사강의 『브람스를 좋아하세요』, 로맹 가리의 『새들은 페루에 가서 죽다』와 『가면의 생』, 엑토르 비앙시오티의 『밤이 낮에게 하는 이야기』와 『아주 느린 사랑의 발걸음』, 아멜리 노통브의 『사랑의 파괴』와 『오후 네 시』와 『로베르』, 필립 솔레르스의 『모차르트 평전』, 레몽 장의 『세잔 졸라를 만나다』, 로버트 래드포드의 『달리』, 도미니크 보나의 『세 예술가의 연인』, 그리고 황금가지판 크리스티 전집 1, 2, 5, 12, 13, 15, 20, 44권 등이 있다.

애거서 크리스티 전집

빛이 있는 동안

3판 1쇄 펴냄 2016년 4월 11일
3판 3쇄 펴냄 2024년 6월 18일

지은이 | 애거서 크리스티
옮긴이 | 김남주
발행인 | 박근섭
편집인 | 김준혁
펴낸곳 | 황금가지

출판등록 | 2009. 10. 8 (제2009-000273호)
주소 | 135-887 서울 강남구 신사동 506 강남출판문화센터 5층
전화 | 영업부 515-2000 **편집부** 3446-8774 **팩시밀리** 515-2007
홈페이지 | www.goldenbough.co.kr

도서 파본 등의 이유로 반송이 필요할 경우에는 구매처에서 교환하시고
출판사 교환이 필요할 경우에는 아래 주소로 반송 사유를 적어 도서와 함께 보내주세요.
06027 서울 강남구 도산대로 1길 62 강남출판문화센터 6층 민음인 마케팅부

ⓒ ㈜민음인, 2013. Printed in Seoul, Korea
ISBN 978-89-8273-701-5 04840
ISBN 978-89-8273-108-3 04840 (set)

㈜민음인은 민음사 출판 그룹의 자회사입니다.
황금가지는 ㈜민음인의 픽션 전문 출간 브랜드입니다.